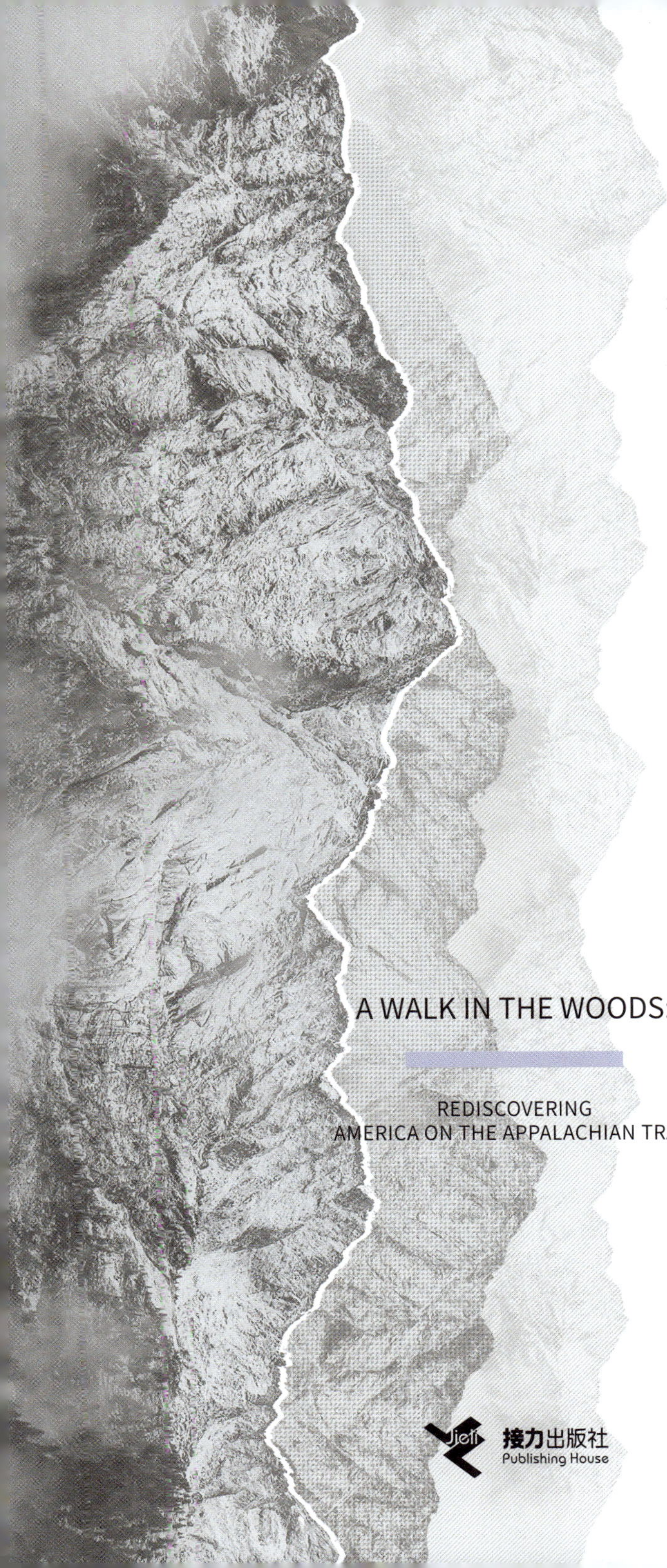

偏跟山过不去

PIAN GEN SHAN GUOBUQU

[英]比尔·布莱森 著
夏 平 译

A WALK IN THE WOODS:

REDISCOVERING
AMERICA ON THE APPALACHIAN TRAIL

接力出版社
Publishing House

桂图登字:20-2011-151

图书在版编目（CIP）数据

偏跟山过不去／（英）比尔 · 布莱森著；夏平译 .—2 版 .—南宁：接力出版社，2019.5

书名原文：A Walk in the Woods：Rediscovering America on the Appalachian Trail

ISBN 978-7-5448-6074-1

Ⅰ. ①偏… Ⅱ. ①比…②夏… Ⅲ. ①长篇小说－英国－现代 Ⅳ. ①I561.45

中国版本图书馆CIP数据核字（2019）第069811号

责任编辑：陈 邕 装帧设计：许继云
责任校对：张琦锋 责任监印：郝梦皎 版权联络：王燕超
社长：黄 俭 总编辑：白 冰
出版发行：接力出版社 社址：广西南宁市园湖南路9号 邮编：530022
电话：010-65546561（发行部） 传真：010-65545210（发行部）
http：//www.jielibj.com E-mail：jieli@jielibook.com
经销：新华书店 印制：河北鹏润印刷有限公司
开本：880毫米×1250毫米 1/32 印张：10.875 字数：250千字
版次：2012年1月第1版 2019年5月第2版 印次：2022年5月第4次印刷
印数：20 001—22 000册 定价：45.00元

译者前言

没有去过美国的人也许会想象，那儿到处都是像纽约那样的繁华都市，摩天大楼高耸入云，马路上熙来攘往，热闹得很。但是他们错了。美国的大部分地区是安谧的中小城镇，或者广袤的山野、平原，不过现代化的生活设施倒是相当普遍。另一方面，许多在美国住了一辈子的人也不会想到，当今的美国，仍然存在着受商业化的浪潮波及较少，甚至数百年来基本保持原样的大片荒野。探索这样的原始莽原，以便全面了解和重新发现自己的国家，对于富有冒险探索精神的美国人，是一件富有吸引力的事情。

比尔·布莱森的这本书《偏跟山过不去》，叙述了他是怎样同一位旅伴一起，徒步走过阿巴拉契亚这条长达 3500 公里的古老小道的。夺人心魄的阿巴拉契亚小道沿途景色，一路上遇到的各种险境和形形色色的有趣人物，以及有关小道的历史沿革等，都由身历其境的作者用一支充满风趣幽默的生花妙笔娓娓道来。这本书自从出版以来，受到美国本土和世界上其他国家无数读者的追捧。

比尔 · 布莱森 1951 年在美国艾奥瓦州得梅因出生。1972 年，正在德雷克大学念书的他突然决定辍学，背上背包前往欧洲闯荡四个月。三年之后才偕同在英国娶的妻子，回美国继续攻读学位。此后，他又在英国居留二十年，在《泰晤士报》和《独立报》任职,为英美各大出版机构撰文。他在 1995 年举家回美，居住在新罕布什尔州的汉诺威镇，2003 年再度返回英国,目前在英国诺福克居住。布莱森是一位多产作家，著作包括游记《人在故乡为异客》《失落的大陆》《“小不列颠”札记》《走遍“烤焦国”》等，关于语言的书籍《母语》《美国制造》，以及科普著作《万物简史》等。其中不少著作被翻译成了中文。

翻开这部《偏跟山过不去》，我们仿佛跟随作者冒着严寒酷暑，翻山越岭，走在古老的阿巴拉契亚小道上，如同亲自体验徒步旅行的疲累和风险，也感知到亲近大自然的独特乐趣。按说，日复一日地在景色雷同的大森林里辛苦跋涉，总不免会有单调之感，但是作者以阿巴拉契亚小道为线索，始终成功地抓住读者的兴奋点，谈古论今，绘景叙人。全书从头至尾，充满了具有英美两国文化背景的作者的美式调侃加上英式嘲讽的幽默机智，始终让读者兴趣盎然，手不释卷，欲罢不能。

与布莱森的其他旅行随笔一样，作者在《偏跟山过不去》中向读者敞开了自己的心扉，他既嘲讽又自嘲；既述事实又有点评；既写到自己对旅行的酷爱，也坦然道出在艰难困苦时刻的内心感受，包括坦白自己的动摇和恐惧，把读者当作自己的知心朋友；不时又卖点关子，来点悬念，让你非想知道后事如何不可。

旅行随笔描绘景色是题中应有之义，然而一味绘景而不写人，终究会令人感到枯燥乏味。布莱森在这本书中信笔挥洒，写了形形色色的人物，景中见人，情景交融。最有趣的当然是那位来自艾奥瓦州的旅伴斯蒂芬·卡茨。此君学历不高，不善言辞，常常鲁莽蛮干，“扔”功一流，冲动起来，连旅途中至关重要的食品、水瓶都会扔掉。但是，尽管卡茨的言行让读者感到有趣，发笑，我们却能看到卡茨的邋遢外表掩盖不住的坦荡、正直的品格，追求上进的赤忱。这位从艾奥瓦州远道而来，不畏险阻，同布莱森一起踏上征程的卡茨不愧是一位忠实的好旅伴。还有那个样子滑稽可笑、幼稚而自以为是的玛丽·埃伦，也是个性格鲜明的人物。此外，小鸡约翰、乐于助人的吉姆和希思父子，以及徒步走完小道全程的60多岁的老奶奶和体重近160公斤的伍德罗·墨菲等人，虽然着墨不多，但也各具风姿，令人印象深刻。至于一路上遇到的各种滑稽、尴尬、有趣的情景和事件，更是层出不穷，令人目不暇给，捧腹大笑。

《偏跟山过不去》不仅能让你畅怀大笑，也能够促你深思。在书中，作者出于对自然的爱恋，不仅描述雄伟壮丽的自然风光，也忧心忡忡地指出在自然侵蚀、人为破坏与有关当局的不良管理下，小道沿线的植被日渐退化、蹙缩的现状。作者通过描绘废弃的煤矿城市森特拉里亚的悲惨景象，形象地展示了掠夺资源性的工业化造成的许多年也难以恢复的浩劫。作者对于保护生态环境的理性呼吁，不仅对美国有关当局敲响了警钟，对于世界上其他工业化国家，也具有振聋发聩的作用。

目录

北
西
东
南
纽约州
佛蒙特州
新罕布什尔州
马萨诸塞州
宾夕法尼亚州
新泽西州
西弗吉尼亚州
弗吉尼亚州
北卡罗来纳州
南卡罗来纳州
佐治亚州
佛罗里达州
大
西
洋
0 100 200 英里
1. 斯普林格山
2. 夏瓦西
3. 富兰克林
4. 雾山国家公园
5. 罗诺克
6. 韦恩斯伯罗
7. 洛克非什山口
8. 谢南多亚国家公园
9. 斯盖兰
10. 皇家湖滨
11. 哈珀斯渡口
12. 森特拉里亚
13. 特拉华水山口
14. 皮茨菲尔德
15. 威廉斯顿
16. 曼彻斯特
17. 基林顿山
18. 汉诺威
19. 华盛顿山
20. 蒙松
21. 卡塔丁山

第一部

PART 1

第 1 章

危险的诱惑

在我们全家迁到新罕布什尔州的一个小镇之后不久，一个偶然的机会，我发现一条小路蜿蜒延伸至镇边的一片树林，最后渐渐消失不见了。

从路边一块牌子上的标志可以看出，这不是一般的小路，而是著名的阿巴拉契亚小道。阿巴拉契亚小道沿着美国东部海岸，贯穿静谧、令人向往的阿巴拉契亚山脉，是适宜长途徒步旅行的道路中历史最为久远的原始山径之一了。它从佐治亚州到缅因州蜿蜒穿过十四个州，通过不少高山峻岭，光是这些山的名字，如蓝岭、雾山、挡路山、绿山、白山等，就足以吸引人们流连忘返——有谁能够在说到“大雾山”或者“谢南多亚山谷”这些词时不产生一种强烈的向往呢？就像博物学家约翰·缪尔所说的那样：“往一个旧行囊里扔进一长条面包和一磅[①]茶叶，赶紧跃出后院的篱笆。”

这条小道此刻就出人意料地出现在我的面前，在我刚刚定居下来的风景宜人的新英格兰地区蜿蜒盘旋，充满危险的诱惑力。看起来这

① 1 磅约合 0.45 千克。——本书脚注如无特别说明，均为编者注

真是个非凡的主意：我可以从家门口出发，步行 1800 英里[①]，穿过树林到佐治亚州；或者折向另一条路，攀越崎岖多石的白山山脉，来到传说中的卡塔丁山嘴，在森林里漫步 450 英里，去人迹罕至的北方莽原。我的头脑里有一个声音在说：听起来真带劲！咱们上路吧！

我为自己编造了好几条理由，过了好几年晃晃悠悠、懒懒散散的日子之后，再次意识到徒步旅行可以使我精神焕发。在国外住了差不多 20 年以后，这是一种让我重新熟悉我的家乡有多么辽阔美丽的有趣而发人深省的方式。徒步旅行有助于我学习如何在莽原中独立生活。（我不清楚对我是什么方式的帮助，但是肯定是有好处的。）当伙伴们身穿迷彩裤，头戴猎帽，在四爱司餐馆里团团围坐，谈论在野外干的吓人事情的时候，我不再会有像个哑巴纸杯蛋糕的感觉。我希望能够眼睛定定地注视着远方的地平线，一如男子汉似的缓慢地嗤一下鼻子，然后再来点显摆："嗨，我曾经在森林里拉过屎呢！"

而且，还有更加迫切的上路的理由。阿巴拉契亚山脉有世界上最大的硬木森林——曾经给温带地区增光的最富饶、最多样化的连绵不绝的广袤森林的残迹，而这片森林正在面临麻烦。如果在今后 50 年内，地球的温度升高 4 摄氏度的话（显然这是可能的事），新英格兰以南的整个阿巴拉契亚莽原就会变成一片树木稀少的草原。其实树木已经在死亡了，其数量之多简直令人惊恐。榆树和栗树早就绝迹了，雄伟的铁杉和大叶四照花树正在灭亡，还有红云杉、南方冷杉、花楸和

① 1 英里约合 1.6 公里。

糖槭可能也快步它们的后尘了。事情是明摆着的，如果想要找个适当的时间体验一下这片独特的莽原的话，那就是现在。

所以，我决定上路啦！更加冒失的是，我把这个打算宣布了出来，我告诉了朋友和邻居们，满怀信心地通知了出版我的书的人，使得凡是认识我的人无人不晓。接着，我买了一些书，跟曾经全部或者部分走过这条小道的人交谈。渐渐地，我开始明白，这次旅行的艰险程度远远超过了我在以前尝试过的任何旅行。

和我交谈过的每一个人几乎都说了一些可怕的故事，例如某一位不更事的朋友满怀希望，脚穿新的高帮鞋登上小道，却在两天之后踉踉跄跄地回来了，头上还趴着一只短尾猫，要不就是少了一条手臂，空荡荡的袖子里还滴着血，声音沙哑地轻轻说了一声“熊！”就惊恐地一头倒下，人事不省。

森林里充满了危险：有响尾蛇、水蝮蛇以及成群的铜斑蛇；有短尾猫、熊、狼以及野猪；还有被大量劣质玉米烧酒和祖辈私生活不检点害得疯疯癫癫的乡下人；有染上狂犬病的黄鼠狼、浣熊和松鼠；有冷酷无情的火蚁和贪婪的墨蚊；又有毒藤和有毒的漆树、橡树、蝾螈；甚至还有被钻进脑子的寄生虫弄得癫狂的零散的麋鹿，它们会糊里糊涂地紧追一些倒霉的徒步旅行者，将他们从遥远的、阳光充足的草地一直追逼得落入冰川湖。

你在一路上的的确确可能会遇到不可想象的事情。我听说有个男人半夜里从他的帐篷里走出来小便，不料被一只近视的猫头鹰扑个正着，他最后一次看到自己的头皮是它挂在一轮秋月映衬下的鹰爪上晃荡。我还听说有个年轻女子被她肚子上一阵痒痒的感觉惊醒，她朝自己的睡袋里瞥了一眼，赫然发现一条铜斑蛇已经在她双腿之间的温暖地带安营扎寨。我还分别听说了四个故事（每个故事都伴随着嘿嘿一笑），有讲述野营者如何在慌乱、惊险的几分钟里跟熊合住一个帐篷的故事；有在高高的分水岭上突遇暴风雨，有人被一道闪电击中，一下子化为乌有的故事（除了一道焦痕以外，什么也没有留下）；有帐篷被倒下的大树压垮，或是被雨水冲下悬崖，漂到远方谷底，或是被暴发的洪水冲走的故事；我还听到无数徒步旅行者述说他们最近的一次经历，大地一阵颤动，一阵懵然之后突然弄明白究竟是怎么回事的故事。

只消稍微浏览几本冒险故事书，几乎不需要什么想象力，就能想象出我陷入因饥饿而变得越发大胆的狼群的越来越紧的包围圈的境况，在大批长着利钳的火蚁的进攻中摇摇晃晃、衣衫破烂的情景，或者我看到灌木突然活了起来，像有一枚鱼雷划过水面朝我逼近，吓得目瞪口呆的神态，以及我怎样被一头沙发那么大的熊抛了回来，那熊长着一双冷酷的小圆眼睛，发出一声刺耳的尖叫，垂涎三尺，迫不及待地等着吞下我那被城市生活养得红润细嫩的肌肉的场景。

还有所有那些在森林里容易染上的疾病——仅举数例，如梨形鞭毛虫病、东方马脑炎、落基山斑疹热、莱姆病、埃利希体病、血吸虫病、布鲁氏菌病、志贺氏菌病等。东方马脑炎是由蚊子叮咬引起的，病毒专门袭击脑部和中枢神经系统。要是你走运，你可能有望靠在轮椅上，脖子上围着一条围嘴儿度过你的余生，不过通常这种病会要你的命，目前还没有治愈的方法。与这种病不相上下的是莱姆病，由一种微小的鹿蜱叮咬所致，如果没有及时发现，这种疾病会在人体中潜伏数年，然后一下子爆发成一场各种病痛的肆意狂欢。有谁想体验所有的病痛吗？这种疾病可以说完全具备这个实力。它的症状包括但不限于头疼、乏力、发烧、发冷、呼吸急促、头晕、肢端剧痛、心律失常、面部瘫痪、肌肉痉挛、严重智力损伤、失去对身体功能的控制力，还有——当然不会令人惊讶的——长期抑郁。

另外还有一种人所罕知的微生物家族，叫作汉坦病毒属，它们聚集在从老鼠粪便上升起的微小雾气中，被吸进人类的呼吸系统——比如说有哪位倒霉鬼躺到有受感染的老鼠留下的新鲜便便的床板上，他的鼻孔或者嘴巴正好凑近雾气的话。1993 年，单单一次汉坦病毒的爆发就夺去了美国西南部三十二个人的生命。第二年，阿巴拉契亚小道的徒步旅行者中第一次有人患上这种疾病，这位徒步旅行者是在一个“老鼠出没的庇护所”睡过觉以后罹患这种疾病的（阿巴拉契亚小道所有的庇护所都有老鼠出没）。在各种病毒中，只有狂犬病、埃博拉病和艾滋病的病毒肯定比这种病毒更加致命，同时，这病目前也没有办法治愈。

最后，这儿是美国，杀人事件是非常可能发生的。1974 年以来，至少有九名徒步旅行者（实际人数要看消息来源以及怎样定义徒步旅行者）在阿巴拉契亚小道一带被杀害，我后来在那儿旅行的时候就有两名年轻女子丧命。

由于各种现实原因，主要是考虑到新英格兰北部地区漫长难熬的严冬，每年总共只有几个月可以在这条小道上徒步旅行。如果你从小道的北端缅因州的卡塔丁山开始你的旅程，你必须等到 5 月底或者 6 月份积雪融尽才行。如果反过来，你是从佐治亚州开始往北走，那么你必须算好时间，在 10 月中旬下雪之前结束你的旅程。大部分人是在春季从南往北走的，最好是确保早走一步，以避开最为酷热的季节以及更为恼人和传播疾病的昆虫。我的打算是 3 月初从南边出发，我留出六个星期用于第一阶段的旅行。

有趣的是，阿巴拉契亚小道的确切长度一直是一件众说纷纭的事情。美国国家公园服务署一向在许多方面与众不同，他们在一张宣传单上写明小道的长度是 2155 英里和 2200 英里。官方的《阿巴拉契亚小道指南》是一套十一册的丛书，每一册讲述一个特定的州或者一段路程，所记载的小道长度各异，有 2144 英里、2147 英里、2159 英里等多种说法，还有"超过 2150 英里"。管理机构"阿巴拉契亚小道会议"在 1993 年将小道的长度确定为 2146.7 英里，但是过了几年，这个数字变成了含糊不清的"2150 英里以上"，然而最近又回到了满怀信心的确切数字"2160.2 英里"。1993 年，有三个人沿着整条小道滚动一个测量轮，测出的距离是 2164.9 英里。差不多在同时，依据整套美国地质测绘地图所做的一次仔细的测量，得出的结果是 2118.3 英里。

有一点是肯定的：这是一条漫长的道路，无论从哪一端出发，走完全程都不是一件容易的事。就山峰而言，阿巴拉契亚小道上的高峰并非特别险峻——位于田纳西州的最高峰克林曼穹顶，其高度略少于6700 英尺[①]——不过这些山峰占地面积广阔，而且连绵不绝。阿巴拉契亚小道沿途共有 350 多座 5000 英尺以上的高峰，而邻近地区大概还有 1000 座高峰。综合算起来，从小道的一端走到另一端，需要大约五个月，估计要走 500 万步路。

不用说，走在阿巴拉契亚小道上，你必须背着你所需要的一切。看起来这是明摆着的事，但是当我意识到这项任务远非缓步穿越英国的科茨沃尔德或者湖区可比的时候，我受到的震惊还是不小的。你在科茨沃尔德或者英格兰湖区旅行，只需背上一个帆布背包，里边装着一盒午饭和一张徒步旅行地图，一天下来，你就可以下山到一家热闹的小客栈洗一个热水澡，饱餐一顿，在松软的床上睡觉。而在阿巴拉契亚小道上，你得露宿，自己做饭，很少有人做到携带不到 40 磅的东西。你若拖着这么重的东西，真是一刻也轻松不了。步行 2000 英里路是一回事，而背上扛着一个大衣箱步行 2000 英里就完全是另一回事了。

我第一次隐约意识到这次旅行会是怎样一项令人气馁的任务，是在我去我们当地的旅行用品商店达特茅斯合作社购买旅行装备的时候。我儿子刚在那儿找到一份课余兼职，所以严肃嘱咐我一定要举止良好。他特地警告我不得说任何蠢话，做任何蠢事，不得试穿会让我露出肚子来的任何衣物，不得在人家告诉我某件商品的价格时说："你当我是

① 1 英尺约合 0.3 米。

冤大头呀？” 不得在营业员对我解释某件商品的正确维修和售后保养的方法时明显地心不在焉，最最要紧的是，不得为了逗笑别人而穿戴任何不得体的东西，如女人的滑雪帽之类。

有人叫我咨询一下戴夫·孟格尔，因为他本人曾行走过大部分阿巴拉契亚小道，而且可以算得上是关于野外知识的一部活的百科全书。孟格尔是那种和善、谦恭的人，谈起徒步旅行装备的方方面面来，可以兴趣盎然地一连说上足足四天。

我俩花了整整一个下午浏览他的装备，我从来没有同时有过这样既感佩又不知所措的感觉。他会对我说：“喏，这顶帐篷有一条用 70 旦尼尔的高密度织物做的抗磨损防裂门帘。另一方面，我老实对你说吧，” 这时他的身子俯向我，压低声音，用一种真诚坦白的语调说话，好像是透露这顶帐篷做过什么见不得人的事情似的，“缝工是叠缝，而不是滚斜条的，进口处窄了一点儿。”

我想一定是因为我提到过我在英国的时候做过一点儿徒步旅行，所以他认为我在这方面有一定的经验。我不想让他惊诧或者失望，所以当他问我诸如“你认为碳纤维支索怎么样”的问题时，我就会摇摇头，苦笑一声，表示我了解在这个难以解决的老问题上的看法分歧之多是出了名的，并且说：“你知道，戴夫，对于这个问题，我始终拿不定主意——你的看法怎么样啊？”

我俩在一起商讨并且一本正经地研究侧边压缩带、防滑片、负载转移差数、气流管道、带环，以及一种被称为枕部开口率的东西的利弊。我们逐项地研究，即便是一套铝制炊具，我们也花费几小时从重量、体积、热力学以及一般用途等角度详尽地研讨。在此期间，还经常讨论到有关徒步旅行的一些问题，大多与岩崩、遇到熊、炊锅爆炸，以及被蛇咬等意外事件有关——他在描述这类事件的时候，总是眼睛润湿，津津有味——然后才回到正在讨论的话题上来。

他无论说到什么，关于重量问题总是讲得很多。在我看来，因为一个睡袋比另一个轻 3 盎司[①]，就选用前者而不是后者，未免有点过于小题大做。然而，随着我们身边的设备越来越多，我开始意识到重量是会积少成多的。我本来没想买这么多东西——我已经有了一双徒步旅行的高帮鞋、一把瑞士军刀，以及一个用一根绳子挂在脖子上的塑料地图包，所以我曾以为我已经准备得很充分了——可是我同戴夫谈得越久，就越明白我得为一次远征购置不少东西。

有两件事使我大为震惊：一是每件东西的价格都十分昂贵——每当戴夫躲进储藏室或者走开去核实某件商品的性能时，我总是偷看一眼价格标牌，而且总是会大吃一惊；二是每件装备看来都需连带购置另一件装备。如果你买下一个睡袋，那么你就会需要一个装睡袋的口袋，价格约合 29 英镑。诸如此类，我发现这是一个越来越难以让我喜欢的恶性循环了。

我严肃考虑了好久，决定购买一个背包—— 一个绝不可省的昂贵的格里高利牌最高档的背包的时候，他就说：“那么你想要配什么样的

① 1 盎司约合 28 克。

带子呢？”

“你说什么？”我说，立即意识到我已经濒临一种被称为“采购精力衰竭症”的危险境况，不久我就会胡言乱语，“最好给我来半打，戴夫。噢，我就买它八条——别烦啦，就买一打吧。一个人只能活一次嘛，对不？”一分钟之前还看上去丰富得让人欢喜、激动的大堆产品——全是新的！全是我的！——突然变成了累赘而显得铺张浪费。

“带子，”戴夫解释道，“就是用来缚住你的睡袋、捆绑东西的。”

“买睡袋不附送带子吗？”我换了一种平淡的语调说。

“噢，不。”他检视了一遍挂了一墙的产品，用一根手指点了一下自己的鼻子，“当然，你还需要一个雨罩。”

我眨了眨眼睛：“一个雨罩？做什么用？”

“防止雨淋。”

“背包不是防雨的吗？”

他做了一个怪相，好像要做出一种特别细微的区分：“呃，不是百分之百……”

这话使我感到奇怪：“真的吗？制造厂家难道就没有想到过人们经常会把背包背到户外去吗？说不定会带着背包去野营——这个背包到底要多少钱？”

“250 美元。”

“250 美元！你当我是……”我突然刹车，换了一种语调，“你的意思是，戴夫，我花 250 美元买一个背包，既没有带子，也不防雨吗？”

孟格尔点点头。

接着他又尴尬地笑笑，在这个丰富的、前途光明的野营装备世界里，批评指责或者感到厌烦是不符合他的本性的。“带子一共有六种颜色可供选择。”他殷勤地提示我。

最后，我购买了足以使得整整一个山谷的高山搬运工人全职就业的大堆装备——一顶三季帐篷、自动充气睡垫、整套的锅罐、可折叠餐具、塑料杯碗、构造复杂的泵式净水器、各种颜色的睡袋口袋、缝隙封死器、修补用具袋、睡袋、蹦极绳、水瓶、防水雨披、防水火柴、背包罩、一个相当时髦的指南针、温度计钥匙圈、一个看上去像是个累赘的可折叠炉子、燃气罐和备用燃气罐、一支可以像矿灯一样戴在头上的手电筒（这东西我非常喜欢）、一把足以杀死熊和山里佬的大匕首、保暖长内裤和贴身内衣、四块印花大手帕以及许多别的东西。其中有一些我不得不一再核实究竟要多少钱。我谢绝了购买一块价格为59.96美元的品牌铺地防潮布，因为我知道在凯马特超市可以用5美元买到一块草地用防水帆布。我还谢绝了急救包、针线包、防治蛇咬包、12美元一个的应急哨子，以及用来掩埋大便的橘黄色塑料小铲子，原因是这些东西没有必要，过于昂贵，或者会招来耻笑。尤其是橘黄色铲子，它似乎在高喊：“傻小子！娘娘腔！乳臭未干先生来了！”

接着，仅仅是为了把这一切立马做个了结，我踱进隔壁的达特茅斯书店，买了几本书——《徒步穿行者手册》《阿巴拉契亚小道行》，几本关于野生动物和自然科学的书，以及一位姓名怪异的柯林斯·咀嚼先生写的《阿巴拉契亚小道地质史》，还有前面提到过的整套官方《阿巴拉契亚小道指南》。《阿巴拉契亚小道指南》这套书包括 11 册小开本平装书、59 幅大小风格不一的地图，以及覆盖从斯普林格山到卡塔丁山的小道全程的标尺，整套书的定价高达 233.45 美元。在走出书店大门时，我注意到一本名为《熊的攻击：原因和防范方法》的书，随意打开来，读到这么一句话："这就是一头黑熊看到一个人，并且决定把他杀死吃掉的一个明显例子。"于是把它也扔进了我的购物篮。

我把所有这些东西带回家，分几次搬进地下室。东西如此之多，但在使用的技术方面，我几乎都不熟悉。这使我既惶恐又兴奋，但多半是惶恐的感觉。我好奇地把免持手电筒戴到头上，把帐篷从塑料包装中拉出来，在地板上搭好，将自动充气睡垫充好气，塞进帐篷里，在上面铺上我的松软的新睡袋。然后我爬进去，在里面躺了许久，试试这个很快就要成为我的家外之家的昂贵、局促、散发着奇怪的新气味的崭新空间是否合适。我试图想象自己不是躺在地下室里，而是露天躺在某个高高的山口，近旁的火炉发出令人安心、舒服的噼啪声，听着风声呼呼，林涛阵阵，有像狗那样的动物在孤独地号叫，还有什么人操着佐治亚州口音嘶哑地低语："嗨，维吉尔，那边有个人呢，你记得绳子放在哪儿了吗？"可是，我实在想象不出更多细节。

自从我 9 岁前后不再用毯子和硬纸板桌子搭小窝以来，我就再也没有蜷缩在这样的空间里了。说真的，里边还挺舒服，一旦你习惯那种气味——我天真地以为时间一长，那种气味就会消散——以及那种有如雷达屏般令人不快的惨绿色调的话，其实还是不错的。也许有点幽闭恐怖，也许有点怪味，但即便如此，它也是相当舒服、结实的。

它不会很糟的，我对自己说，可是内心深处，我知道我的想法是错的。

第 2 章

春天的气息

1983 年 7 月 5 日下午，三位成年指导员和一群青少年在渥太华以北大约 80 英里处，魁北克省西部卡尼米那湖畔一个著名景点，一个名为拉维朗特里埃省级保留地的国家公园的气味馥郁的松林里搭起了帐篷。他们煮了饭，并且用正确的方式把他们的食品放进一个袋子，走了 100 多英尺的路拿进森林。到了森林里，他们把食品悬空吊在两棵树中间，使熊够不到。

大约夜半时分，一头黑熊来到营帐的周边觅食，发现了食品袋子。它爬上其中的一棵树，拗断绑绳子的树枝，袋子掉了下来。它把食品全部吞下肚之后走了，但是过了一个小时又返回来，这次是受到残留在野营者们的衣服和头发上，以及他们的睡袋和帐篷上的熟肉香味的吸引，直接闯进了帐篷。那个夜晚对于卡尼米那湖畔的野营者们来说，是一个漫长可怕的夜晚。从半夜起到凌晨 3 点 30 分，那头黑熊三次闯进了帐篷。

要是你愿意，你可以想象一下，你在黑夜里独自躺在一顶小小的帐篷里，只靠一块不到 1 毫米厚的颤动的尼龙布帮你挡住寒气，谛听着一头重达200磅的大熊在你的野营地里兜圈子。请想象一下那头熊发出的低低的呼噜声和奇怪的抽鼻子声、倒扣的炊具的乒乒乓乓声以及含着口水的撕咬声、它脚掌上的肉垫与地面的摩擦声、它那沉重的呼吸声、它腰臀部擦过帐篷所发出的嘎吱声吧。请想象一下当它的吻部突然猛撞你的帐篷脚的时候，你感到自己体内的肾上腺素一阵火热的奔涌，你的手臂和背上一阵讨厌的刺痛；当它把你随手靠在帐篷边的背包乱捣一通时，你吓得单薄的身子猛烈地颤抖——你突然想起，背包里有一块士力架巧克力，你听说过，熊最爱吃士力架巧克力啦。

然后，你迷迷糊糊地想起——哎哟，天哪！说不定你把那块士力架巧克力带在身边啦，它就在你身边某个地方，在你的脚边或者在你的身下——哦，糟啦，就在这儿。发出呼噜声的头部再次撞击帐篷，这次是在你的肩膀附近。更加剧烈的颤抖，接下来是沉默，非常长的沉默，还有……嘘嘘嘘……好啦！意识到熊已经踱到帐篷的另一边或者蹒跚地回到森林里去的时候，那种宽慰莫可言状啊！我现在告诉你，我是受不了的。

所以，现在你想象一下可怜的12岁的小戴维·安德森在凌晨3点30分——那头熊第三次袭击帐篷的时候的情况吧。那头熊被到处弥漫、无法确定在何处的汉堡包的浓香逗引得发疯，突然爪子一挥，把他的帐篷划出一道口子，尖牙狠狠咬进孩子蜷缩的肢体，吼叫着把他拖出来，抛过帐篷，拉进森林。就在这孩子的野营同伴们拉开睡袋的拉链爬出来的那短暂的时间里——你可以想象一下他们是怎样拼命爬出突然显得厚重的睡袋，拿起手电筒和可以当作棍子的任何东西，用无力的颤抖的手指拉开帐篷的拉链，准备驱赶熊的——可怜的小戴维·安德森死了。

现在再想象一下，就在独自开启进入北美莽原的野营之旅前，阅读一本这样的书——真人真事，非虚构作品——的情景吧。我说的那本书是《熊的攻击：原因和防范方法》，是一位名叫斯蒂芬·海雷罗的加拿大学者写的。如果这本书不是这个事件的最后报道，那么我真的、真的、真的不愿意听到。在新罕布什尔州漫长的冬夜里，门外堆着厚厚的积雪，我的妻子平静地睡在我的身边，我睁大眼睛躺在床上，阅读那些残酷而真实的故事，故事讲述有人怎样裹在睡袋里被咬得血肉模糊，哭哭啼啼地被从树上拉下来，甚至他们一无所知地在绿荫小径上散步或是在山泉中濯足纳凉的时候，被悄没声儿地追捕（我原来不知道有这样的事）。这些人所犯的唯一致命错误是在头上抹了带香味的发胶，或吃了多汁美味的肉，或在衬衫口袋里塞了一块士力架巧克力留着待会儿吃，或者无意间刺激了饿熊的嗅觉机能。或者这么说吧，他们的丧命仅仅是因为他们非常非常倒霉——比如转了一个弯，突然被一头摇着头打量你的情绪低落的公熊挡住了道，或者无意中闯进了一头因太老或者太懒惰而变得行动迟缓、无法追逐猎物的熊的领地。

不过，重要的且可以立即确定的是，在阿巴拉契亚小道上受到熊的严重攻击的可能性是极小的。首先，真正可怕的美洲熊（学名是 Ursus horribilis，译为“可怕的熊”，这个命名可谓又生动又准确）并没有分布在密西西比河以东。这是一个好消息，因为美洲熊体格庞大有力，并且脾气十分凶暴。当刘易斯和克拉克进入莽原旅行时，他们发现没有比灰熊更让土著印第安人惊慌的了，因此，你可以尽管朝着大灰熊发射箭雨，即使把它射得像一只豪猪那样，它也仍然会继续朝你扑来，也就没有什么好奇怪了。即便是携带重型枪支的刘易斯和克拉克，他们看到大灰熊身中成排的铅弹依旧岿然不动，也感到惊恐。

海雷罗提到的一桩事件很好地说明了灰熊几乎是不可摧毁的，那个故事讲的是阿拉斯加的一位名叫阿莱克赛·皮特卡的专业猎手. 他穿过雪地追捕一头巨大的公灰熊，最后用大口径步枪一枪击倒了这头灰熊。当时皮特卡没准应当随身带上一张卡片，上面写着“首先得确定熊已经死掉，然后再放下枪”才好。他小心翼翼地前进，花了一两分钟时间查看熊是否在动，他没有发现动静，就把枪放下来，靠在一棵树上(大错特错呀)，大步前去收获他的战利品。他刚走到熊的身边，灰熊跳了起来，用它那阔大的熊掌捧住皮特卡的头，好像想好好吻他一下似的，一用劲儿就把他的脸撕了下来。

皮特卡奇迹般地活了下来。“我不知道我为什么把那把该死的枪靠在树上。”他后来说。(实际上，因为他失去了嘴唇、牙齿、舌头以及其他发音器官，他说的是:“呜呜嗯嗯、呜呜啪咯、嗯嗯嗯呜呜呜、呜呜呼呼呼呼嗯嗯嗯。”)

倘若我被一头熊掴一下或者咬一口的话——我越往下读就越觉得有这个可能——那一定是一头黑熊(学名是 Ursus americanus)。黑熊在北美至少有 50 万头，说不定多达 70 万头，它们在阿巴拉契亚小道沿途的山岭上特别常见（事实上，它们经常为了方便起见利用这条小道），而且这些黑熊的数量正在不断增加。相比之下，在整个北美，灰熊的数量不到 3.5 万头，在美国境内只有 1000 头，主要分布在黄石国家公园及其周围一带。在这两种熊中，黑熊通常个子比较小（不过肯定是相对而言，一头公黑熊的体重仍然可能达到 650 磅），而且毫无疑问，不太爱招惹人。

黑熊很少发起攻击，但是请注意，有时候它们也会进攻。所有的熊都机灵狡猾，力大无比，而且总是处于饥饿状态。如果它们想杀死你，把你吃掉，它们是办得到的，而且想做就做。这种事情并不经常发生，但显而易见，只要发生一次就够了。海雷罗极力强调，相对于黑熊的数量而言，它们发起攻击的次数是很少的。从 1900 年到 1980 年，他发现只有 23 起经确认的黑熊杀人事件（约为灰熊杀人事件的一半），而且大部分发生在美国西部或者加拿大。从 1784 年以来，新罕布什尔州还没有发生过一起熊无故袭击致人死亡的事件。在佛蒙特州，则从未发生过这种事件。

我很想因为这些保证而安下心来，但总不敢轻信。在指出 1960 年到 1980 年间有 500 人遇到黑熊袭击——至少 50 万头的栖居熊群每年发生 25 次袭击事件之后，海雷罗补充说，这些伤害大部分并不严重。“由黑熊导致的典型伤害，”他轻描淡写，“是一些轻伤，通常只是被抓伤或者轻轻咬上几口。”且慢，究竟怎么样才算是轻咬呀？是不是指开玩笑地摔跤或者含在嘴里啜上两口呢？我看不是吧？还有，考虑到走进北美森林的人少之又少，500 次经确证的攻击次数真的算少吗？一个人听说佛蒙特州或新罕布什尔州 200 年里没有发生过熊杀人的事件就放下心来，这难道不愚蠢吗？你知道，熊们可没有签订条约，并没有任何条文写着明天它们不会发动一次小小的攻击呀。

所以，让我们想象一下，在莽原里有一头熊向我们冲过来，我们怎么办？有趣的是，书上对于遇到灰熊和黑熊所建议的策略是完全相反的。如果是灰熊，你应该立即爬上高树，因为灰熊爬树的技能不怎么高明。如果周围没有树，你应该慢慢地往后退，避免与它的目光直接接触。所有的书籍都告诉我们，如果灰熊朝你走来，你千万不能奔跑，你得到的这种忠告是坐在键盘边的人写的。还是听我的劝告吧，要是你在一个空阔的地带，手里没有武器，有一头灰熊向你走过来，你得快跑。你最好这样，如果没有别的事，那样总可以使你在一生的最后 7 秒钟里有一点儿事情可做。然而，如果灰熊追上了你，因为那是非常肯定的事，你就应该扑到地上装死。灰熊可能会对软塌塌的人体啃上一两分钟，可是通常会失去兴趣，拖着脚走开。不过，如果遇到黑熊，装死是没有用的，因为它们会继续啃你，直到你被啃得无法救治为止。爬树也是愚蠢的事，因为黑熊是爬树的高手，同时，像海雷罗不动声色地警告的那样，你只能落得个不得不在一棵树上与一头熊搏斗的下场。

要吓退一头咄咄逼人的黑熊，海雷罗建议制造出大量噪声，把锅和罐子敲打得乒乓响，朝它扔棍棒石头，并且“朝熊冲过去”。（对，没错，你先请吧，教授。）另一方面，他接着审慎地补充说，这些战术可能“只会激怒那头熊”。啊，谢谢。他在书中别的地方建议，一位徒步旅行者应当考虑不时制造出一点儿声音来——比如唱唱歌什么的——以提醒熊他们的存在，因为一头受惊的熊更可能火冒三丈。但是翻过几页，他却告诫说“制造噪声可能会有危险”，因为那样做可能引起本来会放过你的一头饿熊的注意。

事实是，谁也不能告诉你该怎么办，熊的行为是不可预测的。在一种情况下有用的办法在另一种情况下可能并不奏效。1973 年，两位少年马克·西利和迈克尔·惠顿前往黄石公园徒步旅行，他们无意中隔开了一头母黑熊和它的小熊崽。没有任何事情比一头母熊和它的熊崽被人隔开更能使这头母熊感到担心和产生敌意了，暴怒的母熊转过身紧追两个人——尽管熊走路的样子懒洋洋的，但它们能够达到每小时 35 英里的速度——两个男孩匆忙爬到树上。那头熊紧追着惠顿上树，嘴巴紧紧咬住他的右脚，耐心地慢慢把他从藏身的地方使劲往下拉。（这是我吗？或者说你能感到你的指甲嵌进树皮划下来吗？）把男孩拉到地上之后，那头母熊开始折磨他。西利为了把母熊的注意力从他朋友身上引开，对着母熊喊叫，母熊立即过来把他也从树上拖下来。两个年轻人都装死——这恰恰是所有指南手册所说的错误对策——于是熊走了。

不是说我被所有这些东西迷住了心窍，而是在我等待春天来到的那几个月里，它们确实经常盘踞在我的心头。我特别害怕的——使我一夜夜凝视着投在我的卧室天花板上的树影辗转难眠的那种可能性——是不得不在漆黑的莽原，一个人躺在一顶小帐篷里，听着外面有一头熊正在四处觅食，不知道它究竟意欲何为。特别让我紧盯不放的是收在海雷罗的书里的一张业余摄影作品，这是一位野营者深夜开着闪光灯在西部一个野营地所拍摄的。照片摄下了四头黑熊正围着一只吊着的食品袋疑惑不定。熊们显然被闪光灯惊动了，但并没有惊慌。使我感到不安的并不是熊的身体或它们的举止——它们看上去几乎有点滑稽，并不咄咄逼人，就像四个男孩把他们玩的飞盘扔到了树上那样——而是数量之多。直到看见这张照片，我还没有想到过熊会成群觅食。要是四头熊闯进我的帐篷，我究竟该怎么办呀？当然我必死无疑啦，名副其实地屁滚尿流而死。它们会把我的括约肌都拉出肛门，就像你在儿童聚会上见到的那种散开来的长纸条——很可能还会让我发出悦耳的鸣叫——任我流血而亡，浑身上下一塌糊涂。

海雷罗的书是1985年写的，从那时起，根据《纽约时报》的一篇文章报道，北美的熊袭击人事件增加了25%。《纽约时报》的文章还指出，在浆果类收成不好的年份的次年春天，发生熊袭击人事件的可能性大增。去年浆果的收成非常糟糕，我可不愿意体验任何一次这类事件啊！

另外，还有各种问题，尤其是孤独的危险。我的盲肠还在肚子里，其他器官也都齐全，它们都有可能在空阔的莽原里爆破或者出毛病，到时我怎么办？万一我从岩架上摔下来，跌断了脊椎骨怎么办？如果我在暴风雪或者大雾中迷了路，被毒蛇咬了，或者在穿越一条溪流的时候在长满青苔的石头上滑倒，跌成脑震荡，又该怎么办？孤身一人可能在 3 英寸[①]的水里淹死，可能因为脚踝扭伤而送命。不行，我可不愿意体验任何一次这类事件啊。

在圣诞节，我在许多贺卡上邀请朋友们和我一起在小道上徒步旅行，哪怕只走其中的一部分也好，当然是无人响应。后来，到了 2 月底接近出发日期的时候，我接到一个电话，是一位名叫斯蒂芬·卡茨的老同学打来的。卡茨和我曾在艾奥瓦州一起长大，可是我基本上已经与他完全失去联系。你们中曾经读过《无处归属》的人，一定还记得在那本青年探险故事书中，卡茨是我环游欧洲的旅伴。打那时起的二十五年里，我曾经在回家时见到他三四次，但是除此之外就和他没有任何联系了。从理论上讲，我们俩仍然是朋友，可是我俩早已分道扬镳了。

“我曾经犹豫要不要打电话，”他慢慢地说，似乎在搜寻着词语，“但是这次阿巴拉契亚小道的旅行——你是不是认为也许我可以和你一起走呢？”

我简直无法相信：“你想和我一起走？”

“如果有问题的话，我理解。”

“没问题，”我说，“没有，没有，没有。非常欢迎你，极其欢迎

① 1 英寸约合 2.5 厘米。

你呀。”

“真的吗？”他似乎露出了喜色。

“当然啦，”我真的无法相信，我不会一个人上路啦，我快步转了一圈，我不会一个人上路啦，“我简直说不出我是多么欢迎你。”

“噢，好极了，”他大为宽慰地说，接着用一种坦白的语调补充说，“我以为你也许不想和我一块儿去呢。”

“怎么会不想？”

“因为你知道，我上次在欧洲还欠你 600 美元呢。”

“嗐，哪儿的事！没有啊……你欠我 600 美元？”

“我仍然打算还给你的。”

“嗐，”我说，“嗐。”我不记得什么 600 美元了。我从来没有借给任何人这么大一笔钱，我顿了好一会儿才说出话来，“我说，那不是问题。跟我一块儿去徒步旅行吧，你确定你吃得消吗？”

“绝对没问题。”

“你现在的健康状况怎么样？”

“非常好，如今我上哪儿都是步行。”

“真的吗？”这在美国是非常罕见的。

“呃，知道吗？我赊购的那部汽车被他们收回去了。”

“噢。”

我俩东拉西扯聊了一些话——聊到他的母亲、我的母亲、得梅因。我告诉了他我所知道的那一点点有关小道和等待着我们的莽原生活的情况。我们说好他在下星期三坐飞机来新罕布什尔州，我们将花上两天做准备工作，然后我们就踏上小道。几个月来，我第一次感到对这件事信心十足。就一个根本无须走一趟的人来说，卡茨看来是相当乐观。

我跟他说的最后一句话是："那么，你遇到熊怎么办？"

"嘿，它们还没有找上我呢。"

精神可嘉，我心里想，好样的，老朋友卡茨。有跟我一起徒步旅行的活力和愿望的所有老朋友都是好样的。他挂断电话之后，我突然想起还没有问他为什么想去。卡茨是我在这个世界上认识的可能在躲避那些名叫胡里奥和比格之类的人追捕的唯一的人。反正我可不在乎，我不会一个人上路啦。

我在厨房找到了我太太，把好消息告诉她，她却不像我想的那样热情。

"你要在好几星期的时间里同一个 25 年来很少见面的人进入森林，你有没有好好想过这一点？（好像我曾经好好想过任何事情似的。）据我所知，你们俩在欧洲弄到后来相互厌烦。"

"不是的，"她的话并不完全正确，"我们一开始相互厌烦，最后我们俩相互看不起，可那是很久以前的事了。"

她用怀疑的眼光扫了我一下："你们俩呀，没有一点儿共同之处。"

"我们在所有地方都有共同点，我们都是 44 岁。我们会讨论痔疮和腰背疼痛的问题，还有我们怎样能够记住把东西放在哪儿的问题，第二天晚上我会说：'喂，我跟你讲过我的背疼问题吗？'而他会说：

‘没有呀，我想你没有讲过。’于是我们俩再来一遍，有趣极了。”

“糟糕极了。”

“对，我知道。”我说。

就这样，6 天之后，我站在本地的机场上，望着一架载着卡茨的银色客机着陆，滑行到离候机大楼 20 码[①]的柏油碎石跑道上。螺旋桨的嗡嗡声一下子增强，然后突突地一点点停下来。飞机的舷梯放下来，我回想着上次我见到他时他什么模样。我们俩在欧洲过了一个夏天之后，卡茨回到得梅因，实际上是沉浸到艾奥瓦州的吸毒风气里。有好几年，他经常举行社交聚会，直到没人同他聚会为止。然后他跟自己聚会，一个人在小小的公寓房间里，穿着 T 恤和拳击短裤，房间里有一个瓶子、一纸袋的大麻和一部带天线的电视机。我现在记起来，我最后一次见到他大约是在 5 年前，在一家丹尼氏餐馆里，当时我带我母亲去那儿用早餐。他同一个形容枯槁的人一块儿坐在一个座位上，瞧那个人的样子，似乎他的姓名应当叫作维吉尔·灾荒天气先生才配。两个人一边啃着薄饼，一边偶尔从放在纸袋里的一个瓶子里取出几撮违禁物来。那时是早晨 8 点钟，卡茨看上去非常愉快，他喝醉的时候总是很愉快，而他经常喝醉。

我后来听说，两星期之后，警方发现他在明哥小镇外的田地里的一辆翻过来的汽车里被安全带倒吊着，他的手仍然捏住方向盘，嘴里说：“哎呀，怎么回事，警官？”在汽车仪表板上的小工作箱里发现了

① 1 码约合 0.9 米。

少量可卡因，于是他被送往一个最低安保级别的监狱里监禁十八个月。他在监狱里开始参加戒酒互助会，使每个人都感到惊讶，让他自己也吃惊不小的是，打那时起，他再也没有碰过酒精或者任何毒品了。

他被释放后找到了一份小差事，业余时间回到大学里去上课，一度跟一个名叫帕蒂的美发师一块儿过日子。在过去三年里，他努力改过自新，而且——我这时突然看到他弯腰钻过机舱门出来，并且肚子有点凸了。卡茨的身材显然比我最后一次看到他时更魁梧了。他一向肉乎乎的，但是现在他经过一夜颠簸，看上去像电影导演奥逊·威尔斯。他的腿有点瘸，呼吸声通常比走了 20 码路还要重。

“老兄，我肚子饿了。”他开门见山地说，把他随身携带的箱包交给我拿，箱包一下子就把我的手臂拉直了。

“你的箱包里都是些什么呀？”我气喘吁吁地说。

“噢，只是些有关小道的录像带什么的。这一带有没有一家邓金炸面圈连锁店呀？打从离开波士顿以后，我什么也没有吃过呢。”

“波士顿？你是刚从波士顿来吗？”

“没错，我每隔一个小时左右得吃点东西，不然我那个叫作什么病的就会发作。”

“发作？”这可不是我所想象的我俩重逢的场景。我想象的是，他在阿巴拉契亚小道上蹦蹦跳跳地前进，就像某种从高处跌落的上足发条的玩具似的。

“那是差不多 10 年前我吃了一些受到污染的苯基乙胺之后的事，

如果我吃几个炸面圈之类的东西，通常就会好的。”

“斯蒂芬，三天之后我们就要进入莽原了，那儿是没有炸面圈店的。”

他自豪地笑了：“我考虑过这一点。”他指指在行李传送带上滑动的他的行李—— 一只绿色的军用行李袋，让我把它提起来。那个袋子至少有75磅重，他看了看我惊异的神色。“士力架巧克力，”他解释道，“许多许多的士力架巧克力。”

我们俩开车回家，特意绕道去了邓金炸面圈连锁店。我太太和我围着厨房的餐桌同他坐在一起，望着他吃掉五个波士顿奶油炸面圈，他喝了两玻璃杯牛奶，把它们全送下去了。接着，他说他想离开躺一会儿，他花了好几分钟才走上楼梯。

我太太转过身看着我，有点发愣。

“请你什么话也别说。”我说。

下午，卡茨休息好之后，我们俩去拜访戴夫·孟格尔，并且请他配好一个背包、一顶帐篷和睡袋，以及其他东西，然后去凯马特超市买了一块铺地防潮布和保暖内衣裤，以及其他一些小东西。做完这些之后，他又休息了一会儿。

第二天，我们去超市购买我们小道旅行第一个星期所需的补给品。我对煮饭一窍不通，但是卡茨好几年来一直在照顾自己，并且有了一套他认为可以很好地转换到野营环境的菜肴品种（主要是把花生酱、金枪鱼肉和黄糖放在一个锅里搅拌），但是他还把许多别的东西扔进了购物车里——四根大号重辣硬香肠、5磅大米、袋装什锦饼干、燕麦片、葡萄干、M&M 花生巧克力豆、斯帕姆午餐肉、更多的士力架巧克力、葵花子、全麦饼干、速食土豆泥、几条牛肉干、几块奶酪、一听罐装火腿，以及各种黏性食品，还有明显地贴着“小德比制造”标签的防腐的糕点和炸面圈。

“你知道，我认为咱们没法把它们全都带上。”当他往购物车里扔进一根马蹄形大红肠的时候，我不安地说。

卡茨脸色阴郁地打量了一下购物车。“不错，你说得对，”他表示同意，“咱们重新来吧。”

他放弃了那辆购物车，走过去另外拉来一辆。我们俩再来一次，这一回想尽量挑选得理智一点儿，可是到头来东西仍然明显太多。

我们把所有的东西都带回家，把它们分开，开始包装。卡茨走进卧室，他的其他东西全在那儿，我则到我在地下室的基地去。我包装了两个小时，可是一开始我无法把每一件东西都放进去。我把书籍和笔记本，以及我几乎全部的换洗衣服放在一边，并且尝试许多不同的组合方式，但是每次完成之后，我一回头就会发现落下了一些大件和重要物品，最后我上楼去看看卡茨是怎么做的。他躺在床上，听着他的随身听收录机，东西散布得到处都是。他的背包软塌塌的，无人收拾，从他的耳朵里漏出一丝丝的打击乐器音乐。

“你不打包啦？”我说。

“打包呀。”

我等了一分钟，心想，他会蓦地跳起来，但是他动也不动。“对不起，斯蒂芬，可是你让我觉得你躺下了。”

“不错。”

“我说的话你听见了吗？”

“是的，等一会儿。”

我叹了一口气，回到地下室去。

吃晚饭的时候，卡茨说话很少，吃完之后就回到他的房间。整个傍晚我们没有听到他发出任何声音，然而将近半夜，当我们躺在床上的时候，噪声开始透过墙壁飘过来——沉重的脚步声、抱怨声，像是把家具拖过地板的声音，还有短暂的发怒咒骂声，其间隔着长时间的静默。我拉着我太太的手，想不出说些什么话。第二天一早，我敲了敲卡茨的房门，最后把我的头伸进去。他衣服未脱，躺在一大堆乱七八糟的被褥上面睡着了。床垫离床远远的，好像他在夜里曾经同闯入者混战过一番。他的行李装得满满的，但是并没有扎紧，他的个人用品仍然在房间里扔得到处都是。我告诉他，过一小时我们就得出门赶飞机了。

“好的。”他说。

20 分钟后，他下楼了，一副吃力的样子，嘴里还在不断地轻轻咒骂。不用看就能知道他是侧着身子、小心地走下来的，好像楼梯板上结着滑溜溜的冰似的。他背着他的背包，各种东西挂了个满满当当：一双邋遢的旅游鞋，还有一双看上去像是正装高筒鞋，他的锅碗瓶罐，还有一只显然从我太太的大衣柜里顺手拿来的劳拉·艾西利公司的购物袋，天知道此刻里面装了什么东西。“我最多只能拿这些东西了，”他说，“我得把一些东西留下。”

我点点头。我也得留下一些东西，特别是燕麦片，反正我又不爱吃，还有样子更加难看的“小德比”糕点，全都留下。

顶着飘舞的雪花，我太太开车送我们去曼彻斯特机场，在这次长期分别之前，我们都有点尴尬，一声不响。卡茨坐在后座，吃着炸面圈。在机场，她给我一根孩子们为我买来的有很多木瘤的手杖，手杖上还扎了一个红色蝴蝶结。我真想大哭一场，或者最好是趁卡茨还在皱着眉头摆弄他那些新的、不熟悉的带子的时候钻进汽车，飞快开走。她捏了捏我的手臂，落寞地笑了笑，走了。

我目送着她开着车离开，然后同卡茨一起走进候机大楼。检票的人看了看我们去亚特兰大的机票和我们的行李包之后说——我以为，对于一个在冬天穿着短袖衬衫的人来说，他的样子是相当精神抖擞的——“两位想去阿巴拉契亚小道徒步旅行吗？”

“当然是啦。”卡茨骄傲地说。

“佐治亚那边狼灾很多哩，你知道的。”

“真的？”卡茨全神贯注地听着。

“噢，是真的，最近有好几个人遭到袭击。我听说非常凶猛呢，”他的手指将机票和行李标签捏弄了一会儿，“你们最好带上一些长袖的内衣裤。”

卡茨皱起眉头：“为了防狼？”

“不，是为了防寒，四五天内有一股破纪录的寒潮要来，亚特兰大今晚的温度会在零下好几度哩。”

“哦，好极啦！”卡茨哑着嗓子，闷闷不乐地叹了一口气，他挑衅般地看着那个人，“还有什么新闻告诉我们吗？医院打电话来说我们得了癌症还是什么的？”

那人笑起来，把机票往柜台上啪地一放。“没有啦，就这些，不过你们这次旅行路线确实选得很好。还有，嗐，”他现在是跟卡茨讲话，压低了喉咙，“你可得留神点那些狼，小伙子，因为咱们两个人中，你看上去像一顿美餐啊。”他眨了眨眼。

“天哪。”卡茨低声说道，他看上去非常非常郁闷。

我们乘自动扶梯到登机口。“这架飞机里也没有吃的东西供应，你知道。”他用一种奇怪、怨恨、毫无商量余地的口吻宣布。

第 3 章
山外还有山

一切开始于本顿·麦凯—— 一位温和良善、心地极好的空想家，他在 1921 年启动了一项雄心勃勃的计划，修筑一条通往他的朋友——一家主流建筑刊物的编辑查尔斯·哈里斯·惠特克的住处的长途徒步旅行小道。如果说麦凯当时的生活境况不怎么好，那就太轻描淡写了。此前十年里，他在哈佛和国家森林署的职务被撤掉了，最后，为了有个较好的地方安置他，美国劳工部给了他一张写字台，派给他一项含糊不清的任务——提出提高效率和士气的想法。他在那儿恪尽职守地提出了一些雄心勃勃但无法实施的提议，这些提议让人感觉好玩，被大度地阅读之后，随即往废纸篓里一扔。1921 年 4 月，他的妻子杰西·哈代·斯塔布斯—— 一位知名的和平主义者和主张妇女参政者——纵身跳下纽约东河的一座桥，淹死了。

正是在这种背景下，只过了十个星期，本顿·麦凯向惠特克提出了修筑阿巴拉契亚小道的想法，这项提议于次年 10 月登载在惠特克主编的《美国建筑师协会会刊》这份似乎风马牛不相及的刊物的论坛栏里。修筑徒步旅行小道只是麦凯宏大设想的一部分，他把阿巴拉契亚小道看作连接山顶工作营网络的一条线，成千上万脸色苍白、筋疲力尽的城市工人将前来，本着无私的精神参与有益身心的劳动，在大自然中恢复精力。沿途将修建旅舍、宾馆，以及季节性的教学中心，最终建立起永久性的森林村庄——“产权自有的”社区，村民们将依靠基于林业、耕作和手工艺的合作性“非工业活动”来谋生。麦凯心醉神迷地描述说，整个社区将是一处“避开唯利是图世界的隐遁之地”。

麦凯提出他的想法的时候，美国东部已经有了几个徒步旅行俱乐部——仅举几例，比如青山俱乐部、达特茅斯俱乐部，以及历史悠久的阿巴拉契亚山俱乐部等。这些机构大多由社会地位高的人掌管，维护主要位于新英格兰地区的数百英里的山间和林地的小道。1925 年，各大俱乐部的代表在华盛顿聚会，成立了阿巴拉契亚小道会议，以便修建一条 1200 英里长的小道，将东部最高的两座山峰，即北卡罗来纳州 6684 英尺高的米契尔山和新罕布什尔州略低（只低 396 英尺）的华盛顿山连接起来。不过，实际上在此后五年里没有任何动作，这主要是因为麦凯一心在细化和扩展他的设想，其结果是他本人和这项计划与现实世界几乎不搭界。

直到 1930 年，一位热心的徒步旅行者，名叫迈伦·埃弗瑞的华盛顿年轻海事律师，接管了开发这个项目的事务，这项工作才真正开始，但是却突然进展神速。埃弗瑞显然不是个讨人喜欢的家伙，正如与他同时代的一个人说的，他从缅因州到佐治亚州留下了两个遗迹：“一个是受伤的感情和挫伤的自我，另一个就是阿巴拉契亚小道。”他不能容忍麦凯和麦凯的“装神弄鬼的警句”，两个人始终合不来。1935 年，两个人为了开发一条穿越谢南多亚国家公园的小道吵翻了（埃弗瑞想根据情况修建一条观景公路，麦凯则认为这样做是背叛基本原则），从此两人不再说话。

这条小道的成功修建一向归功于麦凯，可是这多半是因为他活到了 96 岁的高龄，长了一头白发。在他的晚年，他经常会应邀在阳光明媚的山坡上举行的典礼上说几句话。而埃弗瑞在 1952 年就去世了，比麦凯早了整整 25 年，当时的阿巴拉契亚小道还鲜为人知，但是实际上这是埃弗瑞修筑的小道。他制定了修建规划，软硬兼施地要那些俱乐部派出志愿工作人员，并且亲自指挥了几百英里的道路的修建。他将规划长度从 1200 英里延长到远远超出 2000 英里，而且他在修建规划完成之前，亲自踏勘过小道的每一寸。在不到七年的时间里，他利用志愿劳力，修建了一条穿越高山莽原的 2000 英里的小道，即便是军队，也修建不了这么多。

阿巴拉契亚小道在缅因州一个偏远角落伐平了 2 英里长的森林之后，于 1937 年 8 月 14 日正式竣工。奇怪的是，这条世界上最长的徒步旅行道路的建成竟然几乎没有引起任何人注意。埃弗瑞不是个善于大肆宣扬的人，而麦凯这时已经意气消沉地退休了，没有什么报刊注意到这个成就，没有举行任何正式典礼来庆祝小道的贯通。

他们修建的小道没有悠久的历史，不是印第安人的小道或者殖民时代的邮道，甚至没有刻意寻找最秀丽的景色、最高的山岭或者最引人注目的地标。最后，它在米契尔山附近不知所终，不过它还是穿过华盛顿山，然后再延伸350英里到达缅因州的卡塔丁山。（埃弗瑞是在缅因州长大的，并在那儿进行过最初的徒步旅行，所以坚持了这个方案。）基本上，小道的走向取决于哪儿可以修路，沿途大部分是无人开发，甚至还没有取名的高山荒岭以及被世人遗忘的山谷。这条小道距阿巴拉契亚山脉的南端实际上还有150英里，距北端还有将近700英里，工作营、农舍、学校和教学中心根本就没有建造起来。

不过，麦凯原来的许多设想保留了下来。整条2100英里的小道，连同支道、步行桥梁、指示牌、树标和宿营地，都是由志愿者管理的——事实上，阿巴拉契亚小道据说是世界上最长的由志愿者管理的事业。直到现在，它仍然光荣地没有沾染上唯利是图的风气。阿巴拉契亚小道会议直到1968年才雇用了第一批领薪资的雇员，而且它保留着作为一个服务大众、热忱奉献的友好组织的气氛。如今，阿巴拉契亚小道不再是最长的徒步旅行小道了——太平洋翠园小道和大陆分界线小道（两条小道都在西部）要稍微长一些——但是它一直是第一条和最伟大的一条，它拥有很多朋友，它理应有这么多朋友。

差不多从它开放的那天起，这条小道就不得不经常改道。首先，在弗吉尼亚州境内的118英里小道的改道，是为了给穿越谢南多亚国家公园的天际线车道的修建让路。其后到1958年，佐治亚州奥格勒索普山及其周围地区的过度开发，使得小道南端20英里的路程必须砍掉，并将小道的起点移到受保护的查塔胡奇国家森林莽原里的斯普林格山。10年后，缅因州阿巴拉契亚小道俱乐部将小道的263英里——占这条小道在缅因州长度的一半——改道，使它离开伐木区回到莽原去。即便是现在，这条小道每一年的路径也从来不是完全相同的。

也许，徒步走完阿巴拉契亚小道最困难的部分是走上这条小道，在小道的两端尤其如此。南端的出发点斯普林格山离阿米卡洛拉州立公园这个地点最近的公路有7英里，而从阿米卡洛拉州立公园到其他地点又有一大段路。从离莽原世界最近的出口亚特兰大出发，你可以选乘一天一班的火车或一天两班的长途汽车去盖恩斯维尔，可是事实上你仍然还得走40英里再加7英里才能到达小道的起点。（缅因州卡塔丁山的问题更大。）

幸好有人可以在亚特兰大接你，收一点儿费送你去阿米卡洛拉。就这样，卡茨和我把自己交给了一位个子高大、态度友好、戴着一顶棒球帽、名叫威斯·维森的人手中，他同意把我们从亚特兰大机场送到我们前往斯普林格的出发点阿米卡洛拉瀑布旅舍，收费60美元。

每年从3月初到4月底，约有两千名徒步旅行者从斯普林格出发，大多数人是打算一直走到卡塔丁山的，而实际做到的不超过10%。一半人没能坚持走过弗吉尼亚州中部，也就是不到全部旅程的三分之一，四分之一的人走到下一个州北卡罗来纳州就不再往前走了，多达20%的人在第一个星期就退出了，这些情况维森都看在眼里。

“去年，我把一个人送到小道的开始处。”正当我们的车子穿过渐渐暗下来的松林驶向佐治亚州北部崎岖的群山的时候，他这样告诉我们，“三天之后，他从伍迪山峡的付费电话处——那是他遇到的第一个付费电话处——打电话给我，说他想回家去，说小道并不是他所期望的那样，于是我用车把他送回了机场。过了两天，他又回到了亚特兰大，说是他太太要他回来，因为他把所有的钱都花在购买装备上面了，她可不想轻易让他说不走就不走了，所以我又把他送到小道的开始处。三天后，他再次从伍迪山峡打电话给我，说他想去机场。‘那么，你太太怎么办？’我说。他说：‘这次我不回家啦。’”

“伍迪山峡有多远？”我问道。

“离斯普林格 21 英里路，看上去不太远，对吗？我是说，他可是千里迢迢从俄亥俄州来的。”

“那么他为什么这么早就退出不走了？”

“他说小道并不是他所期望的那样，那些人都这么说。就在上个星期，我碰到三位从加利福尼亚州来的女士——中年妇女，真的很优秀，有点喜欢傻笑，可是，你知道，我把她们送到地点下车，她们的情绪都很高涨。大约 4 小时后，她们打电话来说想回家。她们是从加利福尼亚州来这儿的，这你知道，天知道她们花了多少钱买了飞机票和装备——我是说，她们有你见过的最好的东西，全是崭新的，最高级的——她们走了大约 1.5 英里就放弃了，说小道并不是她们所期望的那样。”

“她们的期望是怎样的？”

“谁知道？或许是自动扶梯吧。这儿是山岭、石头、森林和一条小道，用不着做一大堆科学研究就能知道的。可是，要是你知道有多少人半途而废，你会大吃一惊的。不过话得说回来，我认识一个人，噢，大约六个星期之前，他本应退出，却没有退出，他走完了小道。他是一个人从缅因州走过来的，在路上走了八个月，比大部分人花的时间都长，我想他在最后几个星期里路上什么人也没有碰到。他走完了小道之后，完全是一个瑟瑟发抖的可怜虫。我是同他的太太一起去接他的，他一下子扑到太太的怀里开始哭泣，什么话也说不出来，到机场的路上他就一直那样。我从来没有见过什么人做完任何事感到这么如释重负的，我一直在想：嗬，你知道，先生，徒步走完阿巴拉契亚小道可是一件自愿的事啊。当然我什么也没有说。”

“这么说，你把人们送到这儿下车的时候，能不能算得出他们会不会成功走完呢？”

“通常能够的。”

“那么你认为我们能不能成功？”卡茨说。

他来回打量着我们俩。“哦，你们当然能够成功。”他回答道，可是他的表情显示出另一种答案。

阿米卡洛拉瀑布旅舍是高踞于山坡上的一栋高山住所，连接着一条蜿蜒在树林里的长长的道路。曼彻斯特机场的那个人确实看到过正确的天气预报，当我们从汽车里跨出来时，寒风刺骨，冷得非常厉害，变化莫测的冷风像是从四面八方直冲出来，嗖嗖地钻进袖口和裤管里。“我的天哪！”卡茨惊恐地大叫起来，好像有人刚刚朝他头上倒了一桶冰水，并且迅速地逃进屋里。我付了钱，跟着他进屋。

旅舍式样十分时髦，而且里面非常暖和，有一个开放的大堂，在显眼的地方设有一个石壁炉，还有你在假日酒店里能看到的那种毫无特色的舒服的房间。我俩分头进入自己的房间，说好 7 点钟再见面。我从走廊上的一个售货机里买了一瓶可乐，洗了一个热气腾腾的奢侈的淋浴，用了许多块毛巾，然后钻进干爽的被褥里（我不知道得多久才能再次享受这种舒适），看着天气频道里那些愉快的、没心没肺的人报告令人沮丧的天气情况，几乎没有睡着。

我天没亮就起身，坐在窗前朝外望，暗淡的黎明吝啬地显露出周围的景色：一大片荒凉的、几乎无边无际的连绵起伏的群山，覆盖着一排排光秃秃的树木和贫瘠的尘土一样的雪，看上去并不险恶——这里不是喜马拉雅山脉——可它看上去不像你特别想走进的地方。

我去吃早餐的时候，太阳跃了出来，让世界充满了鼓舞人心的光明。我走到室外测试气温，寒冷令人一阵惊跳，如同被扇了一记耳光，劲风仍然十分凛冽。干硬的小雪珠犹如聚苯乙烯做的小球，成团地追逐飞舞，入口处墙上挂着的一个大温度计的读数是 11 华氏度（约 -12℃）。

“这是佐治亚州这段时间从来没有过的最冷的日子。”一位旅舍工作人员从停车场匆匆走进来的时候这样说，脸上带着开心的笑容，接着她停下脚步说：“你是来徒步旅行的吗？”

“是的。”

“噢，最好别传出去呀。祝你走运，冷啊……”她躲进屋里。

使我惊讶的是，我产生了一种跃跃欲试的渴望。我做好了徒步旅行的准备，毕竟，我等待几个月为的就是这一天，即使这一天几乎全是不祥之兆，我想看看外面什么样。今天，在整个美国，人们正步履沉重地去上班，承受交通阻塞之苦，陷入废气的包围，而我正要进入森林行走，我太乐意这样做了。

我在餐厅见到了卡茨，他的样子也同样生龙活虎，值得赞扬。这是因为他交上了一个朋友—— 一个名叫瑞叶特的女服务员，她用一种显然卖弄风情的方式为他用餐服务。瑞叶特身高6英尺，长着一张能把小孩吓哭的脸，但是她看上去脾气很好，端咖啡也十分殷勤。

“哦，我喜欢爱吃薄煎饼的男人。”瑞叶特甜言蜜语地说。

“噢，宝贝，我真的爱吃这些薄煎饼。”卡茨回答道，由于糖汁和早晨的愉快情绪而容光焕发。

她走开去为一名坐在远处的顾客服务了，卡茨带着一种父亲似的自豪看着她走过去。“她长得够丑的，对不？”他说，自相矛盾地展颜一笑。

我想把话说得婉转一些：“呃，只是跟别的女人比起来。”

卡茨若有所思地点点头，接着突然带着一种可怕的神色盯住我看：“你知道，如今我找女人的标准是什么？心脏在跳，四肢齐全就行。”

“我理解。”

“而且这只是我的出发点，你得明白。关于四肢我也是好商量的，你认为我搞得上她吗？”

“我认为你可能得排队挂号。”

他头脑清醒地点点头："咱们吃完饭就离开这儿可能是个好主意。"

我听了这话非常开心，我喝了一杯咖啡，我俩就离开去整理我们的东西。但是10分钟后，当我们俩在外面碰头，整装待发的时候，卡茨看上去一副苦恼相。"咱们在这儿再过一夜吧。"他说。

"什么？你在开玩笑吗？"他的话使我大吃一惊，"为什么？"

"因为这儿暖和，外面冷。"

"咱们一定得上路。"

他望着森林："在外面，咱们会冻死的。"

我也望着森林："是的，很可能会，但咱们还是得上路。"

我背起背包，背包的重量让我朝后打了一个趔趄（要过好几天，我才能用接近直立的方式背起背包），我拉紧背包带，开始跋涉。走到森林边上，我朝后瞥了一下，以确定卡茨跟在我的后面。在我的面前展现着一个冬天的枯树组成的空阔、荒凉的世界。我似有预感地踏上小道，这里是遗留至今、当初从奥格勒索普山途经此地通往斯普林格山的老阿巴拉契亚小道的一段。

日期是1996年3月9日，我们上路了。

这条路线通往一个长满林木的山谷，山谷里有一条汩汩流淌的小溪，边上结着脆冰。小路沿着溪流延伸了约莫半英里，然后陡然升高，把我们带入更加茂密的森林中。我们很快就明白，这里是第一座大山霜山的山脚，走路立刻变得费力气了。阳光照耀着，天空碧蓝碧蓝的，可是地面上的一切都是褐色的，褐色的树木、褐色的泥土、冻结的褐色树叶，而且冷得毫不留情。我努力地向上攀登了大约100英尺，然后停下脚步，眼珠暴突，喘着粗气，心脏吓人地怦怦乱跳。卡茨已经落在后面了，喘得比我还厉害，我下定决心继续前进。

简直苦透啦，徒步旅行的最初几天总是这样的，我已经不成样子，不可救药啦。背包超重太多，实在太重了。我从来没有遇到过这么艰苦、准备这么不足的情况，每走一步都是一场奋斗。

最艰难的事莫过于，当你不断地发现前面总是有更多的山要爬的时候，你该怎样平息这种气馁情绪。与避开一座山相比，攀登一座山的问题在于你几乎永远也不能确切地知道前面的情况怎么样。又是四周围着的屏风似的林木，眼前不断远去的高坡轮廓，又是你自身跋涉的疲累，使你渐渐搞不清究竟走了多少路。每次你好不容易攀登上你认为肯定是峰顶的地点，却发现上面还有更多的山，不过是斜坡的角度使你先前看不见罢了，而且过了这个坡，还有另一个，过了另一个，又是一个一个，接连不断，直到山山相连，居然长到似乎不可能为止。终于，你到达一个高度，能够看到最高的树木的树顶了，一眼望去，除了明净的蓝天之外一无所有，你那动摇的心激奋起来——差不多要到了！然而这只是一场无情的欺骗。不管你奋力走了多少路，可望而不可即的最高峰一直往后退着，因此，每当天穹露出一角让你得以一瞥的时候，你总是郁闷地看到，最高的树木依旧像先前那样遥不可及。你仍然得跌跌撞撞地前进——你还能怎么样呢？

当过了好久好久，你终于到达露出真容的真正高原世界——那儿清冷的风带着松脂的气味，草树虬结苍劲，被风吹得偃伏下来——并且终于登上大山开阔的顶峰的时候，哎呀，你已经万忧皆消了。你四肢摊开仰卧在片麻岩斜坡上，被重重的背包拉得紧贴山岩，在那儿躺上几分钟，以一种杳远的、神游一样的方式回忆起，打从你 4 岁那年获得第一个放大镜起，还从来没有如此近距离地观察过地衣，事实上是从来没有如此近距离地观察过自然界的任何东西。最后，你疲累地吁了一口气，翻过身子，解下背包，努力站起来，这时你意识到——依然是以一种杳远的、头晕目眩、似乎身在别处的奇特的方式——面前的景观是多么夺人心魄：渺无人迹、一望无际的长满林木的群山，向四面八方展开，这儿真的可能就是天堂，景色壮丽，毫无疑问。但是你无法躲避的想法是，你必须在这片景色中行走，到现在你只走了短短一段路程而已，走完全程还早着呢。

你将地图与眼前的景观加以比较，注意到小道在前方将折下一个陡峭的山谷——其实是一个峡谷——它将把你带到比这座山更加陡峭、更加令人生畏的一座高山。当你攀登那座乖戾的折磨人的山峰的时候，你应当从吃完早餐之后起已经走过 1.7 英里的路了，而你的行程计划表（是在厨房台子上冒冒失失制定，经过大约两秒钟的考虑写下来的）要求在午餐之前走 8.9 英里，在晚餐之前走 16.8 英里，要求明天走的路就更长了。

但是也许天还在下雨，是一种寒冷、无情的斜雨，邻近的山峰上方响着雷，打着闪电。也许你又冷又饿，身上的气味臭得你自己也没法闻。也许你想躺下来，像地衣那样——不是真的死掉，只是一动不动地躺上很长很长的时间。

可是当然，一切都在前面等着我。今天，我没有别的事，只需在晴好干燥的天气里，走在 7 英里标记完善的小道上，攀越四座中等的山峰。看上去任务似乎并不重，可实际上简直苦透啦。

我不知道确切是什么时候与卡茨失散的，但一定是在最初的几个小时里。一开始，我总是等他赶上来。他走一步骂一声，拖着脚走上三四步就停下来擦一下眉毛，对前途十分悲观，那情景怎么看都令人心酸。后来，我等他自己慢慢走上来，只是为了确认他仍然在走，没有突发心肌梗死倒在路边，或者厌恶地把他的背包往地上一扔，去找威斯·维森了。我会等啊等，最后他的身影会出现在树间，喘着粗气，行动慢得令人无法相信，并且怒气冲冲地大声自语着。在攀登第三座大山，即 3400 英尺高的黑山的半途，我站着等了好长一会儿，一度想要回去，但是最后还是转过身，艰难地继续行走——我自己的小痛苦已经够多了。

7 英里路看上去微不足道，但实际上并非如此，真的。背着背包，对身体倍儿棒的人来说也不是件容易的事。你知道要是带上一个进门再也不肯走一步的小孩到动物园或者游乐园去，是个什么感觉吗？你把他轻轻举到你的肩膀上，在一段时间里——几分钟里——让他待在那儿确实相当有趣。你假装要把他摔下来，让他的头朝着下面的某个物体撞过去，但在最后一秒钟改变了方向（一切平安无事）。但是后来你开始感到不舒服了，你感到脖子一阵刺痛，两块肩胛骨之间有紧绷的感觉。这种感觉渐渐渗透，扩散，直到明显使你不舒服，于是你向小吉米宣布，你不得不把他放下来一会儿。

当然啦，小吉米大哭大闹，不肯走一步路，于是你的伴侣因为你走了还不到400码而向你投来不屑的一瞥，脸上一副“我早该嫁给那个橄榄球四分卫”的神色。可是，唉，难受啊。非常难受，真的．我理解。

好啦，那么现在请想象一下，有两个小吉米藏在你肩上的背包里，或者好一点儿，你的背包里放的是件不会动但是挺沉的东西，一件不希望被你举起来、在你把它拎起来的时候就清楚表明它希望重重地坐到地上的东西——比方说，一袋水泥或者一箱子医学课本——反正是件40磅重的玩意儿。请你想象一下，走路的时候背包往下的拉力，就像一架下行的电梯。请你想象一下，背上这么重的背包走上几小时、几天，而且不是走在平坦的柏油路上，在考虑哪个周到的歇脚点还设有长凳和点心亭，而是走在高低不平的小道上，遍布尖锐的石头和顽固的树根，或是步履蹒跚地走在上山道上，大量的压力转移到你那两条苍白、哆嗦的大腿上。现在，请你把头往后转过去，直到你的脖子发紧为止；请你注视着2英里之外的一点，那里是你第一次攀登的高山，从山脚到山顶是陡险的4682英尺。还有许多像这样的山呢，可别对我说7英里路不算远。噢，还有呢，你又不是非走不可，你不是在军队里，你现在就可以退出，回家去和家人团圆，躺在床上。

或者，你可以选择，你这可怜、悲伤的傻瓜哟，你可以穿越缅因州的高山、莽原，行走2169英里。于是，我在一个疲累、悲苦的私人小天地里，攀越巍巍群山，穿过无尽的林木的鸡尾酒会，几小时地跋涉着，心里一直在想：到现在我一定已经走了7英里路了，毫无疑问。然而，曲折的小道依然通向前方。

3点30分，我攀上在花岗岩上凿出的一段石阶，望见一片宽广的山崖展现在我的眼底，那就是斯普林格山的最高峰了。我放下背包，靠着一棵树颓然倒下，为自己的疲累感到震惊。景色十分秀丽，高耸的科胡达山起起伏伏，抹着一缕香烟色的淡青薄雾，袅袅飘向远方的地平线。太阳已经低低地挂在半空，我休息了约莫十分钟，然后起身四处眺望。有一块青铜铭牌被用螺丝固定在一块圆石上，宣布这里是阿巴拉契亚小道的起点，附近的一根柱子上有个木箱，里面有一根线，缚着一支圆珠笔和一个标准的线圈笔记本，它的内页因为潮气而卷了起来。这个笔记本是小道的登记册（不知怎的，我原以为它是用皮革装订的，像丧礼登记册那样严肃），里边满是热切的留言，几乎都是用年轻的笔迹写的。从1月1日以来有大约二十五页的留言——单是1月1日这一天就有八则。大部分留言写得匆忙而喜气洋洋——“3月2日。嘿，我们来了，妈呀，冷死了！咱们大家到卡塔丁再见！杰米和斯波特”——但是大约三分之一写得比较长，经过比较仔细的思考，内容诸如“我终于来到斯普林格了，我不知道今后几个星期里等着我的是什么，但是我对于主的信仰是坚定的，并且我知道我有全家的爱和支持。妈妈和普基，我这次旅行是为了你们”，等等。

我等待了卡茨三刻钟，然后去寻找他。天色正渐渐暗下来，空气带上了傍晚的寒意。我走啊走，走下山坡，穿过无穷无尽的树丛，回到我已经谢天谢地永远抛在脑后或者我曾以为已经抛在脑后的地点。我喊了好几次他的名字，接着仔细听，可是什么声音都没有。我继续走啊走，踏在几小时前我曾拼命跋涉踩过的落叶上，走下我现在只能模糊回忆起来的山坡。如果是我奶奶，可能会让我落下这么远的，我心里一直这么想。最后，我转过一个弯，发现他就在那儿，正磕磕绊绊地向我走来，头发散乱，掉了一只手套，比我见到过的任何人都要接近歇斯底里的状态。

很难让他用连贯的语言把全部经过说出来，因为他正在大发雷霆，不过我猜想他在一阵暴怒中把他背包里的许多东西都扔下了悬崖，吊在他的背包外面的所有东西已经一件都没有了。

“你都扔掉了些什么？”我问道，尽量不表露出太多的惊讶。

“该死的重物，就是那些辣香肠、大米、红糖、斯帕姆午餐肉……我记不清了。多啦，该死的！”卡茨气得几乎成了个倔强症患者。瞧他那样子，好像他被小道出卖了，深受伤害。小道不是像他所期望的那样，我想。

我看到他的手套扔在30码后的小道上，走过去帮他捡回来了。

“好啦，”我回来时说，“你没有多少路要走了。”

“还有多远？”

“大概1英里。”

他愤愤地骂了一句。

“我来帮你背背包吧。”我把他的背包扛到我的肩上。现在背包并没有真的清空，但重量显然已经比较适度了，天知道他都扔了些什么。

暮色四合，我们俩爬上山，攀登最高峰。翻过最高峰几百码的地方，是一处野营地，在背靠着深色树木的一大片生着杂草的平地上，建有一座木棚。那儿有许多人，数量远远超过我原先以为的这个季节之初会有的人数。木棚是一栋带有斜屋顶的简易建筑，看上去十分拥挤。平地上分布着十来个帐篷，几乎到处都听得见小型野营锅的嗞嗞声，看得到升起的缕缕炊烟，以及瘦长的年轻人在活动。

我在空地的边上为我们俩找了个营址，远离众人，差不多单独在森林里。

“我不知道怎样搭起我的帐篷。”卡茨没好气地说。

“好吧，我来帮你搭。”你这软塌塌的没用的大男孩，我心想，突然感到非常累。

他坐在一根树干上，看着我把他的帐篷搭起来。我搭好后，他把他的垫布和睡袋塞进去，接着爬了进去。我忙着搭我自己的帐篷，手忙脚乱地把它弄成一个小小的家。当我完成工作，站直身子，我发现他的帐篷里没有动静。

“你睡觉了吗？”

“睡了。”他用一种表示肯定的吼叫声回答。

“就这样？你休息了？不吃晚饭了？”

“对。”

我站立了一会儿，心绪烦乱，一句话也说不出。我太累了，连火都发不出。说到吃，我也累得顾不上饿了。我爬进我的帐篷，带进一瓶水和一本书，摆出我的电筒和小刀，以便夜间照明和自卫，最后摇摇晃晃地钻进睡袋，我一生从来没有像现在这样体会到放平身子的舒坦。一会儿我就睡着了，我觉得我从来没有睡得这样好过。

我醒来已经是白天了，我的帐篷内壁附着一层奇怪的片状结晶，很快我就明白了，这是我在夜间呼出的水汽凝结在帐篷上形成的，好似被收藏进一本呼吸纪念物剪贴簿。我的水瓶已经冻得结结实实，看上去倒挺有令人惬意的硬汉作风。我兴趣盎然地查看这个瓶子，好像它是一种罕见的矿藏似的。我躺在睡袋里，舒适得令人惊讶，一点儿也不急于投身愚蠢的登山活动，所以我就躺在那儿，如同接到了一项不得擅动的严格命令。过了一会儿，我意识到卡茨正在外面走来走去，像是哪儿疼痛似的低声哼唧，并且在干什么活——他可不像这么勤劳的人。

过了一两分钟，他过来了，在我的帐篷旁边蹲下来，他的身子在帐篷上投下一个黑影。他没有问我是不是醒了或者别的什么话，只是用一种温和的声音说：“你说，昨天晚上我是不是完全像个浑蛋？”

“不错，你是的，斯蒂芬。”

他安静了一会儿。“我在煮咖啡。”我猜想这是他表示歉意的方式。

“你做得很好。”

“外面冷得要命。”

“里面也是。”

“我的水瓶冻住了。”

“我的也是。”

我拉开拉链，从我的“尼龙子宫”里跳出来，着地时我的关节在嘎嘎作响。我穿着长内裤站在室外，看上去十分奇特。卡茨在野营炉旁边蹲着，正在煮一锅水，我们俩看来是仅有的醒来的野营者。天气很冷，不过也许比上一天稍微暖和那么一点儿，刚出山的太阳透过林木照过来，看上去谨慎地预示着晴天。

“你觉得怎么样？”他说。

我试探地屈伸着双腿：“不太坏，真的。”

“我也这么想。”

他把水倒进滤球。“今天我要表现得好点。”他保证说。

“那好。”我隔着他的肩膀望过去，“是不是有什么原因？”我问，“你干吗用卫生纸过滤咖啡？”

“我，噢……我把滤纸扔掉了。”

我发出一声不太像笑的声音：“滤纸的重量不会超过2盎司。”

“我知道，可是它最该扔掉，飘得到处都是，”他滴下更多的水，“不过卫生纸看似还顶用。”

我们看着水滴下去，心里升起一种奇特的自豪感，这些是我们在莽原的第一顿点心。他递给我一杯咖啡，杯里浸着咖啡渣和小片的粉红色卫生纸，可咖啡是滚烫的，这是最主要的呀。

他抱歉地看了我一眼：“我把黄糖也扔了，所以燕麦片粥里没糖可放了。”

“啊！实际上，没有燕麦片用来做燕麦片粥了，我把它留在新罕布什尔州了。”

他瞅着我。“真的吗？”接着补充一句，好像是录以备考，“我喜欢吃燕麦片。”

“来点奶酪怎么样？”

他摇摇头：“扔了。”

“花生？”

“扔了。”

“斯帕姆午餐肉？”

“真的扔了。”

听起来事态有点严重了。“那么大香肠呢？”

“噢，那玩意儿我在阿米卡洛拉吃掉了。”他说，好像已经是好几星期之前的事了，接着突然用宽宏大量的让步的口气补充了一句，“哎，我有一杯咖啡和几块‘小德比’糕点就很满意了。”

我做了个小小的鬼脸：“我把‘小德比’也留下了。”

他的脸拉长了：“你把‘小德比’留下了？”

我抱歉地点点头。

“一点儿不剩吗？”

我点点头。

他吐了一口粗气，事态确实很严重——除了其他之外，这是对他心平气和的保证的严峻挑战，我俩决定最好盘点一下存货。我们在铺地布上清理出一块地方，把我们的补给品放在一起。东西匮乏得令人吃惊—— 一点儿干面、一包大米、葡萄干、咖啡、盐、数量不少的块状糖果，以及卫生纸，差不多就是这些东西了。

我们吃了士力架巧克力和咖啡当早餐，捆扎好我们的帐篷，背上我们的背包，踉跄了一下，再次出发了。

“我没法相信你留下了‘小德比’。”卡茨说，马上又落在后面了。

第 4 章
遗世而独立

森林与其他场所不同。首先，森林是立体的。林中的树木包围着你，在你的身边赫然耸立，从四面八方向你逼近。森林隔断了视线，使你晕头晕脑，迷失方向，使你感到渺小、慌乱、脆弱，如同一个小孩迷失在一大群大人的腿中间。站在一片沙漠里或者大草原上，你知道你是在一个巨大的空间里。站在一片森林里，你只能感觉到它的大，森林是一个广阔的、无特征的未知之地。还有，它是有生命的。

所以，森林是怪异的。它远远不只是人们所以为的那样，可以庇护野兽以及名叫齐克和费斯特斯的这些有武器的、在遗传方面有问题的人，它具有某种天生的险恶—— 一种不可言喻的东西，使你每走一步都感到一种厄运即将临头的气氛，并且使你深切意识到你已脱离你所熟悉的环境，必须时刻竖起耳朵才行。尽管你告诉自己，这些想法是荒谬的，然而你无法完全抛开你正在受到监视的感觉。你命令自己坦然处之（上帝呀，这只不过是一片森林罢了），但是实际上你比拔出手枪来的唐·诺茨还要神经紧张。突然发出的每一种声音—— 一根巨枝掉下来的嘎吱声、一头奔鹿发出的冲击声——都使得你惊恐地转过身，强压住一声“求上帝保佑”。不管你身体里的肾上腺素是哪儿制造出来的，那地方从来都没有像此刻这样光滑润泽、这样敏捷地随时准备好喷出一股暖暖的肾上腺素液。即便在睡觉，你也是一根盘成一圈的弹簧。

美国的森林300年来一直使人们感到不安，那个自命不凡、令人讨厌的亨利·大卫·梭罗认为自然是壮丽的，只要他可以踱到镇上吃吃蛋糕，喝喝大麦酒——那当然壮丽啦！然而当他在1846年访问卡塔丁，体验到真正的莽原的时候，他感到极其不安。这儿可不是在马萨诸塞州康科德郊区那个有杂草丛生的果园和阳光从树叶间照下来的小道的冒充莽原的驯服天地，而是一处严峻、压抑、原始的荒野，“严酷和荒凉……野蛮而沉闷”，只适合“与岩石和野兽的血缘比我们更近的人”。借用一位传记作家的话来说，这次体验使得他“几乎变得歇斯底里”。

然而，即便是远比梭罗强壮，比他更加适合莽原生活的人，对于莽原的奇特而显而易见的危险也有清醒的认识。丹尼尔·布恩不仅与熊搏斗过，而且尝试过与母熊约会，他把阿巴拉契亚山南部的一些角落描述为：“是如此荒凉和可怕，以致不可能不带着恐惧观察这些地方。”连丹尼尔也感到不安了，你就知道走路是该小心点了。

第一批欧洲人到达新大陆的时候，在后来成为美国本土四十八州的地盘上有大约9.5亿英亩①林地。卡茨和我现在行走的查塔胡奇森林，是从亚拉巴马州南部延伸到加拿大，以及从大西洋岸一直连接遥

① 1英亩约合4047平方米。

远的密苏里河草原的一片广袤、连绵不断的茂密丛林的一部分。

这片大森林的大部分目前已经消失，但是遗留下来的部分比你想象的更加令人惊叹。查塔胡奇森林是一直延伸到大雾山以外、两边扩展到四个州的 400 万英亩（6000 平方英里）的联邦所属森林的一部分。在美国地图上，它是不起眼的一个绿点，但是步行起来，它的规模十分庞大。卡茨和我花了 4 天时间才穿越一条国道，8 天后才到达一个小镇。

我们就这样行走着，我们登上山岭，穿越深深的、被人遗忘的山谷，走上人迹稀少的山脊，放眼望去，前面有更多的山脊。我们翻过长草的圆丘，走上嶙峋、曲折的下坡路，并且走在一条 18 英寸宽、隔一段路就有在灰皮树干上刮出来的长方形白色路标（2 英寸宽，6 英寸长）的小道上，穿过一英里又一英里无尽的阴暗、深邃、寂静的森林，我们做的事就是走路。

与大部分发达地区相比，美国在很大程度上仍然是一个森林之国，本土四十八州三分之一的景观被林木覆盖——总面积达到 7.28 亿英亩，仅缅因州就有 1000 万英亩的林地无人居住。也就是说，在面积远大于比利时国土的 1.56 万平方英里的土地上没有一个常住居民，美国总共只有百分之二的面积是有建筑物的。

美国森林中大约 2.4 亿英亩属于政府所有，其中大部分——1.91 亿英亩，分成 150 多块土地——由美国森林署掌管，分为国家森林、国家草原和国家娱乐区。所有这些名称听起来像是无人涉足、十分环保的，但事实上，大量由森林署掌管的土地被列入了“多种用途”，对这个词语的宽松解释就是允许开展任何暴烈的活动，诸如开采金属矿藏、石油和天然气啦，建立滑雪胜地（有 137 个）啦，开发共有公寓啦，开雪车啦，举办非公路汽车赛啦，以及砍伐许多许多林木啦，这些活动与森林的宁静似乎是极其不相称的。

森林署实在是一个异乎寻常的机构，许多人因为它的名称里有“森林”一词，以为它跟维护森林有点关系，其实不然——尽管原来的计划是这样的。在一个世纪之前，当人们对美国森林的砍伐速率感到震惊的时候，这个单位被设想成某种林地银行——美国木材的一个永久性储藏所——它的任务是代表国家管理和保护这些资源，这些林地并不被打算开辟为公园。私人公司可以获准开采矿藏和砍伐木材，但是要采取一种节制、明智和可持续的方式。

事实上，森林署所做的大部分事情是修路，我不是在开玩笑。美国国家森林里有 37.8 万英里的道路，听起来这像是一个没有意义的数字，但是请你这么看吧——这是美国州际公路系统全部里程的八倍，这是世界上在一个单一机构控制下的最大的公路系统。森林署拥有的公路工程师的人数，在全世界政府机构中排名第二，说这些人喜爱修筑公路不足以表明他们的敬业程度。给他们看任何地方的一片林地，他们就会若有所思地长时间打量它，最后说：“你知道，我们可以在这里修一条路。”美国森林署公开宣称的目标，是到下个世纪中期为止再修筑 58 万英里森林道路。

森林署修筑这些道路，完全不是因为黄色机器在森林里发出嘈杂声使他们乐不可支，而是为了使私营木材公司涉足原先到达不了的林地。由森林署管理的1.5亿英亩的可伐木林地中，大约三分之二储备着以待将来使用，其余三分之一——4900万英亩，大致与两个俄亥俄州的面积相当——可供伐木。森林署允许大面积的林地被砍伐干净，其中包括（举一个最近的但令人痛心的例子）俄勒冈州恩普夸国家公园里的209英亩千年红杉树。

1987年，森林署漫不经心地宣布，将允许私营木材利益集团每年从紧邻大雾山国家公园的历史悠久、树木葱茏的皮斯加国家森林中运出几百英亩的木材，其中80%是以用它的花言巧语称为“科学林业”（对于你我来说就是“砍光”）的方式取得的。这不仅是对景观的野蛮破坏，而且会引起后果严重的大规模水土流失现象，水会冲刷土壤，夺走其中的营养物质，扰乱下游地区（有时一直延伸数英里）的生态。这不是科学，这是洗劫。

然而，森林署仍然在继续运作。截至20世纪80年代末——这个情况太反常了，我实在难以忍受——这个机构是美国木材工业唯一的重大责任人，砍掉的树木比补种的多，更有甚者，它是以极其奢侈的低效率工作的。它的租赁安排中的80%是亏本的，而且往往数额巨大。在一桩典型的交易中，森林署以平均每棵树约2美元的价格出售爱达荷州塔尔国家公园里的有百年树龄的美国黑松，而在此前用于勘测林地、订立合同，当然还有修筑道路的费用则相当于每棵树4美元。根据荒地协会提供的资料，从1989年到1997年，这个机构平均每年损失2.42亿美元——共计将近20亿美元。这件事太令人沮丧了，我想就此打住，回到正在穿越查塔胡奇森林这个失落的世界的我们这两位孤独的主人公身上吧。

我们此刻正在穿越的森林其实只是一位身材魁梧的青年，1890年，一位来自辛辛那提的名叫亨利·C.巴格莱的铁路界人士来到佐治亚州的这个地区，看到雄伟的白松和白杨，被它们挺拔的雄姿和数量之多深深打动，决定把它们全数砍下。这些树木的价值巨大，同时，将木材运到北方的工场能使他的货车车皮保持运行。于是，在此后30年里，佐治亚州北部几乎所有山头都变成了阳光普照的树桩场。截至1920年，南方的木材商每年运走154亿板英尺[①]的木材。直到20世纪30年代，正式规划了查塔胡奇森林，大自然又被请回来了。

在一个不适宜的季节，森林里存在着一种奇怪的凝固了的暴力，每一块林间空地和每一个溪谷都似乎刚经历过某种巨大的灾变，每隔五六十码就有一棵被砍倒的大树横躺在小道上，它们四仰八叉的树根周围常常有一个巨大的土坑。另外几十棵树木倒在山坡上腐烂，而且看起来，每隔三四棵树就有一棵危险地靠在旁边的树上，好像树们都迫不及待地想倒下来似的，似乎它们在万物规划中的唯一目的就是长到足够大小，可以在倒下来时发出一声伴着四溅的木片的巨响。我总是碰到不稳当地重重倒在小道上的大树，我会犹豫一下，然后从下面

① 板英尺，英美材积单位，154亿板英尺约合0.36亿立方米。

迅速穿过，害怕它选在这个时间把我压垮，并且想象几分钟之后卡茨过来，看着我乱扭的腿说："该死，布莱森，你在那下面干吗？"不过，没有一棵树倒下来，每个地方的树都一动不动，超自然地寂静。除了溪流偶尔传来的汩汩流水声和风吹树叶发出的轻微沙沙声，几乎万籁俱寂。

森林之所以寂静，是因为春天还没有来临。在平常的年份里，我们会在丰裕而情趣盎然的春天走进南部山区，穿过一个虫声唧唧、鸟啼恰恰、十分活跃、灿烂丰饶的新生世界——这个世界充满着新鲜宜人的空气，以及你拂开低矮的绿枝时所闻到的那种浓郁、柔和、沁人心脾的叶绿素气味。最重要的，还有无数争奇斗艳的野花，勇敢地钻出林中地面的腐叶堆，开放在每一根细枝上，铺满了每一处阳光和煦的山坡和河岸——延龄草、牡丹花、天南星、曼德拉草、紫罗兰、雪蓝花、毛茛和血根草、矮种鸢尾花、耧斗菜和木本酢浆草，以及无数欢乐摇曳的其他奇花异草。阿巴拉契亚山南部有 1500 种野花，仅佐治亚州北部的森林里就有 40 个罕见品种。看了这些美景，心肠再硬的人也会心情舒畅。然而在严酷的 3 月的森林里却看不到这些，我们顶着铅色的天空，踏着铁一般坚硬的土地，跋涉在这个只有光秃秃的树木的寒冷、寂静的世界里。

我们制订了一个简单的行程计划。每天清晨，我们在第一线阳光照射下来的时候起身，一边发抖一边摩擦手臂，煮咖啡，拆下帐篷，吃几把葡萄干，然后出发，走向肃静的森林。我们从大约 7 点半开始，行走四个钟头，我们俩很少一起行走——我们的步速配合不起来——但是每过几个钟头，我会坐在一根树木上（总是先察看一下周围的下层林丛，听听有没有熊或者野猪的声响），等待卡茨赶上来，确保一切都平安无事。有时候其他徒步旅行者赶上来，告诉我卡茨在哪儿，他的进展情况怎么样——差不多总是慢吞吞、游游逛逛的。小道对他比对我来说更艰难，该称赞他的是，他努力做到不骂骂咧咧，我没有一刻忘记他可不是非得来这儿不可的。

我曾经想过我们俩超过其他的人，可是这儿合理散布着其他徒步旅行者——有三名新泽西州拉特杰斯大学的学生，一对背着小小的背包徒步旅行到遥远的弗吉尼亚州去参加女儿的婚礼、身体棒得惊人的老夫妻，一个来自佛罗里达州的名叫乔纳森的笨拙的男青年——在森林的这个位置，我们这些人加起来有二十三四个，全是往北走的。由于每个人走路的速率不同，并且在不同的时间休息，每天你能有三四次碰到一些或所有与你一起徒步旅行的人，特别是在四下一望，景色尽收眼底的山顶上，或者是在水流清澄的溪流旁，最经常的乃是在小道旁边空地上在建的木棚里。这些木棚彼此之间距离很远，并非总是正好相当于徒步旅行一天的路程，因此，你至少能够了解一点点有关你的旅伴们的情况，如果你晚上在木棚里遇见他们，就会了解得相当多了。你成了一个非正式团体的一部分，一个由不同年龄、不同行业，但是都体验着同样的天气、同样的不舒适、同样的风景、同样的徒步前往缅因州的奇怪而冲动的人组成的松散、和谐的集体。

然而，即便是在繁忙的时候，森林仍然会给你一种强烈的遗世独立的感觉。当我一连几小时看不到一个人影时，我体会到的便是长时间的彻底孤寂。许多时候，我等待卡茨好久，连一个别的徒步旅行者也没有走过来。在这种情况下，我会把背包放下，回头去找他，看看他还好不好，这总是使他很高兴。有时候，他会骄傲地扛着我的手杖，那是我停下来系鞋带或调整背包时靠在树上的。我们似乎在相互照看，那感觉真是非常好，我无法用别的话来形容了。

4点钟左右，我们找个地方扎营，把帐篷支起来。一个人去汲水并且过滤，另一个人则煮一锅热腾腾的面条。有时候，我俩会聊聊天，但大部分时间，我们处于一种知己相对无言的状态中。到了6点钟，天色暗下来，寒冷和疲劳把我们驱入各自的帐篷。据我所知，卡茨马上就睡着了。我则借着我那盏小矿灯的光，读上一个来小时的书。小矿灯的功效并不令人满意，灯光在书页上投射出古怪的同心圆光圈，好像自行车车灯一样，直到我露在睡袋外面的肩膀和手臂感到寒冷，并且由于凑近亮光把书捧在一个别扭的角度而感到沉重为止。于是我就沉浸到黑暗之中，躺在那儿倾听夜的森林所特有的那种明显、清晰的声响：风的呼啸声、树叶的沙沙声、树枝不堪重负的嘎吱声、无穷无尽的咕哝声、躁动声，犹如熄灯之后的一个康复病房，直到我最后沉入梦乡。到了早晨，我们就起来，边发抖边摩擦手臂，无言地重复各种小小的杂活，整理好背包背起来，再次闯进枝干虬结的大森林。

在第四天傍晚，我们交了一个朋友。我们坐在小道旁边一块小小空地上，我们的帐篷已经搭好，正在吃面，体味着歇下来的那种极度愉快。这时，一位穿着红色外衣、胖胖的戴眼镜的姑娘背着超大号背包走过来了。她皱起脸，眯着眼睛看了我们一下，好像是个老是搞不清楚状况的人，或者是个视力不好的人。我们互相打了招呼，聊了几句天气怎么样、我们到了什么地方之类。接着，她眯眼打量了一下四合的暮色，声称她想和我们在同一块地方扎营。

她的名字叫玛丽·埃伦，来自佛罗里达州。就像卡茨日后一直用的一种特别的领教过厉害的语调所描述的那样，她实在是一件重活。她说起话来没完没了，除了擤鼻涕的时候（她经常这样做），这时她捏住自己的鼻子，发出一系列震天动地、让人吃惊的擤鼻声，足以使一条狗逃离沙发，跑到隔壁房间的桌子底下躲起来。我早就知道与世界上每一个最蠢的人共度一段时间是上帝为我安排好的计划的一部分，而玛丽·埃伦证明，就是在阿巴拉契亚山的森林里，我也逃不脱这个宿命，她从我们相见的第一分钟起就表现出是个稀罕人物。

“你们俩吃的是什么呀？”她说着，嘎吱一声在一根空树干上坐下来，抬起头盯着我们的碗看，“是面条？犯大错啦，面条没什么能量。”她擤了一下鼻子，“这是一顶名牌帐篷吗？”

我看看我的帐篷：“我不知道。”

“犯大错啦，他们一定是看到你朝野营装备店走过来啦，你花多少钱买的？”

“我不知道。”

“太多啦，应该是这么多，你该买一顶三季帐篷才对。”

“这是一顶三季帐篷啊。”

“恕我直言，可我觉得在 3 月份不带上一顶三季帐篷就上这儿来似乎太愚蠢了。”她擤了一下鼻子。

“这是一顶三季帐篷啊。”

“你还没有被冻死算你走运，你应当回去把那个卖给你帐篷的人揍一顿，因为他卖给你那玩意儿简直是……呃，玩忽职守。”

“真的，这是一顶三季帐篷啊。”

她擤了一下鼻子，不耐烦地摇摇头。“那才是一顶三季帐篷。”她指着卡茨的帐篷说。

“那顶帐篷与这顶完全相同呀。”

她再次瞥了一眼：“随它去吧，你们今天走了多少英里了？”

“10 英里左右。”实际上我们走了 8.4 英里，但是路程包括几处艰险的悬崖，其中有一处有名的、名为“布道岩”的险峻峭壁，是从斯普林格山徒步以来的最高点，所以，我们奖励了自己几英里路程，为的是激励士气。

“10 英里？就这点？你们男士看来实在不像话，我走了 14.2 英里了。”

“就凭你的一张嘴？”卡茨说，从他的面碗上方抬起头来看。

她狠狠地眯着眼盯住他。

“当然，我的全身也同样这么说。”她偷偷朝我瞟了一眼，好像是说，你这位朋友有严重怪癖还是怎么的？她清清耳朵，“我是从古奇山口出发的。”

“我们也是呀，那么只有 8.4 英里。”

她拼命摇头，好像在驱赶一只特别缠人的苍蝇：“14.2 英里。”

“不对，真的，只有 8.4 英里。”

“对不起，可是我刚刚走过，我想我应该知道的。”突然，她叫起来，“上帝，这是天伯伦牌高帮鞋吗？特大错误，你买这个花了多少钱？”

谈话就这样继续了下去。后来，我到外面去刷洗我们的饭碗，并且把食品袋吊起来。当我回来的时候，她在张罗自己的晚餐，但是仍然在跟卡茨说话。

“你知道你的问题是什么吗？”她在说，“恕我直言，你太胖了。”

卡茨大为惊异，平静地看着她：“你说什么？”

“你太胖了，你应当先减肥，再到这儿来。你该做点训练，因为你可能会发生严重的……呃……心脏病什么的。”

“心脏病什么的？”

“你知道，如果你的心脏停下来，你就……呃……会死掉。”

“你是说心脏病发作？”

“就是啊。”

应当指出，玛丽·埃伦身上的肉也不少，而在那一刻，她正在不明智地探过身去从她的背包里拿东西，展示出一个宽阔的后背，足以供一个军事基地的放映员在那上面放映电影。这是对卡茨的克制力的一次有趣的考验，他什么话也没有说，站起身撒尿去了，在和我擦身而过时，他从嘴角吐出由三个低沉、沮丧的词组成的一句现成的咒骂，犹如夜间货车的鸣笛声。

第二天，与往常一样，我俩冒着寒冷起身，感到沮丧，开始料理我们的日常小事，但是这回有了额外的负担，那就是我们每做一件事都得被人审视、评论。当我们吃着葡萄干，喝着漂着小片卫生纸的咖啡的时候，玛丽·埃伦大吃着包括燕麦片、草莓小烘饼、杂拌果仁在内的多道食品组成的早餐，还有十来块小巧克力，她把这些巧克力在她身边的原木上排成一长条。我俩像失去父母的小难民那样眼巴巴望着，她一边用食物把嘴巴塞得鼓鼓的，一边就我们在伙食、装备和整体男子汉气概方面的种种缺点数落我们。

接着——现在是三人行了——我们出发，走进森林。玛丽·埃伦有时跟我走在一起，有时跟卡茨走在一起，总是跟着我们之间的一个。显而易见的是，尽管她大话连篇，却明摆着缺乏经验，不适合走小道（仅举一例，她一点儿也不懂如何看地图），并且在莽原里一人独处时就感到不安，我禁不住为她感到有点难过。另外，我开始发现她颇有点儿滑稽，她说话特别啰唆、冗长。她会说这样的话，诸如“那儿有一条有水的河”，以及“现在差不多是上午10点钟了”。有一次在提到佛罗里达州中部的冬天时，她严肃地告诉我：“我们那儿在冬天通常有一次或者两次结霜，可是今年已经有两三次了。”卡茨显然害怕跟她一块儿走，对于她要他加快步伐的不倦敦促表现出畏缩。

有一次，天气很给面子——感觉更像秋天而不是春天，又惬意又温和。到了 10 点钟，气温处于舒适的 60 多华氏度（约 16 摄氏度）。自从离开阿米卡洛拉以来，我第一次脱掉了外衣，然而不无困惑地意识到我根本没地方放这件衣服，我把它用一根带子绑在我的背包上面。

我们辛苦跋涉，翻过了血山——山高 4461 英尺，是小道在佐治亚州境内最高峻、难走的山峰——接着开始走一段险陡、令人兴奋的通往尼尔斯山口的 2 英里长的下坡道。之所以感到兴奋，是因为尼尔斯山有一个商店，在一个叫瓦拉西 - 伊旅馆的地点，在那儿可以买到三明治和冰激凌。在 1 点半左右，我们听到一种新的声音——机动车的声音，几分钟后，我们走出森林，踏上美国第 19 号和第 129 号公路。尽管这条路有两个号码，但它实际上是穿过林木覆盖的无名地点的一个高高山口的一条偏僻道路。公路的正对面是瓦拉西 - 伊旅馆，这是在大萧条时期由平民保护军（一种失业人员的大军）建造起来的一座漂亮的石头建筑，目前综合开设着徒步旅行用具商店、食品店、书店和青年旅舍。我们穿过大路——简直是急速蹿过去的——走进这个建筑。

现在说在森林里仅仅过了 5 天，看到像一条人工修筑的公路、飞驰而过的汽车以及像样的建筑之类的东西就会感到激动、陌生，可能有点令人难以置信，但是事实如此。仅仅走进门口，来到室内，被墙壁和天花板所包围，就令人感到新奇。而瓦拉西 - 伊旅馆的物品，唉，我无法形容它是多么美妙。里面仅仅放着一个不大的冰箱，塞满了新鲜的三明治、汽水、纸盒包装的果汁，以及奶酪之类的食品。卡茨和我盯着这个冰箱看了好久，被震撼得哑口无言了。我开始认识到，阿巴拉契亚小道的生活的突出特点是匮乏，这个体验的全部意义在于使你自己彻底抛弃日常生活的种种方便，以至于最普通的东西——加工过的奶酪、一罐外包装缀满冷凝水滴的饮料——都会使你充满惊奇和感恩之心。如同第一次品尝可口可乐，因为一块白面包而使你接近极乐境界，那是一种令人陶醉的体验。如果你问我，我就说，让一切不舒服的体验最后变得值得。

卡茨和我每人买了两块鸡蛋沙拉三明治、一些土豆片、巧克力和汽水，走到后面的一个野餐桌旁。我俩就在那儿一边贪馋地咂嘴，一边欢天喜地地评论着将它们一扫而空了，接着回到冰箱旁，惊异地盯着更多的食品看。我们发现，瓦拉西－伊旅馆收少量费用，向真正的徒步旅行者提供其他服务——洗衣中心啦，淋浴啦，租借毛巾啦，等等——我们贪婪地全都尝试了一遍。淋浴器是一个滴滴答答漏水的老式东西，但是水非常热，我从来没有，我是说从来没有享受过比这更加畅快的洁身服务。我极为满意地望着积了5天的油泥随着水流流下我的双腿，流进排水孔，并且怀着一种吃惊的感恩心情注意到我的身体变得明显光滑细洁。我们洗了两大堆衣物，洗干净了我们的杯子、锅碗，买了明信片寄出去，往家里打了电话，并且在店里补充了大量新鲜食品和包装食品。

瓦拉西－伊旅馆是由一位名叫贾斯廷的英国人和他的美国太太佩姬经营的，整个下午，我们在旅馆里穿进穿出，不断跟他们交谈。佩姬告诉我，从1月1日以来，已经有一千名徒步旅行者来过他们的店铺，而徒步旅行的季节还没有真正开始呢。他们是一对和蔼可亲的夫妻，特别是佩姬，我感觉到，他们花了许多时间跟人们谈话，劝说他们不要半途而废。就在前一天，一位萨里来的青年曾经请他们叫一辆出租车载他去亚特兰大。佩姬几乎已经说服了他，让他坚持下来，可是最后他受不了了，轻轻地哭泣着，还是恳求他们让他回家去。

我自己的感觉是，我第一次真正想要继续走下去。太阳照耀着，我全身干净，恢复了精神，我们的背包里有充足的食品。我已经与我的太太通过电话，让她知道一切平安无事。最主要的是，我正在变得健康，我肯定自己已经减少了将近10磅体重，我已经准备好继续走。卡茨也是浑身整洁，容光焕发，看上去清爽帅气。我们俩在门廊里把买来的物品包装好，并且不约而同愉快而惊讶地意识到玛丽·埃伦不再是我们这一行的一员了。我把头伸进门去，问店主夫妻是否看到过她。

“噢，我想她在差不多一小时前离开了。”佩姬说。

情况越来越好，越来越好。

到我们再次出发时，已经过了4点钟了。贾斯廷说过，往前走大约一个小时的路，有一片天然的草地，是个理想的野营地点。在下午的阳光的照射下，小道一副热烈欢迎大家的姿态——树木投下长长的影子，河谷对面是粗犷辽阔的棕色山脉——而草地确实是个理想的野营地点。我们搭起了帐篷，吃了一些我们买来当作晚餐的三明治、土豆片，喝了一些汽水。

接着，我充满自豪感地端出来一个小小的惊喜——两盒女主人牌杯形蛋糕，就好像是自己烤的一样。

卡茨脸上露出喜色，像诺尔曼·洛克威尔画的图画里的那个过生日的男孩。

“哦，哇噢！”

“那家店里没有小德比牌糕点。”我抱歉地说。

“嗐，”他说，“嗐。”他说不出更加动人的话了，卡茨爱吃糕点啊。

我们两人吃掉了三块杯形蛋糕，将最后的一块留在树干上，回头我们好欣赏。我们俩靠在树干上，一边打着嗝儿，一边抽着烟，感到休息好了，心满意足，还聊了一会儿——简言之，非常像我在家时惬意的时候所想象的场景——这时，卡茨轻轻地叹了一声。我顺着他的目光，发现玛丽·埃伦兴致勃勃地从反方向沿着小道向我们大踏步走来。

“我正在纳闷你们两位男士去哪儿了，”她责怪道，“你们呀，实在太慢啦，本来咱们可以轻易再走 4 英里路的。我看哪，从现在起，我不得不瞧着点你们俩啦——哎，这是一块女主人牌蛋糕吗？”我还没来得及说话，或者说，没等卡茨抓起一根木棍把她揍死，她就说：“呃，我倒不妨来一块。”紧接着，两口就把蛋糕吃下去了，因为这事，卡茨好几天都没有笑。

第5章
山腰厌倦症

“那么，你是什么星座？”

“狗舌。”卡茨回答道，看上去非常不高兴。

她看着他。“我不知道那个星座。”她皱了下眉头，一副“我要是懂就不是人”的样子，说，“我以为每个星座我都知道，我是天秤座。”她转向我：“你呢？”

“我不知道。”我试图想出一个词应对，“爱死癖。”

“这个我也不知道，哎，你们俩在哄我吗？”

“是的。”

那是在两夜以后，我们在一个叫作“印第安人墓地”的高地扎营。这块高地被夹在两座高耸的山峰之间，一座回忆起来令人厌倦，另一座望上去使人沮丧。我们在两天里徒步行走了22英里——对于我们来说是一段非常了不起的路程——然而一种明显的倦怠情绪和虎头蛇尾的感觉，一种山腰厌倦症向我们袭来了。一天又一天，我们完全重复着前几天做过的事情，在未来的日子里也将继续这么做，翻越同样类型的山头，沿着同一条曲折的小道，穿越同样无尽的森林。树木十分粗大，使我们很少看得见远景，而看得见的远景总是覆盖着更多树木的无边的群山。我沮丧地提请自己注意，我已经又是一副邋遢相，并且哭着喊着想吃白面包，当然还有那个挥之不去、唠唠叨叨、没脑子到让人畏惧的玛丽·埃伦。

“你的生日是哪一天？”她问我。

“12 月 8 日。”

“那是处女座。”

“不对，实际上是射手座。”

“管他呢！”接着她又突然说，“哟，你们身上在发臭。”

“哦，是的，我们一直在走路。”

“我呀，我不出汗，从来不出，也从来不做梦。”

“每个人都做梦。”卡茨说。

“嗯，我可不做。”

“智力极为低下的人除外，这是个科学事实。”

玛丽·埃伦毫无表情地朝他看了一会儿，接着突然不知对着谁说道：“你们有没有做过这样的梦，梦里你好像在学校里，你朝身上一看，像是什么衣服也没有穿呀？”她哆嗦了一下，“我讨厌那样的梦。”

“我以为你是不做梦的。”卡茨说。

玛丽·埃伦毫无表情地朝他看了很长一会儿，仿佛在努力记起以前她是在哪儿遇见他的。“还有往下掉，”她不为所动，继续说，“我也讨厌那样的梦。比如你掉进一个洞，然后就掉啊，掉啊……”她很快哆嗦了一下，接着声音很大地擤着鼻子。

卡茨懒散地望着她。“我认识一个人有一次像你那样擤鼻子，”他说，“结果他的一个眼球弹出来了。”

她怀疑地瞧瞧他。

“他的眼球正好滚过起居室的地板，被他的狗吃掉了。是不是，布莱森？”

我点点头。

“是你编出来的。”

“不是的，眼球正好滚过地板，任何人还没有来得及采取任何行动，狗就一口把它吞下去了。”

我再次点点头向她表示确认。

她把这件事考虑了一分钟：“那么你的朋友眼睛那儿留下的空洞怎么办呢？他得弄一颗玻璃眼珠或者别的什么吗？”

“呃，他倒想那样，但是他家里……呃，很穷，于是他只好弄来一个乒乓球，在上面画了一只眼睛，对付着用。”

“啊！”玛丽·埃伦轻轻地说。

“所以要我说啊，不能再擤鼻子了。”

她又考虑了一会儿。“不错，也许你是对的。”她最后说，并且擤着鼻子。

在玛丽·埃伦走进灌木深处去方便，我与卡茨单独在一起的那几分钟里，我们俩订立了一项秘密条约，约定明天我们徒步旅行14英里，到一个名叫迪克斯河山口的地方去，那儿有通往北面 11 英里处的夏瓦西镇的一条公路。如果我们吃不消的话，我们将步行走到山口，然后设法搭免费便车去夏瓦西镇吃晚餐，并在一个汽车旅馆里过夜。第二项计划是我们把玛丽·埃伦杀掉后抢走她的草莓小烘饼。

就这样，第二天，我们开始步行，真正的步行，大步流星，使得玛丽·埃伦感到惊奇。夏瓦西镇有汽车旅馆——干净的床单！淋浴！彩色电视！听说还有许多餐馆可以选择，我们不需要比这更多的激励来振作精神了。卡茨在第一个小时蔫下来了，到了下午，我也感到疲累了，然而我们还是满怀信心地往前走。玛丽·埃伦被我们的步行速度甩得越来越远，直到她甚至落在卡茨后面了，这真是群山里的一个奇迹啊。

4 点钟左右，我走累了，浑身燥热，脸上淌下一条条含有沙子的汗流。我走出森林，踏上美国第 76 号公路宽阔的路肩，这是一条横贯森林的柏油河流，我高兴地注意到公路很宽，并且看上去相当重要，这也不奇怪。沿着公路前行半英里，树丛中有一块开辟出来的空地和一条汽车道——文明社会的一个标志——然后公路诱人地拐弯了。

几分钟后，卡茨从森林里跌跌撞撞地走出来，他看上去头发散乱，目露凶光，我不顾他大声抗议说他需要立刻坐下来，硬把他拉到公路对面。我希望在玛丽·埃伦赶到并把事情搞糟之前设法搭上一辆车，我想象不出她会怎么个搞糟法，但我知道她会的。

“你见到她了吗？”我焦急地问道。

“落后好几英里呢，坐在一块石头上，脱下了高帮鞋在搓脚呢，她看上去累极了。”

“很好。”

卡茨一副邋遢相，筋疲力尽地靠坐在他的背包上。我站在他身边的路肩上，伸出大拇指，尽力展示出一种良善、体面的形象，对飞驰而过的每一辆轿车和小吨位运货车私下发出恼怒的嘘声。我已经25年没有免费搭过车了，这是一种令人隐隐感到没面子的体验。车子用飞快的速度一闪而过，对我们几乎看都不看，让我们这些现在处于步行世界的人感到不可思议。很少的车慢慢开过来，这些车里通常坐着年纪大的人——小小的长着白发的头部刚巧露出车窗——他们毫无同情心或毫无表情地盯着我们看，好像是看一群牛那样。看来没有什么人会为我们停下车，换了我也不会停下来。

“永远不会有什么人让我们上车的。”过了15分钟之久，也没有车子理睬我们，卡茨泄气地说。

当然，他没说错，但是我对他什么事都轻易放弃的态度总是十分恼怒。“你就不能稍微有点信心吗？”我说。

“好的，我确信我们永远搭不上车。我是说，瞧我们这个样子。”他厌恶地嗅了嗅腋窝，“上帝呀，我闻起来像杰弗莱-达默尔[①]的冰柜。”

---

① 杰弗莱-达默尔，美国威斯康星州密尔沃基市人，他是一名连环杀手、恋尸狂和食人者。这个精神极其不正常的家伙引诱年轻男子到其家中，接着用酒或药物使其昏睡，然后杀害并肢解他们。通常他只会选择把想吃的部位贮放于冰柜中，其余的全用他在厨房里特制的硫酸池处理掉。被捕入狱后，达默尔因15项凶杀罪被判多次终身监禁。1994年11月28日，他在密尔沃基市哥伦比亚惩戒所被狱友打死。——译者注

每一个徒步走小道的人都知道并且崇敬地谈论着一种被称为“小道奇遇”的现象，说的是当情况看起来倒霉透顶的时候，常常会有一种小小的运气降临，让你回到极佳状态。我们的运气是一辆蓝色的微型庞蒂亚克横跨美洲牌汽车，这辆车子飞驰而过，然后在公路上开了几百码之后吱地停下来，掀起一股夹着砾石的尘雾。由于车子停下的地方离我们很远，我们没想到它可能是为我们而停的，但是接下来，车子猛地倒行，向我们开来，一半开在路肩上，一半开在路肩外面，开得非常之快，而且有点野，我站在那儿，吓得怔住了。前一天，有一对饱经风霜的徒步旅行者告诉我们说，南方的驾驶员有时候会突然转向阿巴拉契亚小道的徒步旅行者，或者碾过他们的背包，不过是为了寻开心，我猜想现在就是这样。我正想跳起来躲避，连卡茨也忙不迭地站起身来，这时车子猛地一晃，正好在我们面前停下来，又掀起一团尘雾，一个年轻姑娘从乘客座一边的车窗探出头来。

“你们两位先生不上车吗？”她喊道。

“当然，小姐，我们上。”我们说，表现出最好的风度。

我们背着背包匆忙奔向车子，在车窗边弯下腰来，发现车里有一对非常漂亮、非常开心、喝得烂醉的年轻男女，他们俩看上去也就十八九岁。女的正在小心地拿着一瓶已经喝掉四分之三的野火鸡牌威士忌斟满两个塑料杯。“嗨！”她说，“上来吧。”

我们踌躇了，车子已经几乎塞满了东西——箱子、盒子、各种黑色塑料袋、许多带着衣架的衣服。因为这是一辆小车，里边已经没有什么空当了。

“达伦，你干吗不给这些先生腾个位子啊？”姑娘命令道，接着向我们补充，“这位是达伦。”

达伦下车，咧开嘴打了个招呼，打开后备厢，茫然瞧着，他的头脑慢慢意识到后备厢也塞得满满的。他喝得如此之醉，以至于我一时以为他可能站着就会睡着，可是他突然振作起来，找了几根绳子，相当熟练地把我们的背包绑在车顶上。然后，他不顾他的伴侣的强烈建议和指示，把车里的东西堆到后部，直到腾出一个小小的空洞来。卡茨和我爬进空洞，喘着气表达歉意和最真诚的感谢。

女子的名字叫唐娜，两人正在前往公路前方 50 英里处一个听起来名字古怪的地方——土耳其球瀑布或者浣熊洞什么的，但是他们很乐意让我们在夏瓦西镇下车，要是他们还没有先出车祸让我们死掉的话。达伦只用一只手握着方向盘，以每小时 127 英里的速度往前开，他的头随着耳朵里传出的歌曲的节奏上下点动，而唐娜在座椅上转来转去跟我们聊天。她长得极美，美得夺人心魄。

“你们一定要原谅我们，我们在庆祝。”她举起塑料杯，好像在祝酒。

“你们庆祝什么呀？”卡茨问。

“我们明天要结婚啦。”她自豪地宣布。

“不开玩笑，”卡茨说，“祝贺你们。”

“好的，达伦将培养我成为一个诚实的女人。”她弄乱达伦的头发，接着冲动地猛扑过去吻他的脸，这个吻持续了许久，接着是舌头的探索，然后发展到公然调情。达伦的头猛然撞上车顶，瞬间把全车人惊险地带到迎面来车的车道上。然后，她转向我们，睡眼蒙眬地抛了个火辣的媚眼，好像是说：下一个是谁？我们后来回想，似乎达伦的手里拿满了东西。

“哎，喝一杯吧。”她忽然提议，握住酒瓶的瓶颈，在车底寻找多余的杯子。

“啊，不啦，谢谢你。”卡茨说，但是看上去受到了诱惑。

“喝吧。”她鼓励说。

卡茨举起一只手：“我戒掉了。”

“你戒了？哎，好样的，还是喝一杯吧。”

“实在不行。”

“那么你呢？”她对我说。

“噢，不，谢谢。”即使我想喝一杯，也没法腾出手来，我被挤得动弹不得，手臂在我面前晃荡，就像恐龙的前肢。

“你没戒掉，对吗？”

“嗯，也算是吧。”我曾经为了步调一致，决定在这段时间里戒酒。

她看看我们：“你们俩是摩门教徒还是什么？”

“不，只是徒步旅行者。”

她若有所思地点点头，对这个回答表示满意，自己喝了一杯，接着，她又使达伦跳了起来。

他们让我们在夏瓦西镇的穆尔氏汽车旅馆下车，这是位于镇中心附近的一条路的转弯处的一个无法形容的显然非连锁性的老式旅馆。我们不停地感谢他们，费了一些口舌要给他们汽油费，而他们坚决拒绝了。我们目送达伦像火箭发射器点上火那样回到拥堵的公路上。随着他们翻过一个小小的高坡而消失，我相信他的头又被撞了一下。

然后，我们俩孤独地守着行李站在佐治亚州北部的一个尘土飞扬、被人遗忘、样子怪异的小镇里的一个空荡荡的汽车旅馆的停车场上。来到佐治亚州北部的每一名徒步旅行者，刻在脑海里的词语是“解救”，这是詹姆斯·迪基在1970年写的一本小说里的话，这本小说曾被改编成一部好莱坞影片。你也许能回忆起来，它写的是四名来自亚特兰大的中年男子在周末沿着虚构的卡胡拉瓦西河（不过是以附近的真正河流查图加河为原型的）做一次独木舟旅行，发现他们严重不能适应这里的环境。“我在这里遇到的每一个家庭在罪犯教养所里至少有一名亲戚，”书中的一个人物在他们前往当地时颇感不祥地说，“他们中有的人是因为制造或者贩卖烈酒被抓进去的，但是大部分是因为杀人而被捕的。在这里，他们根本不把杀人当一回事。”当然，这些话得到了证实，来自城市的这四位中年男子分别遭到了两个疯狂的林区人的谋杀和追猎。

在书的开头部分，迪基让他笔下的人物在某个“寂静的、钩虫似的、丑陋的”小镇停留待命，据我所知，这个小镇很可能就是夏瓦西镇。可以确定的是，这本书是以佐治亚州的这一带作为故事发生的地点，那部电影是在这个地区拍摄的，影片中弹奏“决斗的班卓琴”的那个患白化病的琴手显然仍旧住在这条公路过去一点儿的克莱顿。

如你可以预见的那样，迪基的书出版的时候，在这个州引起了激烈的批评（一位观察者把它称为“现代文学中对于南部高原居民的最为贬低的描述”，说起来，这个评论还算是客气的哩），但实际上，150年来，人们一说起佐治亚州北部的人就毛骨悚然。19世纪的一位编年史作者把这个地区的居民描述成“又高又瘦，样子像死人的动物，意气消沉和懒散得仿佛煮过的鳕鱼”，其他人则大量使用“堕落”“粗鲁”“不文明”和“落后”这一类词来描绘居住在佐治亚州幽暗的森林里和渺无希望的小镇上的这群遁世、缺乏教养的人。迪基本人是佐治亚人，对这个地方十分了解，赌咒发誓地说他的著作是忠实的描述。

也许是因为这本书挥之不去的影响，也许仅仅是因为正巧在这个时间，或者也许只不过是不习惯，夏瓦西镇确实让人感到一种可以触摸的怪异和不安——在这种地方，你即使发现给你的车加汽油的是个独眼巨人，也一点儿不会觉得惊讶。我们走进汽车旅馆的接待区——那儿更像个脏乱的小小起居室，而不像个营业地点——一位满头充满生气的白发、穿着一件颜色鲜艳的棉质连衫裙的老太太，坐在门边的一张沙发上。见到我们，她看上去很高兴。

“你好，”我说，“我们需要一个房间。”

老太太咧开嘴笑笑，点点头。

“实际上，如果有的话，要两个房间。”

老太太再次笑笑，点点头。我等她站起身来，可是她动也不动。

“今天晚上要，”我补充道，“你们有房间吗？”她的笑变成了一种微笑，她抓住我的手，握得很牢。我感觉到她手指冰冷，瘦骨嶙峋。她只是专注、热切地看着我，仿佛她以为——希望——我会向她抛过去一根棍子让她接住。

“对她说我们是从现实世界来的。”卡茨轻轻地在我的耳边说。

正在这时候，一扇门被推开，一个灰头发的妇女快步走进来，在她的围裙上擦着手。

“哦，跟她说没用，”她友好地说，“她什么也不知道，什么话也不说。妈妈，放开这位先生的手。”她的妈妈对她微笑着。“妈妈，放开这位先生的手。”

我的手被放开了，我们订了两个房间。我们俩拿着各自的钥匙走开，约好过半小时再见面。我的房间简陋而破旧——每一个可以看见的地方，包括马桶和门楣上，都有香烟的灼痕，墙壁和天花板上有大块的污迹，表明这儿可能有过大量热咖啡参与的殊死恶斗——然而对我来说，这里已经是天堂了。为了体验一下使用电话的新鲜感，我打给卡茨，知道他的房间更糟糕，我们非常快乐。

我们洗了淋浴，穿上我们能够找出的干净衣服，迫不及待地前去附近一家大众小餐馆佐治亚山饭店。停车场停满了小吨位运货汽车，饭店里挤满了戴棒球帽的肉墩墩的人。我感觉到，要是我叫一声“你的电话，兄弟”，房间里所有的人都会站起身来。我不能说，佐治亚山饭店有我会特意赶来，甚至是从现在就在夏瓦西镇赶来吃的菜，但是菜的价钱确实十分低廉。每人付 5.5 美元，就可以吃到“肉三样”，还可以去生菜柜自助，加上餐后甜点。我点了炸鸡、黑眼青豆、烤土豆，以及菜单上的“路边叫花子餐”——我从来没有吃过这种菜，也不能说以后还会吃。我们俩声音很响、津津有味地吃着，冰茶续了好几杯。

餐后甜点当然是最精彩的部分，每一个走小道的人都向往着某些东西，通常是甜甜的、黏黏的东西，而我一直向往的是一块特大的馅饼。这个想法在我的脑子里已经盘桓好几天了，当服务员过来接我们的点菜单时，我一手搭住她的手臂，一面用恳求的眼光请求她，帮我切一块她不至于因此丢掉差事的最大的馅饼。她给我拿来一角巨大、黏腻、金丝雀黄的柠檬馅饼，那真是食品技术的一块纪念碑，颜色黄得足以使你头疼，味道甜得足以使你的眼珠滚进脑袋——总之，只要你不考虑滋味和质量，这块馅饼就能满足你的所有要求。正当我埋头大吃的时候，卡茨打破了长久的沉默，带着一种奇怪的神情不安地说：“你知道我一直在干什么吗？我一直在抬头看玛丽·埃伦会不会从门口走进来。”

我停下来，正要把一块油亮的饼馅塞进我的嘴巴——我的脑中掠过一丝不相信——我注意到他的甜点盘已经空了。“你该不是想告诉我你想念她吧，斯蒂芬？”我冷冷地说，把食物塞进嘴里。

“哪儿的话！”他尖刻地回答，一点儿也不认为我是在开玩笑。他拼命想寻找词语表达他的复杂心情，脸上显露出一种沮丧的神情。“咱们俩有点像把她撵走了，你知道。”他最后脱口而出。

我接受了这项指责。“实际上，咱们俩不是有点像把她撵走了，咱们就是撵走了她，”在这个问题上，我的看法与他根本不同，“怎么样？”

“嗯，我只是……我只是感到有点难过——只是有点难过——因为我们把她孤单单一个人留在森林里。”然后他抱起双臂，好像是在说：好啦，我都说出来了。

我把叉子放下来，考虑着他的看法。“她是一个人走进森林的，”我说，“咱们实际上对她没有责任，你知道。我是说，咱们并没有签下一份照看她的合同。”

即便在我说这些话的时候，我也有点震惊，感到不能自圆其说。我意识到他的话是对的，我们俩是把她撵走了，把她遗弃给熊、狼和狞笑着的山里人。我一门心思想满足自己对于食物和一张真正的床的强烈欲望，以致没有停下来想想，我们的突然离开对她意味着什么——整夜被黑暗所包围，孤零零地置身于沙沙的树声中，不得不警觉地谛听沉重的人脚或者兽爪踩在枯枝上的不祥的断裂声，这不是我希望任何人遇到的事。我的眼光落到了我的馅饼上，我明白我不再需要它了。“也许她已经和别的什么人一起野营。”我无力地提出，同时把馅饼推到一边。

“你今天看到过任何人吗？”

他说得不错，我们连一个人也没有看见。

“这会儿她可能还在走路呢，”卡茨说，看样子突然激动起来，“心里纳闷咱们究竟去哪儿了，把她那个小胖脑袋吓晕了。”

“哦，你别说了。”我半是恳求他，心烦意乱地把馅饼又往前推了半英寸。

他轻轻点了一下头，面色通红，带着奇怪的非难表情看着我，那种表情表示：如果她死掉，你就会一辈子受良心责备。他是对的，我是领头的，这都是我不好。

接着，他向我靠近身子，用一种完全不同的语调说：“这块馅饼如果你不吃，我就把它吃掉好吗？”

早晨，我们在街对面的一家哈迪斯连锁店用早餐，雇了一辆出租汽车把我们载回小道。我们没有谈论玛丽·埃伦，其他的事情也谈得不多。在一个镇上舒服地过了一夜之后再回到小道，使我们没有讲话的兴致。

前面不远处就是一次艰险的攀登，我们慢慢地，几乎是小心翼翼地行走。我在休息后的第一天走在小道上心情不好，而卡茨干脆是一直心情不好。经过一个镇所带来的恢复精神的效力，总是在小道上以令人震惊的速度飞快消失。只过了两分钟，就好像我们从来没有离开过似的——实际上更加糟糕，因为在平常日子里，我不会努力登上一座险峻的山，同时，肚子里装着的哈迪斯连锁店油腻、蹩脚的早餐随时有可能会出来透透气儿。

我们大约行走了半小时，另一个徒步旅行者—— 一位看上去身体健康的中年人——从另一个方向走来。我们问他是否看见过一个名叫玛丽·埃伦的穿着红色外衣、说话声音响亮的姑娘。

他做了个大概认识的表情，说："她是不是——我不是有意粗鲁无礼什么的——这种动作做得很多？"他捏住自己的鼻子，发出一连串可怕的擤鼻声。

我们用力地点点头。

"不错，昨天晚上我和她，还有两个人在普鲁默查德山口过夜来着。"他疑惑地斜着眼看了我们一下，"她是你们的朋友吗？"

"噢，不是。"我们说，像任何聪明人会做的那样，彻底不承认跟她有任何关系，"她只是黏了我们好几天。"

他理解地点点头，接着咧嘴一笑："她可是件重活，对不？"

我们也咧嘴笑了。"受罪了吧？"我说。

他露出痛苦的神情，接着猜测说："这么说，你们就是她谈起的那两个人？"

"她提到我们了？"卡茨说，"她说了些什么？"

"噢，没说什么。"他说。可是他正在强忍住不笑出来，那样子使你会问："是什么？"

"没什么，什么也没有。"可是他在笑。

"是什么？"

他动摇了。"哦，好吧，我说。她说你们俩是一对体重超标的孬种，对于徒步旅行一窍不通，她被你们带得累死了。"

"她说这话啦？"卡茨大为愤慨。

“实际上，我想她把你们叫作软蛋。”

“她叫我们软蛋？”卡茨说，“哼，我要宰了她。”

“嗯，我认为你们不难找到什么人帮你们教训她的。”这个人心不在焉地说，打量一下天空，又说了一句，“看来要下雪了。”

我泄气地哼了一声，这是我们最不希望发生的事情：“真的？会下得大吗？”

他点点头：“六七英寸，高处下得更大。”他哲学家似的耸耸眉毛，对我沮丧的抱怨声表示认同。下雪不仅使人郁闷，还是危险的。

他让这种氛围保持了一会儿，接着说：“呃，最好继续走路。”我理解地点点头，因为我们来到这些山上为的就是走路。我望着他走开，然后向卡茨转过身去，卡茨摇摇头。

“想想看，咱们为她做了那么多事情，她居然说这种话。”他说道，接着注意到我在瞪着他，于是用一种不安的声音说，“怎么啦？”接下来，他更加嗫嚅不安地问，“怎么啦？”

“你可千万、千万别再抢我的馅饼吃啦，你明白吗？”

他畏缩了。“噢，好的，哎呀！”他说，于是一边嘀咕，一边继续赶路。

两天之后，我们听说玛丽·埃伦因为想在两天内走35英里路，结果脚上磨出了水疱，退出徒步旅行了——犯了大错啦！

第 6 章
远离纷争的所在

当你步行周游世界的时候，距离完全改变了。1 英里成了一段很长的路，2 英里是名副其实的相当长，10 英里就不得了啦，50 英里则到了概念的极限。你明白了，世界的巨大是怎样一个概念，只有你跟一小群徒步旅行的同伴才知道，地球的规模是你的小小秘密。

生活也变得简单利落，时间不再具有任何意义。天黑了，你就上床睡觉；天再亮，你就起身，其间的一切仅仅是其间而已。这样的生活十分有意思，真的。

你没有约会，没有承诺，没有义务或者责任，没有特别的野心，只有最小、最简单的需求；你生活在一个静谧的单调世界里，安然地远离人世的烦恼，如同早期的探险家兼植物学家威廉·巴特拉姆所说的“远离纷争的所在地”，你所需求的一切就是跋涉。

匆匆赶路是没有意思的，因为实际上你哪儿也不去。不管你辛苦地走多少路，你一直在同一个地方——森林里。这里是你昨天所在的地方，明天你也将在这里，森林是一个无边无际的整体。小路的每一个转弯处呈现的景象同其他每一个转弯处毫无二致，朝树林里瞥的每一眼，看到的都是同样一片虬结蔓延。你可能走了一个很大的毫无意义的圈子。从某种意义上来说，这并没有什么关系。

有的时候，你几乎肯定，你在三天前攀登过这个山坡，在昨天渡过了这条河流，今天至少两次横跨过这棵倒下的大树。但是大部分时候，你不会去想，因为没有意义。你是生活在一种行走中的禅的模式中，你的头脑有如一个用细线系住的气球，它陪伴着走在下面的你的身体，但实际上并不是它的一部分，一连几小时走着许多英里的路，走路也变得像呼吸一样自动化和平常。一天下来，你不会想“哎，我今天走了 16 英里了”，就像你不会想“哎，我今天呼吸了 8000 次了”——你只是这样去做而已。

就这样，我们一小时一小时地行走在群山中的小道上，沿着边缘尖峭的峻岭，越过长草的圆丘，穿过深邃莫测的一排排橡树、梣树、锥栗树和松树。天色变得阴晦，空气更冷了，但是雪直到第三天才下，从早晨开始，飘起很难察觉的稀疏雪花，但后来风吹起来，并不断增强，直到末日来临似的劲吹，风势之强，似乎连树木也大为恐慌。大雪随风势而来，漫天飞舞，铺天盖地。到了中午，我们已经是在凛冽的暴风雪中艰难行走了。过不了多久，我们就来到了沿着名叫大枪托山的峭壁边缘修建的狭窄小道上。

即使在最理想的情况下，行走大枪托山小道也要求谨慎小心。这条小道好像是摩天大楼外缘的一条窗架，宽度不到 14 英寸，有地方有些坍塌，一边是大约 80 英尺的陡峭的落差，另一边是巍然耸立、连绵不断的垂直花岗岩山壁。有过一两次，我轻轻地一碰，头大的圆石就会滚下山去，我暗暗惊恐地注视着它们碎裂，继续滚到远得不可思议的地方才停下。小道上铺着石块，有许多乱生的树根穿过，我们老是在上面磕磕绊绊；小道还到处覆盖着光滑的冰层，上面是一层薄薄的粉状雪。经常是走了一段路，你气恼地发现，小路被陡险、落满大石的河流所阻隔，河水冻得结结实实，河面上鼓着冰块，只能伏着身子，像螃蟹似的爬过。还有，在我们沿着这条极其狭窄、危险的小道匍匐前进的时候，我们总是被飞舞的大雪模糊了双眼，穿过摇曳咆哮的树木，被撼动我们的背包的阵阵狂风推得举步维艰。那不仅是一股夹雪的大风，而是一场暴风雪。我们辛苦、慎重地前进着，每一脚都是稳稳着地之后才把后面的脚提起来。即便如此，有两次卡茨因为立足不稳而发出有如漫画书里描述的那种惊恐、刺耳的叫喊声（“哎呀……”和“咿呀……”），我转过身去，看到他紧抱着一棵树，脚在冰层上滑动，眼珠暴突，表情恐惧。

情况使人极为气馁，我们俩花了两个多小时才在小道上走了0.6英里的路。当我们到达熊栏山口的结实地面上的时候，雪已厚达四五英寸，而且堆积的速度相当快。漫天洁白，一块硬币大小的雪片斜落而下，立即被风裹住，吹向四面八方。前方可见度只有15—20英尺，有时甚至还不到。

小道横跨一条运木道路，然后直上阿尔伯特山，这是一座海拔5250英尺的巨石山峰，上面的风狂啸怒号，撞到山壁时嘭嘭作响，迫使我们俩不得不相互大声叫喊。我们开始爬山，又仓促退下，情况最好的时候，旅行背包也使你找不到重心；在这里，我们真正是被风刮下来的。一筹莫展之下，我们坐在山脚，相互看着，情势实在是相当严峻。我们前面有一座无法攀登的山峰，后面有我们不想再重新通过的崖边险道。显然，我们唯一的选择是扎下帐篷——如果在大风里我们能够办到的话——爬进去，等待情况好转。我不想联系到戏剧也似的悲惨事件，然而在恶劣程度比这轻的情况下，也是有人死掉的。

我把背包里的东西都倒出来，在里面寻找我的小道地图。各种阿巴拉契亚小道的地图毫无用处，我早就放弃使用它们了。各种地图有所差异，可是大部分都使用十万分之一的比例尺，荒谬地将实际的每公里压缩到地图上的区区一厘米。请想象一下一平方公里的实际景观和它可以包含的全部东西吧——运木道路、河流、一两个山顶，也许还有一座火警观察塔、一处长草的圆丘和曲折蜿蜒的阿巴拉契亚小道，也许还有一两条重要的支道，并且请想象一下将所有这些信息通过只有小指指甲大小的面积传达出来，这就是阿巴拉契亚小道的地图。

实际情况比上面说的要糟糕不知多少，因为阿巴拉契亚小道地图——由于使我困惑、无法推测的原因——提供的详细情况甚至少于它们可怜的比例所允许的程度。随便找一段 10 英里长的小道，地图只注明了你所翻越的十多座山峰中的大约三座，山谷、湖泊、山口、河流，以及其他重要的甚至是至关紧要的地貌，通常都被舍弃，没有名字；森林署的道路常常不予列载，即使列载也往往前后不一致，甚至支道也经常被省略掉；没有坐标，无法指示营救者到达特定地点；没有指出紧挨着地图边界的城镇的指针。一句话，它们是存在严重不足的地图。

在通常情况下，这些不足之处仅仅是令人厌烦；而此刻，在一场暴风雪中，就近于玩忽职守了。我把地图从背包里拿出来，顶着大风查看，小道在地图上用红线标出，附近有一条粗粗的曲折黑线，我猜测那就是我们此刻站立位置旁边的森林署的道路了，不过并没有注明。根据这张地图，这条路（如果它是一条路的话）开始于某个不知名的地方，迤逦 10 多英里之后，又同样终结于某个不知名的地方，这种标示显然没有意义——事实上甚至是错误的。（在森林中间出现一条道路是不可能的，推土设备无法自发在树丛中出现。说到底，即使你能够修建一条不知道通往何方的道路，你又何必修建呢？）显而易见，这张地图上有些东西错得太离谱，令人气愤。

“花了我 11 块钱哩。”我有点情绪失控地对卡茨说，朝着他挥动地图，接着把它团成一个扁块，猛地塞进我的衣袋。

“那么咱们该怎么办呢？”他说。

我叹了一口气，心里没有底，接着把地图猛地拉出来再次研究。我从地图看向运木道路，再回过来看地图。“嗯，看起来这条运木道路围绕着这座山转了一圈，又在那一边转到了小道附近。如果事实如此，而我们能够发现这条路，那么会有一个我们可以进去的庇护所。如果这条路走不通，那我就不知道了，我猜咱们可以回头走通到比较低的地方的下山路，看看能不能找到一个背风的地点扎营。”我无助地稍微耸了耸肩膀，“我也不知道。你在想什么？”

卡茨眼望天空，看着飘舞的雪花。“呃，我想，”他若有所思地说，“我真想在热腾腾的按摩浴缸里泡上半天，吃一顿丰盛的牛排晚餐，还有烘土豆和大量的酸奶油，我是说大量的酸奶油，接下来跟达拉斯牛仔啦啦队队长对着那种滑雪胜地旅馆里有的大石头壁炉里的熊熊炉火，在虎皮地毯上胡闹一番。你知道我说的那种地方吗？”他瞧着我，我点点头。“这是我想干的事情。但如果你认为你的计划更有趣些，我愿意试试看。”他把雪花从眉毛上拂去，“再说，把这么多让人开心的雪浪费掉是很可惜的。”他苦涩地大笑了一声，回身跨入肆虐的风雪之中，我挎上背包跟着他走了。

我们俩在路上艰难行进，身子弯得很低，狂风迎面袭来。风势小的地方，雪又湿又大，地上的雪积得非常厚，以至于很快就会无法通行，不管我们愿不愿意，将不得不就地寻找一个庇护所了。我不安地注意到，这里根本没什么可以扎营的地方，一边是高崖，另一边是深谷的长着树木的险陡山坡。有很长一段距离——比它似乎应该有的距离要长得多——这条路一直是笔直的。即便在前面它确实兜回来靠近小道，我们也不能保证（甚至也许没有多大可能性）会找到小道。在这种树丛和大雪之中，你可能离小道才 10 英尺，却看不见它，试图离开运木道路找到小道简直是发疯了。另外，在一场大风雪中，想沿着一条运木道路走到较高的地点很可能也是发疯了。

渐渐地，而且更加明显地，小道开始拐到山的后面去了。踏着越积越厚的雪，经过差不多一小时的缓慢跋涉，我们来到一个风很大的较高的平坝，那儿看得到小道——或者说至少有一条小道——出现在前下方阿尔伯特山的后面，并且通往同一水平面的森林。我看着我的地图，感到困惑，气得要命，那上面居然一点儿都没有标明。但是卡茨一眼看到进入树林 20 码处有一个白色的树标，我们俩便欣喜地高声叫起来，我们重新发现阿巴拉契亚小道了。几百码外就有一个庇护所，看起来我们还能活着再徒步旅行一天啦。

这时，积雪已经高度齐膝，我们俩也累了，但我们几乎是蹦蹦跳跳地穿过去的。当我们走到刻在低处一根树枝上的一个箭形记号旁边时，卡茨再次欢叫起来，箭头指向一条支道，写着“大泉庇护所”。这个庇护所是个简单的木头建筑，一面是开放的，耸立在一片积雪的林间空地上——这真是冬天的一个小小仙境呀——离小道主线 150 多码。即使隔一段距离看，我们也能看出开放的一边正对着风口，吹来的积雪已经差不多堆到睡觉平台上了。然而，如果没有别的了，这儿仍然至少可以给我们一种避难所的感觉。

我们穿过林间空地，把我们的行李搬到平台上面，与此同时，我们发现里边已经有两个人了—— 一个男人和一个约莫 14 岁的男孩。他们是来自查塔努加的吉姆和希思父子俩，他俩心情愉快，态度友好，一点儿也没有被坏天气吓倒。他们告诉我们，他们是周末来此徒步旅行的（我甚至没有意识到那天是星期六），知道天气有可能变坏（不过也许没料到会这么坏），所以他们是有充分准备的。吉姆带了一块很大的干净塑料布，是装修师傅用来铺地板的那种，正在设法把它展开遮住庇护所的开口处，卡莰出人意料地跳过去帮他的忙。塑料布不够大，但我们发现，旁边再绑上我们的铺地布，就可以将开口全部遮住了。大风疯狂地猛击塑料布，不时将它的一部分吹得松开来，飘舞不已，噼啪作响，如同枪声一般，直到我们中的一个跳起身来，拼命将它照原样扎好。无论从哪方面说，庇护所简直四处漏风——板墙和地板遍布裂缝，冰冷的风雪从这些裂缝里钻进来——但是如果比起外面来，舒适程度是不可同日而语的。

就这样，我们把庇护所当成了我们小小的家，把垫子和睡袋铺开来，穿上我们所有的衣服，并且用一种斜倚的姿势张罗饭食。夜晚很快就降临了，而且非常黑暗，使得外面的莽原看上去更加险恶。吉姆和希思有一些巧克力蛋糕，他们分给我们吃（真是超天堂的享受啊），然后我们四人在硬原木上安置下来，听着鬼哭狼嚎的风声和树枝猛烈的撞击声，度过了一个漫长、寒冷的夜晚。

当我醒来，四周一片寂静——寂静得使你不得不坐起来辨明方向。我面前的塑料布露出1英尺左右的缝，黎明的光线充满了外面的空间。雪积在平台的顶部，在我睡袋的一头已经积了1英寸高，我一抬脚将雪扫去。还不到6点，吉姆和希思刚刚正要醒来。卡莰在继续酣睡，一条胳膊搭在额头上，嘴巴张成一个洞。

我决定出去侦察一番，看看我们受困的情况怎么样。我在平台边缘犹豫了一会儿，然后一脚踏进积雪中——雪深超过了我的腰部，当雪钻进我的衣服，接触到裸露的皮肤时，我的眼睛骤然张大——我推开积雪，走到林间空地上，那儿的积雪稍微薄一点儿（只是稍微薄一点儿）。甚至在有针叶树遮蔽的地方，积雪也几乎高度齐膝。涉雪而过令人感到厌烦，然而每个地方都景色奇丽，每一棵树都披上了厚厚的白色斗篷，每一个树桩、每一块大石都戴上了漂亮的白帽，更有你在除了大雪后的大森林里之外哪儿也体验不到的那种完全、无边的静谧。有些地方，雪块从树枝上掉下来，但除此之外没有任何动静。我沿着支道，在弯得很低的枝丫下面走到它同阿巴拉契亚小道交会的地方。阿巴拉契亚小道被掩藏在一条由压得过低的北美杜鹃组成的漫长、阴暗的隧道里，已经成了一大卷圆滚滚、蓝莹莹的厚厚的雪毯。小道看上去积雪太厚，难以通行。我走了几码作为试验，确实积雪太厚，难以通行。

我回到庇护所的时候，卡茨已经起身了，他在慢慢地动，照例像其他早上一样嘀咕抱怨一番。吉姆正在研究他的地图，那张地图比我的不知要好多少。我蹲在他的身边，他腾出一点儿地方让我跟他一起看。这里离华莱士山口和一条铺筑的道路，即老的美国第 64 号公路，有 6.1 英里路程。从那儿沿路前行 1 英里，有一个彩虹泉野营地，那是一个私营的野营地，有淋浴设备和一家店铺。我不知道踏着厚厚的积雪走 7 英里路会有多么艰苦，也不确定今年这么早那个野营地是不是已经开放了。不过，显而易见的是，雪好几天都不会融化，我们迟早得挪个地方；要挪还不如现在挪，至少现在天气晴好，谁知道另一场暴风雪会不会袭来将我们困住呢？

吉姆已经决定，他和希思将在最初几个小时里陪同我们，然后折向一条叫作长枝的陡然下降的支道，通过一个 2.3 英里长的沟，到一个停车场附近，他们的车就停在那个停车场里。他已经在长枝支道上徒步旅行过多次，知道前路的情况。即便如此，我对他的讲述还是不以为然，犹豫不决地让他重新考虑一下是否有必要转向一条很少有人使用的支道，天知道前面是什么样的状况，万一他和他的儿子在那儿发生什么意外，是没有人会看见他们的。使我感到宽慰的是，卡茨同意我的看法。"在阿巴拉契亚小道上至少总是有人的，"他说，"在一条支道上，你不知道会发生什么事情。"吉姆考虑了这个问题，说如果情况不妙，他们就走回头路。

卡茨和我喝下两杯咖啡暖身子，吉姆和希思拿出一点儿燕麦片与我们分享，这使卡茨大为开心。然后我们四人一起出发。天气寒冷，路途难走，北美杜鹃形成的隧道迤逦起伏，极其美观，但是当我们的背包擦过杜鹃时，大块的积雪便砸到我们头上，顺着领口一直滚到背部。三个大人轮流在前面开路，因为带头走的人被砸到的机会总是最多，还得艰苦地在雪中试踩出下脚处。

我们走到长枝支道的时候，发现它在偃屈的松树丛中陡然下降——据我看，已经陡到如果发现前面的道路无法行走也没法往回走了，而且看样子前路很可能不好走。卡茨和我力劝吉姆和希思重新考虑一下，但是吉姆说那都是下山路，有很好的标记，肯定不会出问题的。“嗨，你们知道今天是什么日子吗？”吉姆突然说，看到我们一脸茫然的样子，他自己答道，“3 月 21 日。”

我们的脸上依旧茫然。

“春天的第一天。”他说。

我们因其中可怜的讽刺意味而微微一笑，大家相互握手，相互预祝好运，然后分别了。

卡茨和我轮流开路又走了三个小时，缓慢地默默穿过寒冷的白色森林。下午 1 点左右，我们终于到达老的第 64 号公路—— 一条穿越大山的孤寂、废弃的二车道公路。公路上的雪没有扫掉，没有任何辙迹。雪又开始下了，持续不断，十分美丽。我们沿着公路向前，寻找那个野营地，走了约莫四分之一英里，忽然听到背后有一辆在雪地里小心前进的机动车的轧轧声。我们回过头，看到一辆大吉普车型的汽车开过我们身旁。驾驶员将车窗刺刺地摇了下来，是吉姆和希思，他们特意来让我们知道他们已经顺利通过了，并且来确保我们也一样顺利通过。“我们想，你们大概想搭车去野营地吧。”吉姆说。

我们感激地爬上车，弄得他们漂亮的汽车里到处都是雪，然后驶向野营地。吉姆告诉我们说，他们在上坡的时候路过那个野营地，看样子开放着，要是不开放的话，他们将送我们去最近的一个市镇富兰克林。他们听了天气预报，今后几天预计会下更多的雪。

他们在野营地让我们下车——野营地开放着——挥挥手离开了。

彩虹泉是个私营的野营地，有几座小小的过夜屋舍，一排淋浴房，还有两三幢不明用途的其他建筑，散布在一片显然用于停放野营者的面包车和娱乐车辆的平坦大空地周围。入口处旁边的一座老旧的白色房子里设着办公室，实际上是一个杂货店。我们走进去，看到方圆 20 英里内所有的徒步旅行者已经都在里面了。有些人围坐在一个柴炉旁，吃着辣椒或者冰激凌，看上去两颊绯红，又暖和又干净，其中三四个人是我们已经认识的。这个野营地是由布迪和詹辛·克洛斯曼经营的，他们看起来态度友好，心情欢快。如果没有特别的原因的话，3 月份的生意很可能不是常常这样兴隆的，我问他们有没有一间棚屋。

詹辛把烟蒂掐灭，为我的天真笑起来，笑得咳嗽了好一会儿。“亲爱的，棚屋两天前就租完了。统屋里还剩下两个铺位，租出去之后，再来的人只好睡在地板上了。”

在我这个岁数，统屋不是我想听到的词，可是我们别无选择。我们办好入住手续，拿到了两条又小又硬的淋浴毛巾，跋涉通过空地，去看看我们每位花 11 美元的住处是什么样的，结果令我们大失所望。

统屋非常简陋，毫不可爱，令人畏惧。里面摆放着十二张狭窄的三层木铺，每层都有一块薄薄的光床垫和一个脏兮兮、塞着泡沫塑料片的光枕头。一个角落立着一个大腹取暖炉，发出轻轻的嗞嗞声，周边围了半圈鞋帮耷拉着的高帮鞋，挂着散发出臭气的潮湿羊毛袜，再加上一张小小的木桌和两把露出填充物的、坏掉的简易椅子，这就是全部陈设了。到处都是悬挂起来晾晒的各种东西——帐篷啦，衣服啦，背包啦，遮雨布啦，等等——它们在慢慢地滴着水。地就是水泥地，墙壁是用不隔热的胶合板做的。房间的陈设令人感到特别不快，好像是在垃圾场里野营似的。

“欢迎来到战俘集中营。”一名男子带着讽刺的微笑和英国口音说。他的名字叫彼得·弗莱明，是新布伦瑞克一所学院的讲师，他到南方来徒步旅行一个星期，但像所有其他人一样，被大雪赶到此地来了。他帮我们介绍了一圈周围的人——每个人都友好然而随便地点点头跟我们打招呼——并且指出哪两个铺是空的，一个位于最高层，差一点挨上天花板，另一个位于最下层，在房间的另一边。

“红十字会的包裹这个月最后一个星期五来，今天晚上 9 点整有一次脱险委员会的会议，我想你们需要知道的差不多就是这些了。”

“别点菲利奶酪牛排三明治，除非你想整夜呕吐。”从角落里一个阴暗的铺位里发出微弱然而感人的声音。

“那是特克斯。”弗莱明解释说，我们点点头。

卡茨选择了那个最高铺，开始了试图爬上这个铺的长期的艰苦斗争。我睡到自己的床铺上去，紧张而专注地检查了一遍。如果可以从床垫上的污迹推测出一点什么的话，那么前面那个使用者与其说是苦于小便失禁，还不如说是乐此不疲，他寻欢作乐时显然连枕头也没有放过。我拿起枕头闻了一下，马上懊悔不已。我摊开我的睡袋，把几双短袜在炉子上方挂起来，又将几件东西拿出来晾，然后坐在床边，与其他人一起度过欢乐的半小时。望着卡茨顽强地努力爬上最高铺，呼哧呼哧喘着气，两腿乱摆，并且叫所有的旁观者和表示善意的人自己也来试试。从我坐着的地方，我所能看到的只是他那广阔的臀部和无处安放的下肢。他的姿势使人想起一个失事船只的落水者在浪涛汹涌的大海里抱住一块漂浮的船只碎片，或者可能是一个坐在正在升空的一个气象气球上面升入天空的人——反正都像个在危急情势下为了活命拼死攥住什么的人。我一把抓起我的枕头，从他的身边爬上去，问他为什么不选那个下层铺位。

他的脸涨得通红，表情狂野，我甚至不能肯定那一刻他是否认得我。“因为温度升高了，老兄，”他说，“当我睡上去——如果我能够睡上去的话——我就会被烤熟啦。”我点点头（卡茨气喘吁吁或者偏执的时候跟他讲道理是没什么意思的），并且利用这个机会跟他换了枕头。

最后，当情况变得越来越悲惨，让人无法继续旁观下去的时候，我和另外两个人把卡茨推到了床铺上。他重重地躺下，木床发出吓人的嘎吱声，使得睡在他下面铺位上的那个可怜、安静的人大为惊慌。卡茨还宣布，除非积雪融尽，春天来到山里，他不想离开这地方了。接着他转过身去，睡着了。

我艰难地走过雪地到淋浴房里去，为了享受一下在冰水里跳舞的乐趣。然后走进杂货店，与其他五六个人一起在炉边休息。我吃了两碗辣椒——这个店铺的招牌菜——听大伙儿聊天，话题大部分是有关布迪和詹辛怎样欺骗前一天的顾客的，但是能够听到卡茨以外的一些人说话，感觉挺好的。

“你该瞧瞧那帮子人，”詹辛厌恶地说，“不说个‘请’，也不说‘谢谢你’。不像你们这种人。相比之下，你们像是一股新鲜空气，真的。他们把统屋完全变成了一个鸽子笼，对不对呀，布迪？”她把接力棒传给了布迪。

“今天早上我花了一个钟头才把它打扫干净，”他阴郁地说，他的话使我感到吃惊，因为统屋看上去像是这个世纪都没有打扫过，“地上全是积水，有人——我不知道是谁——留下了一件脏兮兮的旧法兰绒衬衫，简直使人恶心。还有，他们把木柴全都烧掉了。我昨天才打来的能烧三天的木柴啊，可他们烧得一根都不剩。”

“他们走了，我们真高兴，”詹辛说，“真的很高兴，他们不像你们这种人。你们像一股新鲜空气，真的。”接着，她走开去接电话，铃声正在响。

我坐在从徒步第二天起我们几次碰到的三位来自拉特杰斯的青年中的一位身边，他们现在有了一间棚屋，前一夜是住在统屋里的。他俯过身来，低声说道：“她昨天谈起前天的客人时说的是同样的话，明天她会用同样的话说我们。你知道吗？昨天晚上，统屋里有十五个客人哩。”

“十五个？”我用惊异的声调重复他的话，十二个已经无法忍受了，“多出来的三个究竟睡在哪儿？”

“睡在地上——他们仍然收11块钱，你的辣椒怎么样？”

我看看碗里的辣椒，好像我从来没有想到它似的。事实上，我是没有想到它："相当厉害，真的。"

他点点头："等你吃两天试试。"

我离开那儿，走回统屋的时候，天仍然在下雪，但是势头很和缓。卡莰已经醒来，用手肘撑着坐起来，沮丧地吸着一根香烟，要求人家把他需要的东西递给他——剪刀啦，印花大手帕啦，火柴啦……用完之后又要别人拿走。三个人站在窗口望着雪，谈话全是关于天气的，没有人知道我们几时才能离开这儿，没法不感到自己被套牢了。

我们躺着，跳动的炉火微微照亮我们的床铺——那个因为卡莰动个不停的沉重身体把他头顶上面的床板压弯而无法睡觉或者不想睡觉的羞怯的人卖力地通了一夜炉子。我们过了不舒服的一夜，并且被包围在一种有呼吸声参加的夜间噪声交响乐中——叹气声、疲乏的呼气声、沉重的鼾声、吃了菲利奶酪牛排三明治的人不断发出的垂死般的呻吟声、炉子像老电影录音带那样的单调的嗞嗞声。我们没有休息好，醒来时浑身僵硬，外面是昏暗的黎明，雪还在下。我们沮丧地想到，这又是漫长的一天，无事可做，只能在野营地商店里兜圈子，或者躺在统屋的床铺上，拿一本门口一个小书架里塞着的旧的《读者文摘》看。有消息传来，说是棚屋里有个名叫扎克的热心青年设法到达了富兰克林，租了一辆小型面包车，愿意以每人5美元的费用把任何人带到镇上去，这话引起了一场名副其实的大溃退。使布迪和詹辛大为沮丧和气愤的是，差不多每个人都付了钱走了。我们一共十四个人，满满地挤进小型面包车，开始顺着长长的下坡路前往远在下面的无雪山谷里的富兰克林。

就这样，我们在富兰克林度过了一个小小的假日，这个地方又小又乏味，没什么吸引力，但主要是乏味——在这种地方，因为没什么事情好干，你只好踱到储木场去，看人家开着铲车把原木运来运去。这里根本没有消遣一说，除了有关快艇、改装汽车或者枪支弹药的书，没有别的可买，甚至连杂志也没有。这个城镇充满像我们这样被迫从山上下来的人，无所事事，只是无精打采地在小餐馆和自助洗衣店里转悠，以及一天两三次虔诚地走到镇上大街的尽头，心灰意懒地眺望着远处显然无法翻越的积雪覆盖的群峰。前方的路并不看好，有谣言说，大雾山里的积雪高达 7 英尺。

这个消息使我大为惊惶不安，当我看到卡茨得知可以在镇上逛几天，把目标和劳顿暂时放在一边，尝试一下各种休闲方式而喜若登天的样子，我的忧虑更加重了。使我极为恼火的是，他居然买了一本《电视指南》来更有效地规划他在今后几天观看的节目。

我想回到小道上去，一英里一英里地行走，那是我们该做的事情。另外，我已经厌烦得超过神经不正常的地步了。我阅读餐馆的餐具垫上的字，再把它们翻过来，看看后面有没有写着字。在储木场，我隔着木栏跟工人聊天。在第三个下午，我站在一家汉堡王连锁店里，专注地研究经理和他的执行下属的照片（想到当上汉堡包店经理的人总是一副像是跟傻大个子高飞睡觉的样子，真是感到好生奇怪），然后溜到右边，去研究本月最佳员工的奖状。正是在这个时刻，我意识到我必须离开富兰克林了。

20分钟之后，我向卡茨宣布，第二天一早我们就回到小道上去。他当然大吃一惊，神情沮丧。“但星期五播出《X档案》呀，”他唾沫飞溅地说，“我刚刚买了奶油苏打水。”

“就得让你彻底失望。”我回答，冷酷地轻轻一笑。

“可是雪呢？咱们没法通过的。”

我耸耸肩膀，原本想表现出乐观的样子，但很可能接近于铁石心肠。“有可能的。”我说。

“可要是不行怎么办？要是再来一场暴风雪怎么办？要我说呀，上次咱俩能保住命逃出来算是天大的造化了。”他用绝望的眼光望着我，“我在我房间里囤好了十八罐奶油苏打水啦！”他冲口而出，立刻又后悔自己不该讲。

我扬起眉毛：“十八罐？你打算在这儿安家啦？”

“正好在促销。”他自卫似的咕哝，回复到一副绷着脸的样子。

“我说，斯蒂芬，我很抱歉破坏了你的假日安排，但咱们走这么多路不是上这儿来喝汽水、看电视的。”

“也不是上这儿来送命的。”他说，但是他不再争论了。

于是我们上路了，而且十分幸运，积雪虽厚，但可以通过。有一位甚至比我更加性急的孤身徒步旅行者已经在我们前面冲出了一条路，将雪地稍微踏实了点，这可帮了我们的忙。爬陡坡的时候非常滑，卡茨老是滑下来，摔倒，咒骂不已。有时在较高的地方，我们不得不绕着广阔的雪地兜圈子，但是没有一个地方是通不过的。

而且天气也好转了，太阳出来了；空气变得暖和了一些，也不那么稀薄了；山间小溪流着冰雪融水，淙淙然，汩汩然，显得富有生气，我甚至还偶然听到几声小鸟的啁啾。在4500英尺以上的地方，雪还没有停，寒风凛冽，但在下面，积雪已经退到平时的界线，到了第三天，只是在颜色最深的山坡上还剩下零碎的几片了。情况确实不算坏，不过卡茨拒绝承认这一点。我可不在乎，我只往前走，我心里非常高兴。

第 7 章
烟笼雾绕新世界

一连两天，卡茨都不跟我说话。到了第二晚的 9 点钟，他的帐篷里发出一种意外的声响—— 一个饮料罐上面的空气栓被打开了——他用一种挑衅的口吻说道:“你知道这是什么吗，布莱森？是奶油苏打水。你还知道什么吗？我现在正在喝，一瓶也不给你喝。你还知道什么吗？味道好极了。”他故意发出响亮的咕噜噜的喝饮料声，“嗯……嗯……爽啊。”接着又咕噜了一声，“你知道我为什么现在喝吗？因为现在是 9 点整——播出《X 档案》的时候，这是我一辈子最爱看的电视剧。”接着响起了长时间的喝饮料声，拉开帐篷拉链的声音，把空罐子扔到林下灌木丛里的乒乓声，拉上帐篷拉链的声音，“老兄，真是痛快极了。现在，去你的，晚安吧。”

事情就这样到此为止，第二天早上，他没事了。

卡茨从来没有真正地进入徒步旅行的状态中，只有天知道他是否努力过。我相信，他会不时瞥见几乎使在森林里行走变得非常快慰的什么东西——某种难以捉摸的、质朴的东西。有时候，他看到一片景色会欢呼起来，或者以欣赏的眼光观看某些转瞬即逝的自然奇观，然而大多数时间对他说来，徒步旅行是在分隔得很远的两个舒服地点之间的疲劳、肮脏、无意义的跋涉。而我则是一心一意，什么也不想，非常满足地完全致力于一步步往前推进这件事。我的这种天生的消遣方式有时把他吸引住了，有时使他感到有趣，而大部分时间只是使他火冒三丈。

后来，在我们离开富兰克林之后的第四天上午，我忽然想起我已经有很长一段时间没见到卡茨了，于是我蹲在一块绿色的大石头上等他。当他终于赶上来的时候，他的样子甚至比往常更加邋遢。他的头发上挂着小树枝，法兰绒衬衫上有一条引人注目的新拉破的口子，他的额头上留着几点干掉的血迹。他扔下背包，拿出他的水瓶，在我身边重重坐下，痛饮了好一会儿，抹抹额头，检查自己手上有没有血，最后用一种交谈的口吻说：“你是怎样绕开那边的那棵树的？”

“什么树呀？”

“后面那棵倒下的树，横躺在沿山小道上的那棵。”

我想了一会儿：“我不记得了。”

“你说你不记得是什么意思？不是明摆着吗？把路都挡住了。”

我再次更加努力地思索，接着带着微微的歉意摇摇头，我看得出他的火气在冒上来。

“就在后面四五十码的地方嘛。”他停顿了一下，等待我回应，对我没有立刻回应感到无法相信，“一边是万丈峭壁，另一边是一丛带刺的悬钩子，没有路可以通过，中间是一棵倒下的大树，你一定注意到了它。”

“确切地说，它在哪里呀？”我问道，好像在拖时间似的。

卡茨无法抑制恼怒：“就在那边，我的上帝。一边是悬崖，另一边是悬钩子，中间是一棵倒下的大橡树，只有差不多这么点空隙。”他把手放到离地大约 14 英寸的地方，看见我茫然的目光惊奇得说不出话来，“布莱森，我不知道你走的是哪条路，我可是受了罪的。那棵树爬过去太高，钻过去太低，周围又没有任何通道。我花了半个小时才爬了过来，爬的时候弄伤了好多地方，你怎么能说你不记得呢？”

“过一会儿我可能会想起来。”我怀着希望说。卡茨悲哀地摇摇头。我一直无法确定为什么他对我的记忆空白如此恼火——他是认为我有意装糊涂来激怒他，还是说他认为我不讲道理地不去解决困难而选择逃避——但是我私下向自己保证要保持警觉，完全清醒一段时间，以便不使他生气。两小时后，我们遇到了在走小道期间很少出现的大为喜乐的一刻。我们正行走在一座名叫高顶山的高峻山峰上，忽然发现树木在一处花岗岩高地上让出了一片空间，俯瞰下方，我们的面前是一派夺人心魄的美景—— 一个充满宏伟、刚健、峻峭的山岭的新世界，山岭烟笼雾锁，遥远的天边抹着几缕沉郁的云彩，既深深地诱人前往，又令人感到敬畏。

我们看到雾山啦。

远在下面挤进一条狭窄的山谷的，是芳塔纳湖，这是一个水色淡绿、峡湾似的长条形湖泊。在湖的西端小田纳西河流入的地方，耸立着一座 480 英尺高的巨大的水电大坝，这是田纳西山谷管理局在 20 世纪 30 年代建造的，是美国密西西比河以东地区最大的水坝，对于喜爱巨大的混凝土建筑的人们是个有吸引力的所在。我们急忙沿着下坡的小道走向那里，因为我们模糊地知道在那儿有个游客中心，这就是说可能有一个自助餐厅，还可以与发达世界有其他令人宽慰的接触。最低程度，我们兴奋地推测，会有售货机和厕所，我们可以在那里汲一点清水洗濯，照照镜子——稍微修饰一下，显得文明一点儿。

那儿确实有个游客中心，但是门关着，玻璃上贴着一张已经快要脱落的通知，说还得过一个月才开放。售货机是空的，没有锁好，使我们郁闷的是，甚至厕所也锁着。卡茨在外面墙上发现一个水龙头，试着拧开，没水。我们叹了一口气，淡淡地交换了一个久经苦难的眼神，继续前进。

小道在大坝顶上横穿湖泊，我们面前的群山不像是从湖里升起来的，倒像是受到惊吓的野兽，从湖里惊跳起来。一眼望去就很清楚，我们已经进入了一个雄伟、充满挑战的新境地。远处湖岸上有雾山国家公园南界的标志，前方有面积 800 平方英里的茂密、险陡的森林，我们得艰苦地走上 7 天 71 英里的路才能穿过森林，再次梦想奶酪汉堡包、可口可乐、抽水马桶和自来水。至少，要是能洗干净手脸上路就好了。我没有告诉卡茨，我们即将翻越 16 座 6000 英尺以上的山峰，其中包括阿巴拉契亚小道上的最高点—— 6643 英尺的克林曼穹顶（只比附近的美国东部最高峰米契尔山低 41 英尺）。我感到迫不及待和兴奋——连卡茨看上去也有一种审慎的渴望——因为那里有许多令人兴奋的东西。

其中之一便是，我们刚刚进入了一个新的州——第三个州田纳西州——这样的事在小道旅行途中总会带来一种成就感。几乎在翻越大雾山的全程里，小道都标志着北卡罗来纳州与田纳西州的边界。我非常喜欢这一点，因为我可以由着自己的意愿，像经常发生的那样，左脚踏在一个州，右脚踏在另一个州；或者在休息时选择是要坐在田纳西州的一根树干上呢，还是坐在北卡罗来纳州的一块岩石上；或者是越过州界撒尿；或者其他种种。其次，还有我们在这些物类丰富、幽暗、充满传说的大山里能感受到的所有新东西所带来的兴奋——巨大的蝾螈和高大的木本郁金香树，还有有名的奥尔类脐菇，这种菌类在晚上发出一种叫作狐火的淡绿色磷光。也许我们甚至能看到一头熊（如果是在隔着一段安全距离的下风口，在卡茨和我两人中选一个的话，那么它是一定会把我放过，单单对卡茨产生兴趣的）。最重要的是，我们有希望（信心）相信春天已经不远了，相信每过一天我们就走近春天一步，相信在雾山这个自然的伊甸园里，春天终究是会萌发的。

因为雾山确实是一个伊甸园，我们正在进入植物学家所称的“世界上最好的混合中生植物林”。雾山生长着种类多得惊人的植物，有1500多种野生花草、1000来种灌木、530种苔藓和2000种真菌。这里还是130种树木的原产地，整个欧洲才85种。

植物学家们认为，这里的物种之所以如此丰富多彩，一是由于当地人称为“山凹隘口”的这个隐蔽山谷里的厚实、肥沃的泥土；二是由于这里温暖、湿润的气候（因此产生了这座山岭之所以得名的淡蓝色的天然雾霭）；最重要的是由于阿巴拉契亚小道恰巧形成的南北走向。在上一次冰川时期，随着冰山和冰原从北冰洋南侵，全世界北方的植物群自然而然地试图向南方躲避。在欧洲，无数物种遇到阿尔卑斯山和它的较小的姐妹山岭这些不可逾越的障碍而灭绝了。在北美洲东部，不存在这种障碍，于是树木和其他植物穿越了河谷，沿着大山侧面延伸，直到抵达雾山这个气候水土相宜的避难地为止，从那时起，它们就在这里扎根生长了。（当冰原终于退走的时候，原来生长在北方的树木开始了回归原产地的漫长进程。有些植物，如白扁柏和北美杜鹃，直到现在才回到家里——这个现象提醒我们，从植物学的角度讲，冰原刚刚退走不久。）

丰富的植物自然而然地带来了丰富的动物，雾山是 67 种哺乳动物、200 多种鸟类、80 种爬行动物和两栖动物的原产地——比在温带几乎任何一个面积相仿的地区所发现的物种数都多。最突出的是，雾山以熊而出名。雾山国家公园里的熊的数量并不多，估计也就是 400—600 头，但是它们却造成了长期的问题，因为其中的许多熊已经不再惧怕人类。每年来到雾山的人数超过 900 万，其中不少人是来野餐的，所以熊们学会了将人类与食物联系起来。事实上，对于它们来说，人类不过是一种头戴棒球帽、体重过量的动物。他们把许多许多食物在野餐桌上摆开来，当熊先生们来临，爬上桌子，开始大嚼他们的土豆沙拉和巧克力蛋糕的时候便惊叫几声，跌跌撞撞地去取他们的录像机。既然熊并不在意被拍摄，事实上，它对这些观众也似乎漠不关心，那么经常发生的是有些傻瓜就会贸然走过去，想摸摸它，或者喂它吃一块纸杯蛋糕什么的。有一个记录下来的例子说，一名妇女在她刚会走路的小孩的手指上抹上蜂蜜，那样熊就会把蜂蜜舔掉，以供拍录像了。但是熊可不懂，一口就把孩子的手咬掉了。

当发生这一类事故的时候（每年有十几个人受伤，通常是在野餐地点，往往是由于干了一些蠢事），或者当熊纠缠不放或者步步紧逼的时候，国有森林管理员就会朝它射击一发麻醉弹，把它绑起来，送到离道路和野餐地点很远的密林深处，再把它解开。毫无疑问，到了现在，熊们对于人类和他们的食物已经习以为常了。而在密林深处，它们会找到什么人来索取食物呢？那还用说？当然是我、卡茨和像我们这样的人啦。有关阿巴拉契亚小道徒步旅行的历史记载充斥着徒步旅行者在雾山的密林深处遭遇熊行凶抢劫的事件，所以，当我们深入舒克斯泰克山的险陡、茂密的森林时，我与卡茨之间的距离保持得比通常要近，并且像擎着一根棍子似的拿着我的手杖。当然，他认为我像个傻瓜。

然而，真正的雾山生物乃是独往独来、很少为人所知的蝾螈。雾山里有25种不同的蝾螈，比在世界上其他任何地方都要多。蝾螈是十分有趣的生物，如果有人告诉你不是那样的，你可千万别相信。首先，它们是陆地上最古老的脊椎动物。当生物最初从海洋里爬上陆地的时候，爬上来的就是它们，而且打那时起，它们改变甚少，雾山某些品种的蝾螈甚至还没有进化出肺来（它们是通过皮肤呼吸的）。大部分蝾螈的个子很小，只有一两英寸长，但是罕见的、丑陋得令人吃惊的鲵蝾螈的身长能够达到 2 英尺以上，我极想看到一条鲵蝾螈。

比蝾螈品种更加繁多而知之者甚少的是淡水蚌，占全世界品种总数三分之一的淡水蚌生活在雾山中。雾山淡水蚌的名字都很吓人，如紫疣背、亮猪脚趾和猴脸珠蚌等。可惜的是，人们对它们的兴趣也就到此为止了。由于人们对它们甚少注意，即使是博物学家也是如此，蚌类正在以特别快的速率消失。雾山淡水蚌有将近一半的品种处于濒危状态，有 12 种被认为已经灭绝。

照理说来，在一个国家公园里发生这种事情没什么好惊奇的。我的意思是，又不是蚌类自动投身于汽车轮下。尽管如此，雾山好像正在失去它的大部分淡水蚌。国家森林署在使得某种东西灭绝方面实际上已经形成了一种传统，布赖斯大峡谷国家公园也许是个最令人关注——其实是最令人触目惊心——的例证。这个国家公园成立于 1923 年，在森林署的管理下，不到半个世纪里，它竟然丧失了 7 种哺乳动物——白尾长耳大野兔、草原犬鼠、叉角羚、美洲飞鼠、河狸、红狐和斑鼬。请你想想，在国家森林署主宰这些动物的命运之前，它们曾经在布赖斯大峡谷熬过几千万年，这确实是一件不简单的事。在这个世纪里，一共有 42 种哺乳动物在美国的国家公园里消失了。

就在雾山，在离我和卡茨此刻所站之处不远的地方，森林署曾在 1957 年决定将小田纳西河的一条支流亚伯拉罕河“恢复”为虹鳟的栖息地，尽管虹鳟从来就不是亚伯拉罕河的土著居民。为达此目的，生物学工作者们将若干桶被称为鱼藤酮的有毒物质倒进15英里的河段。几个小时内，几万条死鱼就像秋天的落叶似的浮到了河面上。被扫地出门的31种亚伯拉罕河的鱼类中，有一种科学家们从来没有看见过的、叫作烟色石的品种。就这样，森林署的生物学工作者们完成了同时发现和消灭一个新品种的鱼的举世罕见的伟大业绩。（1980年，在附近的一条河流中发现了另一群烟色石鱼。）

当然啦，这是40年前的事了，在如今这个更加进步的时代，这种愚蠢行为会成为一件不可思议的事情。今天，森林署采用了一种更加随意的使野生动植物濒危的办法——忽略不管。它在任何类型的研究方面几乎没有花什么钱——不到它的预算的3%——这就是为什么谁也不知道有多少蛙类已经灭绝，甚至不知道它们为什么灭绝。你在东部的森林里的不管哪儿一眼望去，都能看到大量的树木濒临死亡。在雾山，90%以上的南方香脂冷杉——南阿巴拉契亚高原所特有的一种伟岸的树木——都在酸雨和一种欧洲冷杉蚜虫的夹击蹂躏之下病入膏肓或者奄奄一息。若是找个公园工作人员问一下针对这种情况他们正在采取些什么措施，他会回答说：“我们正在密切注意这个情况。”这句话应当读成：“我们正在看着它们死亡。”

要不，再来看看长草的圆丘吧——阿巴拉契亚山南部所特有的那种最大面积可达250英亩、无树但是长草的山顶。谁也不知道那里为何有这种圆丘，它们存在了多久，或者它们为何出现在某些山上，而不出现在另外一些山上。有人认为这是自然现象，可能是电火的遗迹，但是另一些人认为这是人工制造的，是火烧出来或开辟出来作为夏天放牧牲畜的地方的。确定的一点是，它们是雾山的核心特色。穿越清凉、幽暗的森林一连攀登几个小时，终于来到一处圆丘阳光明媚的顶部使得身心解放的开阔空地，头上是蓝色的天穹，一眼望去，看得到每一处的地平线，真是一种难忘的体验，然而它们远远不只是长满萋萋青草的奇异地点。作家希拉姆·罗杰斯告诉我们，长草圆丘的面积只占雾山景观的 0.015%，但是它的植物种群却占全山的 29%。在数不清的年月里，它们最先被印第安人，后来又被定居的欧洲移民用于在夏天放牧牲畜，但是现在，由于牧场主遭到驱赶，森林署又什么事也不干，像山楂和黑莓这样的木本物种正在不断进驻山顶。要不了 20 年，雾山就可能没有任何圆丘了。自从国家公园在 20 世纪 30 年代开放以来，90 个植物品种已经从雾山消失了。在今后几年内，至少还有 25 个物种即将消失，没有任何拯救它们的计划。

现在，你可能会从上面所说的话得出结论，认为我对森林署及其人员不敢恭维了，其实倒也并非如此。我遇到的管理员都很开朗、敬业，而且通常见识都十分广博。（请注意，我其实很少遇到管理员，因为他们大部分下岗了，但是我遇到的那些统统是十分优秀的。）不，让我有意见的不是现场工作人员，而是森林署本身。有许多为国家公园辩护的人指出，他们缺乏资金，这一点是明确无疑的。如假定美元保值不变来计算，森林署目前的预算是每年 2 亿美元，比 10 年前的金额要少。因此，尽管游客的人数大为增加——他们带来的收入从 1960 年的 0.79 亿美元到目前的将近 2.7 亿美元——但是野营地点和讲解中心被关闭，管理人员数量被削减，必要的维护被推迟到荒谬可笑的程度。截至 1997 年，国家公园积压下来的修理项目费用预算达到了 60 亿美元，所有这些都令人愤愤不平。然而请考虑下列事实：在 1991 年，在国家公园的树木濒临死亡，建筑纷纷坍塌，游客被从缺乏财力保持开放的野营地点撵走，工作人员的下岗人数创历史纪录的同时，国家森林管理署却在科罗拉多州维尔举办了庆祝自己成立七十五周年的庆典，为此花费了 50 万美元。这件事也许不能与将几百升毒药倾倒入一条莽原河流这种弱智的玩忽职守的行为相提并论，但是两者的实质却确确实实是相同的。

不过，哎，咱们可别看错了问题。过去，雾山曾在没有国家森林署指导的情况下达到了自然的辉煌，实际上它现在也不需要这个森林署，真的。鉴于森林署自从成立以来一贯怪异、乖僻的所作所为（这里还有一个例子：它在 20 世纪 60 年代，曾经邀请过迪士尼公司在加利福尼亚州的红杉国家公园建立一个综合娱乐中心），让它资金紧张倒也不完全是个坏主意。我几乎可以肯定，如果在预算里每年增加 2 亿美元，那么几乎全部款项会被用来建造更多的停车场和联播电台，而不是用于拯救树木，更加肯定不会用于恢复宝贵、可爱的长草圆丘。实际上，正是森林署的方针才使圆丘消失的。多年以来，森林署干预自然，弄得鸡犬不宁，现在却决定根本不去干预自然了，即便可以证实这种干预有益的时候也是如此。我可以肯定地说，这帮人真是一绝。

暮色苍茫时分，我们到达了白桦泉山口庇护所，站在一个山坡上，小道下方一两百英尺的山脚旁，有一条浑浊的河。庇护所映着银白色的微光，显得非常漂亮。与小道别处那些千篇一律的胶合板结构的庇护所形成对照的是，雾山上的庇护所是一些有意带着古雅的乡村风情的坚固石头建筑，因此，从远处看，白桦泉山口庇护所有一种农舍似的舒服、家常的诱人外表。不过走近了看，就有点不那么迷人了。房屋的内部黑暗、漏水，地面是像巧克力布丁似的烂泥地，还有一堆堆湿漉漉的垃圾，有一个狭窄、肮脏的睡觉的平台。水顺着内墙流下来，在睡觉平台的边缘滴成一摊摊的。房屋外面不像大多数庇护所那样设有野餐台，也没有厕所。即使用阿巴拉契亚小道的简陋标准来看，这个庇护所也是条件严酷的。然而，我们至少有个栖身之所了。

与阿巴拉契亚小道的大部分庇护所一样，这个庇护所的正面是敞开的（我一直没有真正搞懂它背后的设计理念是什么——是什么设计思想或者维修原则使其有必要让整整一面乃至所有的投宿者任凭日晒雨淋、风欺雪虐呢？），但这里倒有一大块现代化的铁丝网罩着，上有提示语："这一带熊出没频繁，务必随手关门。"我来了兴趣，想看看究竟是怎么个频繁法。在卡茨煮开水准备下面条的时候，我翻阅了一下庇护所的登记册。每个庇护所都设有一本登记册，来访者在其中写下日记般的字句，记载天气、小道的状况，或者他们的想法，以及任何不一般的事件。这本登记册里只提到夜里听到两三声像是熊发出的奇怪声音，但是真正引起这个庇护所的记事人注意的，是盘踞在这儿的老鼠的异常活跃程度。

那天晚上，打从我们躺下的那一刻起——确确实实是那一刻——就听到啮齿动物奔跑乱窜的声音。这些动物绝对无所畏惧，随意踩过我们的睡袋，甚至踏过我们的脑袋。卡茨狠狠地咒骂着，随手拿起水瓶或任何什么东西朝着它们乱敲一通。有一次，我开亮灯，赫然发现我的睡袋上有一只林鼠，蹲踞在我的胸前，离我的下巴只有6英寸，用敏锐的眼睛打量着我。我反射性地从睡袋里边打了它一下，啪的一声，使它猛然一惊，摔得晕头转向。

“打到一只了！”卡茨大声喊叫。

“我也是。”我颇感自豪地说。

卡茨四肢着地，爬来爬去，好像自己也是一只老鼠。晃动的手电筒光芒刺破了黑暗。他时不时停下来将一只高帮鞋扔出去，或是拿起水瓶敲上一通。接着，他爬回自己的睡袋，但是过一段时间突然又咒骂起来，掀开身上盖的东西，照样重复一遍。我把自己深埋在睡袋里，将束带在我的头上扎紧。我们就这样过了一夜，周而复始地重复着这样的过程：先是卡茨大打出手，接下来是静寂，继而是老鼠的奔跑声，然后卡茨又一阵大打出手。考虑到这些情况，我睡得居然还出奇地好。

我预感卡茨醒来会脾气不好，但事实上他相当愉快。

“没有比睡一夜好觉更加开心的事了，没有比昨晚睡一夜好觉更加开心的事了。”他醒来动弹的时候宣称，发出一声表示颇为享受的狂笑。后来我才知道，他之所以愉快，是因为他打死了五只老鼠，感到非常自豪——更别说那份角斗士似的得意扬扬的劲了。他的水瓶的底部还沾着一点儿皮毛和粉红色糊状物，这是在他把水瓶送到唇边时我注意到的。有些时候，使我感到忐忑不安（我猜同样也不时使所有徒步旅行者感到不安）的是，我们在小道上偏离通常的文明尺度究竟有多么远，在那一刻，我的心情就是这样。

在户外，雾霭悄悄地涌过来，充塞了树木之间的空隙，这不是一个令人心情愉悦的早晨。我们出发时，空气中飘着一阵若有若无的细雨，不久就变成一场持续不断的无情、淋死人的大雨了。

雨把一切都破坏了，穿着防雨衣物走路毫无乐趣可言，尼龙布生硬的窸窣声和雨点滴在合成纤维织物上的那种没完没了、被奇怪地放大了的啪嗒声里有一种使人深感沮丧的东西。最糟的是，你甚至不能保持干燥。防雨衣物挡住了雨水，但是使你大量出汗，要不了多久，你全身就会湿透，而且黏糊糊的。到了下午，小道已经变成一条流动的小河，我的高帮鞋已经放弃保持干燥的意志。我浑身湿透，每走一步路都发出嘎吱嘎吱的声音。雾山某些地方的降雨量达到每年120英寸，也就是10英尺，这个雨量是很大的，我们目前就遇到了大量的雨。

我们步行了9.7英里的路，来到斯潘斯场庇护所，甚至对于我们来说，这段路也不是很长，可是我们全身已经里外湿透，感到寒冷，要想步行到下一个庇护所无论如何都太艰难了。森林署（为什么总是逃不了同它打交道？）给阿巴拉契亚小道的徒步旅行者立下了一大堆琐细、死板、令人气恼的规定，其中有一条是，你必须在任何时候都脚步轻快地前进，绝对不得偏离小道，并且大家每个晚上必须在一个区域的同一个庇护所野营。这个规定意味着，你每天不仅必须行走一段规定的距离，其后还必须同陌生人挤在一起过夜。我们两人剥掉了身上湿得最厉害的衣服，在背包里翻来翻去寻找干燥衣服，但是每一件衣服摸上去都是湿漉漉的。庇护所的墙上建有一个石头壁炉，不知哪个好心人在炉旁留下了一堆树枝和几块木柴。卡茨试图生个火，但所有东西都潮湿得点不着火，连他的火柴也划不着。卡茨厌恶地嘘了一口气，放弃了。我决定烧一点儿咖啡暖暖身子，但事实表明，炉子也在闹情绪。

正当我在忙着张罗的时候，门外忽然传来一阵唱歌似的尼龙布的窸窣声，走进来两位年轻女子，她们眨着眼睛，浑身水淋淋的。她俩来自波士顿，是从凯德斯隘口顺着一条支道徒步过来的。过了一两分钟，四位威克森林大学度春假的男生进来了。接着进门的是一位单身徒步旅行的青年，原来是我们已经认识的朋友乔纳森。最后是两位留着胡须的中年男子。我们已经一连四五天没有见到一个人影，现在却一下子见到了这么一大帮子人。

每个人都通情达理，态度友好，但是无法逃避的现实是，我们人太多太挤了。我想到——不是第一次想到——倘若麦凯当年的设想已经实现，倘若挨着小道的庇护所是一些正式的旅舍，有热水淋浴器、单人床铺（请装上帘子以确保隐私不被侵犯，还要有用于看书的灯），有一位常驻的管理人兼厨师照管炉火，让它欢快地在壁炉里跳舞，并且邀请我们在一张长长的餐桌上就座，餐桌上摆满了炖菜、水果布丁、玉米面包，噢，比如说，还有桃子馅饼——那该是多么令人高兴呀！屋子外面应该有一个门廊，摆着摇椅，你可以坐在上面，抽着烟斗，望着太阳落到远处可爱的群山后面。那该是何等的享乐啊！我坐在睡觉平台的边缘，一边沉浸于这一类的幻想中，一边试图把一点儿水烧开——那种感觉真是相当愉快的。这时，中年男子慢慢走过来，自我介绍说他叫鲍勃。我心里一沉，直觉告诉我，我们要谈装备的事了，我料到会这样的，我讨厌谈论装备。

“这么说，你怎么会想到买一个格里高利牌背包的？”他说。

“噢，我想总比把什么东西都抱在手里方便一点儿。”我说。

他若有所思地点点头，好像这是个值得考虑的答复似的，然后说：“我买了个凯尔提牌的。”

我想说——难以忍受地想说：有句话你倒可以去想想，鲍勃，我才不在乎这种鸟事呢！但是，谈论装备是你不得不做的那种事情之一，就像在超市跟你妈妈的朋友聊天一样，于是我说：“噢，是吗？你还满意吗？”

“哦，当然啦，”他极为真诚地回答，“我告诉你道理吧。”他把他的背包拿过来，给我演示它的特点——摁扣袋子、地图袋、装纳物品的神奇能力。他特别感到骄傲的是一个塞入式包内储藏袋，里面鼓鼓囊囊地装满了小塑料瓶包装的维生素和药品，袋上开了一个透明的窗口，“这个窗子让你不用拉开拉链也能看到里边有些什么。”他解释道，同时看着我，一脸期望我大为惊愕、羡慕异常的表情。

就在这一刻，卡茨走了进来，他在吃一根胡萝卜（没有人比卡茨更能向别人讨要食物了），正要问我一句什么话，但是当他的眼睛一看到鲍勃的有窗袋子，他就说：“哎，瞧呀——装了个有窗的袋子，是不是专给那种笨到想不出怎样打开它的人用的？”

“实际上，这是一个非常有用的特点，”鲍勃用一种有分寸的辩护语调说，“它让你不用拉开拉链也能看到里边的东西。”

卡茨十分怀疑地看了他一眼：“什么？难道你在小道上忙得连三秒钟也抽不出来拉开拉链看看里面吗？”他转向我，“那几个大学生愿意用小烘饼来交换士力架巧克力，你有什么意见？”

“嗯，我其实觉得它非常有用。”鲍勃轻轻地自语道，不过他把他的背包拿走，不再打扰我们了。我担心我关于装备的交谈差不多总会这样结束，让讲话的人抱着一件原先视若至宝的装备，带着受伤的感情悻悻然走掉。说真的，这绝对不是我的本意。

从这里开始，雾山是下坡路了。我们步行了4天，雨无休无止，像打字机打字那样噼噼啪啪一个劲儿地下着。小道变得泥泞滑溜，每处凹陷、每处洼地都变成一个水潭，烂泥成了我们日常生活的一部分。我们穿过烂泥塘艰难前进，在里面绊绊跌跌，摔倒，跪下来，在里面放下我们的背包，在我们碰到的任何地方都留下一摊烂泥痕迹。而且，行进的时候，尼龙衣总是发出一种叫人发疯的单调的唰唰的声音，你甚至想拿起一把枪朝它射击。我没有看到一头熊，没有看到一只蝾螈，没有看到狐火，实际上什么也没有看到——只有流过我的眼镜的滴滴答答落个不停的雨珠。

每个晚上，我们在漏水的庇护所过夜，与陌生人一块儿生活——有成群结队的陌生人，他们都又冷又湿，因没完没了的雨和毫无乐趣的雨中徒步旅行而形容憔悴，伤透脑筋，几欲疯狂。更糟的是，天气越坏，庇护所也就变得越拥挤。当时正逢东部所有高校的春假期间，年轻人几十个几十个地不约而同想到了来雾山徒步旅行。雾山的庇护所服务的本来是全程徒步旅行者，而不是随意加入的人。这儿根本不像阿巴拉契亚小道，这儿比糟糕还要糟糕。

到了第三天，卡茨和我已经没有一件干燥的衣服，两个人的身体不断哆嗦着。我们拖泥带水地攀登上克林曼穹顶——据大家所说，这里是整个旅程的一个高点，天气晴好之时，登上此处一览，足以放飞心情——但是我们什么也没有看见，除了在翻腾的雾海里濒死树木的朦胧影子之外，一无所见。

我们两人全身湿透，肮脏不堪，急需一家自动洗衣店，我们需要清洁、干燥的衣服，一顿丰盛的大餐，以及一个博物馆，现在是走向加特林堡的时候了。

第 8 章
欢迎来到加特林堡

无论如何，我们必须首先去那儿。

从克林曼穹顶到自从 4 天前走过的芳塔纳水坝以来走过的第一条公路美国第 441 号公路的距离是 8 英里，加特林堡位于北面漫长、曲折的 15 英里长的下坡路处。步行去那儿实在太远，在一个国家公园里看来也不大可能有顺风车可搭，可是在一个停车场里，我注意到三个开车回家的青年正在把大包小包装上一辆挂着新罕布什尔州车牌的高档大型汽车。我冲动地跑过去，向他们自我介绍说我是这个花岗岩州的同州居民，询问他们能不能做做好事，把两个疲惫的老乡带到加特林堡。趁他们还来不及迟疑推托（很明显这是他们的本能反应），我们赶紧对他们大谢特谢，爬进后座。就这样，我们搭上车，颇为风光又闷闷不乐地走上了前往加特林堡的路。

不管从哪个角度考察，加特林堡都是整个系统中的一个特别的地方，而这种感觉最为强烈的时候，莫过于在森林里经过好长一段湿淋淋、脏兮兮的与世隔绝的时光来到这里的时候。它正好坐落于雾山国家公园的主要入口处，并且专门提供国家公园所没有的一切东西——

主要有可以让你大快朵颐的食物、汽车旅馆、礼品商店，以及可以大摇大摆地闲逛的人行道——所有这些几乎都分布在唯一的一条肮脏得惊人的大街两旁。多年来，这里的兴旺靠的是这样一个坚定的认识，那就是当美国人把东西装上他们的车子，长途行驶来到一个有罕见的秀丽的自然景色的地点时，大部分人想干的事情，是打一会儿微型高尔夫球，吃一点儿汁水横流的食物。雾山国家公园是美国最有名的国家公园，但是加特林堡——这一点太令人难以相信了———比这个国家公园更加有名。

加特林堡令人震惊，可是没有关系。在小道上走了7天之后，我们做好了被震惊的准备，迫不及待地希望被震惊。我们住进一家汽车旅馆，那里接待我们的人露骨地对我们缺乏热忱，我们穿过大街时受到两次汽车喇叭声的警告（一个人走在小道上会把过马路的诀窍忘记得差不多），最后我们来到一家名叫泽西·乔的餐馆，向一个毫无魅力、龇牙咧嘴的女服务员叫了奶酪汉堡包和可乐，我们对她精神饱满地笑笑也得不到她的响应。我们这顿简单、令人扫兴的饭正吃到一半时，女服务员走过我们的桌子，把账单扔到了桌上，一共是20.74美元。

“你在开玩笑吧？”我说，嘴里还含着东西。

女服务员——让我们叫她贝蒂·斯鲁兹吧——停下脚步，看着我，接着昂首阔步地慢慢回到桌子旁，用一种威严、不屑的眼光盯了我半晌。

“有问题吗？”

“两个汉堡包20美元似乎多了点，你说对吗？”我挤出一种奇怪的、以前从来没有过的伯蒂·伍斯特式的声音。她又盯了我一会儿，然后拿起账单，为了我们的方便从头到尾高声宣读起来，每读一项就咂一次嘴：“两个汉堡包、两瓶汽水、州销售税、市销售税、饮料税、非自行决定的小费，总计20美元74美分。”她让账单仍旧飘落在桌上，赏了我们一个冷笑，“欢迎来到加特林堡，先生们。”

欢迎，好一个欢迎。

然后，我们出去看街景，我特别急于观赏一下加特林堡的街景，因为我曾在一本名为《失落的大陆》的精彩的书中读到过有关它的文章。在书里，作者是这样描绘大街的景象的：“不慌不忙在街上走来走去的，更多的是一群群穿着庞杂衣服的超重旅游者，照相机在他们肚子上弹跳，有时他们一边走，一边吃着冰激凌、棉花糖和玉米热狗。”今天也是这个样子。同样的一群群穿着锐步牌鞋子的梨状体形的人在食品的香味之间游荡，手里捏着稀奇古怪的吃食和桶装的软饮料，这里仍然是个俗气、可怕的地方。然而，只不过是过了9年，我已经差不多认不出这个市镇了。我记得的几乎每一栋建筑都已经拆掉，代之以一些新的房屋——主要是一些微型的购物中心和大卖场，从大街向后延伸，向人们提供形形色色的购物和饮食的服务。

《失落的大陆》列举了加特林堡在1987年的旅游景点——猫王普雷斯利纪念馆、国家圣经博物馆、群星照耀加特林堡蜡像博物馆、里普利信不信由你博物馆、美国历史蜡像博物馆、加特林堡太空针、邦尼·罗和巴斯特乡村音乐表演、卡博氏警察博物馆、吉尼斯纪录展览中心、星辰博物馆的伊琳·曼德雷尔大厅和购物中心、两座鬼屋、三个综合旅游点、希里比利村、天堂岛，以及幻景世界。9 年后的今天，在这十五个娱乐点中，只有三个看来依然存在。其余的当然已经被其他东西取代—— 一座神秘府、希里比利高尔夫球场、一家活动立体电影院——而再过 9 年，这些东西无疑也将消失，因为这就是美国的生活方式。

我知道世界一直在变化，然而美国的变化速度简直令人眼花缭乱。在我出生的 1951 年，加特林堡只有一家零售商店—— 一家名叫奥格尔斯的百货商店。后来，随着战后繁荣年代的到来，人们开始开车来到雾山，于是汽车旅馆、餐馆、加油站和礼品店如雨后春笋般出现了，为这些人服务。到 1987 年，加特林堡有 60 家汽车旅馆和 200 家礼品店，如今则有 100 家汽车旅馆和 400 家礼品店。值得注意的是，这些现象一点儿也不引人注意。

请考虑这个现象：今天耸立在美国的全部办公大楼和购物区，有一半是 1980 年以来修建的，美国 80% 的现存住房是在 1945 年以后建造的。美国全部的汽车旅馆房间中，有 23 万间是在最近 15 年内建造的。从加特林堡顺路过去一点儿是皮金福奇镇，它在 20 年前是一个沉睡的村庄——不，当时它还正在努力争取做一个沉睡的村庄——只是作为多莉·帕顿的家乡而闻名。那时，尊敬的多莉·帕顿女士建立了一个名叫多莉坞的娱乐公园，现在的皮金福奇镇沿着 3 英里的公路开设了 200 家分店。这个城镇比加特林堡大，也比它脏，但停车的条件要比它好，因此理所当然地有更多的观光客。

现在请把所有这些情况与阿巴拉契亚小道加以比较，在我们徒步旅行的时候，阿巴拉契亚小道已有了59年的历史，以美国的标准来衡量，这已经是历史悠久了。俄勒冈小道和圣太飞小道都没有延续这么多年；贯通东西海岸的老林肯公路曾经将财富和活力送到几百个小镇，曾经如此重要和为人们所熟知，以至于被称为“美国的大街”，可是它也没有这么长的寿命，美国的任何东西都没有这么长寿。如果一种产品或一项事业不是经常创新，那么它就会被无情地取代、抛弃，让位于更大、更新者，而且可叹的是，几乎总是更丑陋的东西。然而还有这条可爱、古老的阿巴拉契亚小道，60多年之后仍然在安静地度日，毫不张扬，绚丽多彩，忠于它的建造原则，悠然不知世界已经改变了多少，这真是一个奇迹呀。

卡茨需要鞋带，所以我们到一家日用品商店去。当他去鞋子部的时候，我在店里闲逛了一圈。墙上挂着一张地图，显示出整个阿巴拉契亚小道跨越十四个州的长征路程，不过东部海岸被朝里弯一点儿，使得阿巴拉契亚小道看起来像是正南正北方向，以便地图绘制人可以将小道容纳在一个6英寸宽4英尺长的长方形里。我带着一种斯文的、几乎是拥有者的兴趣看着地图——这是我自从离开新罕布什尔州以来，第一次整体审视这条小道——接着我把头凑得近了一些，睁大眼睛，嘴唇微微张开。在我面前的这张差不多从我的膝盖直到头顶以上的长达4英尺的小道地图中，我们仅仅走过了最底下的2英寸。

我去把卡茨找来，拉着他的衬衫袖子和我一起回店堂去。“怎么啦？”他说，“怎么回事？”

我把地图指给他看。“对啊，怎么啦？”卡茨不喜欢猜谜语。

“你看看地图，再看看咱们走过的路。”

他看了，接着又看了一遍，我仔细地看着他脸上的表情慢慢消失。“天哪，”他最后吐了一口气，把身子转向我，充满了惊恐，“咱们一点儿成绩也没有哇！”

我们去喝了杯咖啡，相对无言，坐了一段时间。我们两人所经历和为之努力的一切——所有的辛劳，痛苦，潮湿，群山，可怕的不易消化的面条，暴风雪，与玛丽·埃伦一起度过的沉闷傍晚，无穷无尽、累人、顽强积累着的里程——所有这一切加起来不过是2英寸，我的头发长得也超过这么长了。

有一点是明摆着的，我们俩永远不可能步行到缅因州。

在某种意义上说，这个发现解放了我们。如果我们不能行走整条小道，我们也不是非行走不可，这是一个新的思想，我们越是考虑它，它对我们就越有吸引力。我们身上的义务已经被卸下。这个苦役——一步步踏过从佐治亚州到缅因州的每一寸崎岖土地的乏味、疯狂，实在没有意义的任务——已经被免除了，我们可以快活度日了。

所以，第二天早晨吃过早餐，我们俩把地图在我的汽车旅馆房间里的床上摊开来，研究突然展现在我们面前的可能性。最后我们决定不经由我们离开的纽芳德山口回到小道上，而是经由稍微过去点的恩斯特维尔附近的斯派维山口回到小道上。这样走，能使我们避开雾山——以及那些拥挤的庇护所和令人窒息的规定——重新回到我们可以给自己找到乐趣的世界里。我查阅电话本的黄页，寻找出租汽车公司，加特林堡有三家，我打电话给第一家。

“把我们两个人送到恩斯特维尔要多少钱？”我询问道。

“不知道。”对方回答。

这个答复使我有些不高兴。“呃，你认为大概需要多少钱？”

“不知道。”

“可是那地方不远呀。”

沉默了好一会儿，然后这个声音说：“是的。”

“你以前有没有把人送到那儿去过？”

“没有。”

“呃，从我的地图上看，好像有20英里光景，你认为是不是大概这样？”那声音停顿了一会儿，说：“可能是。”

“那么带我们走20英里需要多少钱？”

“不知道。”

我看看电话听筒：“对不起，可是我不得不说，你这人比一只草履虫还要蠢。”

于是我挂断了电话。

“也许我不该说这句话，”卡茨若有所思地提出，“可是，我认为这未必是确保快捷和愉快服务的最好方式。”

我打电话给另一家出租汽车公司，询问乘车到恩斯特维尔要多少钱。

“不知道。”一个声音回答。

噢，我的上帝，我想。

“你们要去那儿干什么？”那声音问。

“什么？”

“你们要去恩斯特维尔干什么？那儿什么也没有。”

“嗯，其实我们要去斯派维山口。我们现在在阿巴拉契亚小道上徒步旅行，你知道。”

“斯派维山口还得过去 5 英里。”

“是的，我只是想有个概念……”

“你不该这么说，因为斯派维山口还得过去 5 英里。”

“呃，那么去斯派维山口需要多少钱？”

“不知道。”

“对不起，在加特林堡当出租车司机是不是有某种规定，要求他极其愚蠢？”

“什么？”

我再次挂断电话，看看卡茨：“这个市镇怎么啦？我擤到手帕里的智慧也比这里的多。”

“你有多少钱？”一个激昂的声音吼着。

这倒是可以一起做生意，我笑了一声，说：“我不知道。1.5 美元？”

对方哼了一声，说：“嗯，你得付比这更多的钱。”他停顿了一下，一把椅子的吱嘎声传来了，“要看里程表显示的数字，这你知道，可是我估计大概20美元，大致是这个数。可说到底，你们要去恩斯特维尔干吗？”

我跟他解释了斯派维山口和阿巴拉契亚小道。

“阿巴拉契亚小道？你们准是两个大傻瓜，你们几时走？”

“不知道，现在行吗？”

“你们现在在哪儿？”

我告诉他汽车旅馆的名称。

“10分钟后我就到，过15分钟到外面来。如果我20分钟还不到，那你们就自己走，别等我，我到恩斯特维尔和你们见面。”他挂断了电话。我们不仅找到了一个司机，我们还找到了一位喜剧演员。

我们坐在汽车旅馆办公室外面的一条长凳上等待的时候，我从一个金属箱里买了一份《纳什维尔田纳西人报》，只是为了看看世界上发生了一些什么事情。报纸的主要文章报道，该州立法机关正在酝酿通过一条禁止学校讲授进化论的法律——在这种时刻，南方各州常常力图借此露一手，表明它们有见识——作为替代，将要求这些学校讲授地球是上帝在……噢，世纪来临前的某个时候，用了7天创造出来的，这篇文章使我想起这在田纳西州并不是个新的问题。戴顿小城——恰巧离卡兹和我此刻站立的地方不远——是1925年举行的著名的斯科普斯案审判的地点，当时该州因一位名叫约翰·托马斯·斯科普斯的教师轻率传播达尔文的“谬论”而对他提出起诉。几乎每个人都知道，担任被告辩护人的克莱伦斯·达罗使公诉人的律师威廉·詹宁斯·布莱恩丢尽了脸，但是大部分人所不了解的是达罗却输掉了官司，斯科普斯被判有罪。这条法律直到1967年才被废止。现在这个州即将恢复这条法律，从而结论性地证明，田纳西州人面临的危险倒不是他们可能是猿猴的后代，而是可能被猿猴赶超。

突然——我无法完全解释，但是我突然有一种强烈欲望，不想在偏远的南方再待下去了，我转向卡茨。

“咱们干吗不去弗吉尼亚州？”

“什么？”

几天前，在一个庇护所里，有人曾告诉我们弗吉尼亚州的蓝岭山区有多么令人愉快——多么天造地设地适合徒步旅行。他肯定地对我们说，一旦进入山区，就可以在几乎所有的高度行走，俯瞰谢南多亚河广阔河谷的壮丽景色。人们照例在那儿每天走上25英里。从雾山的一个阴冷潮湿、不断漏雨的庇护所的角度来看，这番话听起来像是在讲述一个仙境，这个想法在我的脑海里生了根，我向卡茨解释了我的想法。

他专注地往前坐了坐：“你是说咱们避开从这儿到弗吉尼亚州的小道？不走了？跳过去？”他似乎想确定他听懂了我的意思。

我点点头。

“嗐，是的，没错。”

所以，当那个出租车司机一分钟之后把车子开过来，探出身来打量我们的时候，我迟疑不决，有点垂头丧气地向他解释——因为我们实在考虑不周——我们此刻不想去恩斯特维尔，而是想去弗吉尼亚州了。

“弗吉尼亚？”他说，好像我是问他附近有什么地方可以去打一针治梅毒的药剂似的。他是个小个子男人，但体格像钢铁一般，至少已有 70 岁，但是非常聪明，比我和卡茨两人加起来还要伶俐，还没有等我解释到一半，他已经明白了。

“噢，然后你们想去诺克斯维尔，租一辆车一直到罗诺克，这就是你们想干的事情？”

我点点头：“我们怎么去诺克斯维尔呢？”

“你们以为出租车是做什么用的？”他向我吼道，好像我是个傻瓜。我猜他的耳朵可能有点聋，不然的话，就是他喜欢对别人大叫大嚷。“你们很可能要破费 50 美元。”他推测说。

卡茨和我相互看看。“行，没问题。”我说。我们跨进了车子。

就这样，我们踏上了前往罗诺克和老弗吉尼亚州可爱的青山的路途。

第9章
森林宇宙

1948年夏天，一位刚从军队退役的青年厄尔·V.谢弗尔，成为在一个夏季里徒步走完阿巴拉契亚小道全程的第一人。他没有携带帐篷，而且在常常仅有地图导航的情况下，从4月份到8月份走了123天，平均每天行走17英里。巧合的是，在他徒步旅行期间，阿巴拉契亚小道会议的期刊《阿巴拉契亚小道新闻》登载了迈伦·埃弗瑞和这本杂志的编辑让·史蒂文森写的一篇长文，解释全程徒步旅行为什么多半是不可能的。

谢弗尔所走过的小道并不像现今这条经过修整的栈道，尽管当时小道建成只有11年，但是到了1948年，它已经被人们遗忘。谢弗尔发现，小道大段大段的地方已经荒草丛生，或者由于成批砍伐而水土流失。庇护所的数量很少，树木上的标记常常不存在。他花了很长的时间在山林中穿越莽原，道路分岔的时候他有时会走上歧路。有的时候，他踏上一条公路，发现自己离应当到的地方有数英里之遥。他常常发现，当地民众并不知道这条小道的存在；即使知道，在听说小道是从佐治亚州一直通到缅因州的时候也会大为惊愕，人们经常对他投以怀疑的目光。

另一方面，同现在不一样的是，即便是最为尘土飞扬的小村庄也几乎总有一家商店或者咖啡馆，而且通常当谢弗尔离开小道的时候，他总能叫停一辆乡村巴士，让他搭乘到最近的市镇去。尽管他在四个月里没有看到过任何其他徒步旅行者，但是沿着小道前进是一种别样的真正的生活。他常常路过小农庄和村舍，或者看到牧人在阳光明媚的圆丘上放牧畜群。如今，所有这些早已一去不复返。今天，阿巴拉契亚小道沿途是一处人工设计的莽原——实际上是行政命令的产物，因为谢弗尔曾经路过的许多房屋后来都被强迫收购并且悄悄地恢复为林地。1948 年，美国东部鸣禽的数量是现在的两倍。除了栗树之外，林中树木都是健康的，山茱萸、榆树、铁杉、南方香脂冷杉和红云杉仍然在蓬勃生长。最引人注目的是,2000 英里的小道上几乎就他一个人。

当谢弗尔在 8 月初，即离出发日正好四个月的那天走完了全程，并且向小道会议总部报告他的成就时，在座的实际上没有一个人相信他的话。他不得不向高级职员们展示他的照片和小道徒步行走日志，并经历了一次如他在日志《与春天一起行走》中所写的“极好然而彻底的盘诘”，他的叙述才终于被人们接受。

谢弗尔全程徒步行走小道的消息披露之后，引起了广泛的注意——报纸前来采访他，《国家地理》登载了一篇长文——而阿巴拉契亚小道又有了生机。然而徒步旅行在美国一向是一种边缘事业，没过几年，除了一些铁杆分子和怪人以外，阿巴拉契亚小道基本上再次被人们遗忘。在20世纪60年代初，有人提出一项将一条风景绮丽的大道从雾山向南延伸的计划，办法是在阿巴拉契亚小道南部的路基上修路。这项计划没有实施(是由于成本问题，而不是什么人的强烈抗议)，在其他地方，小道遭到蚕食，或沦为通过商业区的一条遍布车辙的泥泞小路。正如我们所看到的那样，在1958年，小道南端从奥格勒索普山到斯普林格山的20英里路被砍掉了。到了20世纪60年代，任何审慎的观察者都意识到阿巴拉契亚小道似乎只能分成许多路段留存下来了——在雾山和谢南多亚国家公园，穿越佛蒙特州到缅因州，作为一处遗迹，间或孤零零地流落在个把国家公园里，要不就是被埋在购物中心和住房开发区下面。小道有很多部分穿越私人的土地，新的业主常常撤销非正式的通行权协议，迫使小道的某段匆忙地迁移到繁忙的公路或其他公共道路上去——根本不会穿过本顿·麦凯当初设想的那种静谧的莽原，看来阿巴拉契亚小道再次大难临头了。

后来，也是机缘巧合，美国出了一位内政部长斯图尔特·尤德尔，此君极为爱好徒步旅行。在他的主导下，于1968年通过了一项国家小道系统法令。这条法令雄心勃勃，牵涉面很广——然而基本上从未实施。法令设想在美国全境新开辟25000英里的徒步旅行小道，但是其中大多数从来没有建造。不过，法令确实催生了太平洋顶冠小道，并且将阿巴拉契亚小道列为事实上的国家公园，从而确保了它的未来。法令还提供资金——1978年以来一共拨出1.7亿美元——用于购买私人土地，以便使小道沿途形成一个莽原缓冲地带。目前，几乎整条小道通过的地区都是受保护的莽原。其中只有21英里——不到总长的1%——是在公共道路上，大部分是在桥梁上以及远离市镇的地方。

自谢弗尔徒步旅行之后半个世纪以来，大约有四千人重复了他的壮举。走完小道的徒步旅行者分为两种：一种是在一个季节里一口气走完的，称为“全程徒步旅行者”；另一种是分段走完的，称为“分段徒步旅行者”，记录所载分段徒步旅行的最长时间跨度是46年。阿巴拉契亚小道会议不承认速度纪录，理由是这不符合这项事业的精神，但是这种做法并没有阻止人们去尝试。在20世纪80年代，有个名叫沃德·列奥那德的人，背负着一个装得满满的背包，没有任何人协助，在60天里徒步走完了小道全程——这是一项不可思议的成就，即使开车走完相应的路程也需要差不多5天时间呢。1991年5月，一位名叫戴维·霍顿的“超级赛跑运动员”和一位名叫斯各特·格里森的耐力徒步旅行者相隔两天出发上路。霍顿有一个协助人员网络，在十字路口和战略地点等着他，所以他除了一瓶水之外什么也不用带。每个晚上，他被人用汽车载到一个汽车旅馆或者私人家里过夜。他平均每天跑38.3英里，跑10—11小时。格里森则仅靠两条腿走路，但是每天要走18小时之多。最后，霍顿第39天在新罕布什尔州赶上格里森，花了52天9小时达到了目的地，格里森则在两三天后到达。

完成全程徒步旅行的人形形色色，有个人是在80多岁时徒步旅行的，另一位是拄着拐杖走完的。一个名叫比尔·欧文的盲人牵着一只导盲犬在小道上徒步旅行，一路上估计摔倒过5000次。全程徒步旅行者中很可能不是最有名，但肯定是报道最多的一位是爱玛·盖特伍德“奶奶”，尽管她行为古怪，装备简陋，并且可能遭遇危险（她老是迷路），还是在六十好几岁时两次成功地走完小道。我自己最喜欢的是来自马萨诸塞州佩帕瑞尔的一个名叫伍德罗·墨菲的人，他在1995年夏天完成了全程徒步旅行。就凭他叫伍德罗这个名字，我会喜欢他，然而当我读到他的体重有350磅，徒步旅行是为了减肥的时候，我对他更加敬佩。他在小道上行走的第一个星期里，一天只能走5英里，可是他坚持下来，到了8月份他抵达家乡所在的州时，已经增加到每天走12英里了。他体重减少了53磅（从各方面来考虑，这不算什么），据最近的报道说，他正在考虑明年再次进行小道行走。

全程徒步旅行者中有相当一部分人走到卡塔丁，然后转回身开始往回走到佐治亚州。他们就是无法停止走路，这有点让人感到惊异。事实上，你读到的有关全程徒步旅行者的故事越多，到头来你就越会充满这种惊异。就说那位盲人比尔·欧文吧，他在做完徒步旅行之后说：“我从来没有享受过徒步旅行的乐趣，这只是一件我不得不做的事情，它不由我选择。”或者看看在1991年创造速度纪录的超级赛跑运动员戴维·霍顿吧，根据他本人的叙述，他成了“智力和感情上的一具残骸”，把大部分时间花在泪水滂沱地大哭着穿越缅因州。（嗐，那又何苦跑呢？）即使是那位好青年厄尔·V.谢弗尔老兄，最后也成了宾夕法尼亚州森林深处的一位隐居者。我不是说，在阿巴拉契亚小道上徒步旅行会使你痴呆，只是需要某种人来做这件事。

眼看着一位穿旅游鞋的老奶奶、一位名叫伍德罗的大胖子，以及超过 3990 个其他的人成功抵达卡塔丁，我对自己放弃这种探索是什么想法呢？噢，事实上是，好得很。我仍然是要进行阿巴拉契亚小道徒步旅行的，我只是不想走全程而已。卡茨和我已经走了 50 万步，如果你相信的话，看来也不是必须走完剩下的 450 万步才能对这件事有个概念。

就这样，我们随那位有趣的出租车司机驱车前往诺克斯维尔，在机场租了一辆车。午后，我们已经离开诺克斯维尔朝北开去，穿越一个恍惚记得的世界，充满了繁忙的道路、晃荡的交通标志、宽广的十字路口、巨大的标记，以及几英亩几英亩的购物中心、加油站、折扣商店、消声器修理店、停车场，以及其他种种。甚至即使已经在加特林堡待了一天，这种转换也是令人头晕目眩的。我记得曾经在书中读到过，一次，有人把几个对丛林以外的世界一无所知也无所期望的处于石器时代的巴西印第安人带到圣保罗或里约热内卢去，当他们看到那儿的事物——建筑、汽车、掠过的飞机，与他们自己的简单生活如何完全不同的时候，他们不约而同地撒了一大泡尿，把自己尿得湿淋淋的，我相信我是能够体会他们当时的感受的。

这是个如此奇怪的反差，当你在阿巴拉契亚小道上行走的时候，森林就是你的宇宙，无边无际，包孕一切。这是你日复一日的全部体验，最后，它就差不多成了你能想象到的一切。当然，你知道地平线以外的某个地方有巨大的城市、繁忙的工厂、拥挤的快车道，但是在这个国家的这部分地区，林木充斥了你目力所及的全部景观，是森林统治的地方。即便是像富兰克林、夏瓦西，甚至加特林堡这样的小市镇，也只不过是在这个巨大的森林天地中方便地分布的中途站点而已。

但是，如果离开小道，正式地离开，驱车到某地去，就好像我们现在所做的这样，你就会明白你是怎样上了大当了。在这里，群山和森林只不过是背景，你熟悉它，知道它，身在其中，但是它并不比掠过山脊的云彩更加重要或引人注目。在这里，最接近你的生活、你认为最重要的是：加油站、沃尔玛超市、凯玛特超市、邓金炸面圈店、大片录像带店，总之是一系列无穷无尽地展现出来的丑陋的商业设施。

卡茨对此也感到不舒服。“嗐，太丑陋了。”他惊异地嘘了一口气，好像他以前从来没有见过这些东西似的。我顺着他的肩膀轮廓，朝他身后望去，看到一个带着一片草原大小的停车场的巨大购物中心，于是同意了他的话，确实很可怕。然后，我们俩不约而同地撒了一大泡尿，把自己尿得湿淋淋的。

第 10 章

神秘的彼岸气息

有一幅阿歇尔·布朗·杜兰德的油画，题目叫《同宗精神》，这幅画常常出现在主题涉及 19 世纪美国风景的书籍里。它绘于 1849 年，画面上有两名男子，衬着失落的世界的绝美背景，站在卡茨基尔山脉的石崖边，看上去好像即将开始远征，不过这两名画中男子很不协调地穿着长大衣，戴着鼓鼓的领带，像是去上班的打扮。在他们下方的一个幽暗峡谷中，一条河流湍急地冲过一堆巨石。透过树叶的华盖，可以瞥见远方巍峨壮丽的蓝色山峦。油画的左右两端挤入画框的，是一排排杂乱的树木，很快消失在吞噬一切的黑暗中。

我无法告诉你我是多么想跨进这片景观，那场面是如此奔放不羁，充斥着某种不可测知的彼方的气氛，有一种显然横冲直撞的诱惑力。你肯定会在那里死掉——被一头美洲狮撕成碎块，被人用石斧咔地劈死，或者只是沦落到四处流浪，跌跌撞撞，惶惶而终。你一眼就能看出这一点，但是没有关系，你一定已经开始研究那幅油画的前景，想找出一种方法通过陡险的大石，下到那条河中，并在思量你能否穿越上面的峡谷进入邻近的山谷。永别了，我的朋友们，命运在召唤，晚饭别等我了。

如今，这种景观是荡然无存了，也许从来就没有存在过。谁知道这些浪漫的家伙用他们尖锐的画笔肆意做了多少虚构呀？毕竟，谁又愿意在一个炎热的 7 月的下午，带上画架、轻便折凳、一盒颜料，来到充满危险的莽原艰难地取景，而不画一些精雅和壮观的东西呢？

然而，即使前工业化时代的阿巴拉契亚山只有杜兰德与同他相仿的其他人的画作的一半山野气和戏剧性，那里也仍然一定有一些值得看的东西。现在已经很难想象，东海岸以外的这个世界当年是怎样鲜为人知，怎样充满了可能性的。当托马斯·杰斐逊派遣刘易斯和克拉克进入莽原的时候，他自信地期望他们会发现满身是毛的猛犸和柱牙象。如果当年恐龙为人所知，他几乎肯定会要他们给他带回来一条三觭龙。

从东部冒险深入森林的第一批人（当然，印第安人恐怕早在他们之前两万年就已经进入过那儿）并不是去寻找史前生物，或者去西部的通道，或者新的定居地。他们是去寻找植物的。美国在植物方面的多样性使得欧洲人神魂颠倒，在森林里可以获得荣耀，赚到钱。东部森林里充满了旧大陆所没有的植物群，科学家和业余的热心人同样极为渴望分一杯羹。请想象一下，如果明天有一艘宇宙飞船发现金星的云气下面生长着一片丛林，你想想比尔·盖茨这样的人会出多少钱购买一棵生着紫色裂片、有卷须的金星奇卉种在他的温室里。18 世纪的北美杜鹃花的遭际就是这样——还有山茶、绣球、野樱桃、金光菊、翠菊、鸵鸟蕨、梓树、西美蜡梅、捕蝇草、弗吉尼亚爬山虎、大戟等。这些植物以及其他几百种植物都集合在美国的森林里，漂洋过海，被运到英国、法国和俄罗斯，被人们怀着贪婪的渴望，用颤抖的手接收。

一切是从约翰·巴特兰姆开始的（实际上是从烟草开始的，不过从科学意义上说，是从约翰·巴特兰姆开始的），这是一位宾夕法尼亚州的贵格会教徒，出生于1699年，他自从看了一本讲植物的书之后，就对植物学产生了兴趣，并且开始向在伦敦的一位贵格会教徒同伴寄送种子和插条。别人鼓励他寻找更多的植物品种，于是他雄心勃勃地踏上进入莽原的旅程，有时翻越崎岖的山岭，行走1000多英里路。尽管他完全自学成才，从来没有学过拉丁文，对于林奈的分类法也了解甚少，但他不可思议地掌握了发现和认识未知物种的诀窍，是一位获奖的植物收集者。殖民时代在美国发现的800种植物中，大约四分之一是巴特兰姆发现的，他的儿子威廉发现的就更多了。

在17世纪结束之前，东部森林里简直是爬满了植物学家——彼得·卡尔姆、拉斯·雍斯特洛姆、康斯坦丁·萨缪尔·拉芬内斯克、施马尔兹、约翰·弗雷泽、安德烈·米修、托马斯·纳托尔、约翰·利昂，以及多得数不清的其他人。在野外的人数如此之多，竞争如此之激烈，因此往往不能确定究竟是谁发现了什么。有的说弗雷泽发现了44种新的植物，有的说是215种，也有的说是这两个数字之间的某个数字，这要看你查阅的是哪种资料。他的一项无争议的发现是南方香脂冷杉，又名弗雷泽冷杉，这是北卡罗来纳州和田纳西州高山地区的典型树木，但是这种树木之所以冠上他的姓名，只是因为他刚好比竞争对手米修早一点儿登上了克林曼穹顶。

这些人在相当长的时间内考察了广阔得惊人的地域，小巴特兰姆有一次远征长达 5 年多，他一头钻进森林深处，以至于人们早就放弃寻找，认为他已经失踪了；当他从森林里回来，他发现美国已经与英国打了一年仗，他已经失去了赞助人。米修的旅程把他从佛罗里达州带到哈得孙湾；英勇的纳托尔的探险之路一直延伸到苏必利尔湖湖岸，由于缺乏资金，他大部分路是靠两条腿走的。

他们采集的数量之大，不说是一种劫掠，也是很可怕的。利昂仅在一个山坡上，就拔了 3600 棵大叶木兰幼树，还有几千棵别的植物，其中包括使他陷入高烧谵妄状态、“全身大片起水疱”的一种美丽的红色植物——后来才知道他发现了毒漆树。1765 年，约翰·巴特兰姆发现了一种特别可爱的山茶树，这种植物当时已属稀有，仅在 25 年时间里就灭绝了。如今它只有少量人工栽培的留存——这完全是巴特兰姆之功劳。在此同时，拉芬内斯克、施马尔兹在阿巴拉契亚山中漫游了 7 年，没有多少发现，但是收集了 5 万种植物的种子和插条。

他们能做到这些事情，真是个奇迹，每一种植物必须做好记录，予以识别。把它的种子收集起来，或是取插条；如果是插条，则必须把它用硬纸或者帆篷布盆养起来，时常浇水、照料，想办法把它从没有路的莽原运往文明世界。物资匮乏和各种危险是常事，也颇为耗费精力。熊、蛇和黑豹时常出没，米修的儿子在一次探险时受到严重伤害，当时有一头熊从树上向他冲来。（从前的黑熊似乎比现在的凶猛得多，几乎每个杂志都报道过它们突然、无端的攻击。总的说来，东部的熊似乎变得比较退让了，因为它们已经学会与带枪的人类打交道。）印第安人也经常颇有敌意，不过他们看到欧洲绅士们细致地收集和带走在大自然中繁茂生长的植物时常常感到好笑。最后，还有森林里的种种疾病，像疟疾和黄热病等。“我无法找到一位（朋友）陪同我忍受旅行的疲累。”约翰·巴特兰姆在写给他的英国赞助人的一封信里这样消沉地诉苦，这没什么好奇怪的。

然而，显而易见的是，这样做是值得的，单单一颗珍稀种子就可以卖到 5 个金几尼。约翰·利昂在一次旅程中，扣除各种费用之外，净得 900 美元，这在当时是一笔可观的钱财。接着他在第二年重新踏上旅程，再次获得数额相仿的钱款。弗雷泽在俄国的叶卡捷琳娜女王的赞助下进行了一次漫长的探险，等他从莽原里出来，却发现已经有了个对植物毫无兴趣的新沙皇，认为他疯了，拒绝履行合约。于是弗雷泽把所有的东西带到切尔西，那儿他有一个小小的苗圃，靠把杜鹃花、北美杜鹃花和木兰花卖给英国上流社会，过上了十分宽裕的日子。

另外一些人探险完全是为了享受发现一些新的东西的愉悦，其中最值得敬佩的莫过于托马斯·纳托尔了。纳托尔是利物浦的一位聪颖但是失学的打短工的印刷工人，1808 年来到美国，对于植物产生了一种未曾预料到的热爱。他自费进行过两次长途探险。他有过许多重要的发现，但是慷慨地把本来可以使他致富的植物赠送给了利物浦植物园。在短短 9 年间，他从零起点到成为美国植物界的权威。1817 年，他制作了（是名副其实的制作，因为他不仅撰写书的内容，而且还亲自做大部分的排版工作）《北美植物种类》，这部著作在大半个世纪里都是美国植物学百科全书的权威。4 年后，他被提名担任哈佛大学植物园总监，他在这个职位上卓有成就地工作了 12 年，同时还成为一位鸟类权威，于 1832 年出版了一部著名的有关美国鸟类学的著作。从其他方面来说，他是一位和蔼可亲的人，每一个见到他的人都尊敬他，这是比所有流传的故事都要感人的。

在纳托尔的时代，森林已经在变迁了，黑豹、驼鹿和林狼已经濒临灭绝，河狸和熊也几乎绝迹。北部森林的原生白松，其中有的已经长到 220 英尺高（差不多 20 层楼那么高），已经大部分被砍掉做船舶的桅杆，或者只是被清理掉来开辟农田，20 世纪还未结束，剩下的树木也砍伐殆尽。到处都弥漫着一种浮躁气氛，以为美国的森林资源取之不竭，通常将 200 年树龄的美洲山核桃树砍下来，只是为了摘取树枝上的山核桃。随着一年年地过去，森林的改变我们可以察觉出来。然而可敬的是，直到最近只有一样东西仍然在茂盛生长，保存着原始森林的那种超伊甸园的感觉，这就是伟岸、优美的美国栗树。

从来没有一种树像它一样。它从森林里拔地而起 100 英尺，力争上游的枝柯铺展成一片无比青翠的华盖，每棵树都有大量叶子，总数达到 100 万片。尽管栗树的高度只及最高的东部松树的一半，但是它的重量、体积和匀称体形使得它属于另一种范畴。一棵完全长成的栗树的地面处树干直径达到 10 英尺，周长超过 20 英尺。我看到过一张摄于本世纪初的照片，画面是一群人在离卡茨和我此刻徒步旅行的地方不远的一个叫杰斐逊国家公园的区域野餐。这是一次愉快的星期日聚会，所有的野餐者都穿着厚重的衣服，女士们拿着扣住的遮阳伞，男士们戴着圆顶高帽，蓄着海象式的髭须。他们都姿态优雅地坐在空地上的一条毯子上，背景是略斜的阳光和宏丽得不可思议的树木。照片中的人都很小，与他们周围的树木反常地不成比例，以至于你一时会纳闷这张照片是不是被开玩笑地有意处理过，就像老明信片上印着像谷仓那么大的西瓜，或是一穗玉米塞满了一辆运货车，上方逗趣地写着“艾奥瓦州的一个典型景象”。然而这张照片仅仅是反映了当时的实际情况——从南北卡罗来纳州到新英格兰的几万平方英里的山地的景象，而现在这一切都已消失殆尽了。

1904 年，纽约布朗克斯动物园的管理人员发现，动物园里漂亮的栗树上有一小块一小块陌生的橘红色的溃疡。没过几天，这些栗树就生病死了。等到科学家们查明这种称为“内种皮寄生菌”（Encothia parasitica）的亚洲真菌很可能来源于从东方运来的一批树木或者受感染的木材的时候，这些栗树已经死亡，这种真菌已经扩散到广大的阿巴拉契亚山区，而那里的树木每四棵中就有一棵是栗树。

一棵树尽管体形庞大，但实际上非常脆弱。它的生命活动就在树皮下面的三层像纸一般薄的组织中，即韧皮部、木质部和形成层，这三层组织一起构成围绕着死去的心材的一层湿润的套筒，一棵树无论长得多高，它也只有薄薄分布在根部与树叶之间的几磅重的活细胞。这三层勤奋的组织担负着使一棵树保持生命的全部错综复杂的科学和工程学的任务。森林里的每一棵树不声不响、不慌不忙地将大量的水—— 一棵大树在一个炎热的日子输送的水要达到上千升之多——从它的根部向上输送到树叶里，水从树叶再回归空气里。请你想象一下，一个消防部门要输送类似分量的水，会有多少混乱喧闹和机器的咔嗒声啊。

而输送水分只是韧皮部、木质部和形成层所做的许多工作之一，它们还要制造木质素和纤维素；调整鞣酸、树液、树胶、油分和树脂的储存和生产；分配矿物质和营养；将淀粉转化成糖分用于未来的生长（枫糖汁就是这个道理）；天知道还有别的什么事情。然而，正因为所有这些过程都发生在这薄薄的一层中，使得树木非常容易受到各种各样的危害。为了与此做斗争，树木形成了精密的防御机制，所以，当一棵橡胶树被割开时流出乳状胶汁，它就是用这种方法对昆虫和其他有机物说："味道并不好，这儿没有你吃的东西，走开吧。"树木还会让它们的叶子鞣酸含量升高，吓退诸如毛毛虫之类的害虫，因为这会使树叶变得难吃，促使毛毛虫去别的地方找食物。当虫害特别严重的时候，有些树木则会传播消息。如有些品种的栎树会产生一种化学物质，告诉近旁其他的栎树一场袭击迫在眉睫。作为回应，邻近的栎树加紧制造鞣酸，以抵抗即将到来的大举进攻。

当然，大自然就是以这样的方式年复一年地变迁。然而当一棵树自然进化没能使它做好抵御进攻者的准备的时候，问题就产生了，很少有一种树像美国栗树面临内种皮寄生菌这样的进攻者时如此地无力招架。这种真菌毫不费力地进入一棵栗树，吞噬形成层的细胞，而且趁旁边的树在化学的意义上还茫然不知是谁进攻它的时候摆好了进攻下一棵树的架势。这种真菌通过让每处溃疡产生几亿粒孢子来传播扩散，一只啄木鸟在树木之间飞行一次就可以传播10亿粒孢子。每一阵林地的微风都会将无数万亿的孢子随着美丽而致命的雾霾吹落在附近的山坡上。栗树感染这种真菌后，死亡率是100%，仅仅在30多年里，美国栗树就成了一个回忆。在一代人的时间内，仅阿巴拉契亚山区一地就丧失了40亿棵栗树，占据总量的四分之一。

诚然，这是一场大悲剧，但是当你想到这些病害针对的只是某个特定的物种，又会多么庆幸啊。如果不是一场栗树凋萎病、荷兰榆树病或者茱萸炭疽病，而是一场树木凋萎病—— 一种不分青红皂白、无法阻止的横扫整片森林的瘟疫——那该怎么办呢？事实上，这样的“瘟疫”是有的，它的名字叫酸雨。

不过，咱们还是就此打住吧，我想，在这一章里讲述的科学知识已经足够了。但是请你保留这个想法，并且当我告诉你我在阿巴拉契亚森林期间，没有一天不对曾经发生的事顺便致谢的时候，请你记住这句话。

所以，卡茨和我现在所穿越的森林甚至与我父亲那一代人所知道的森林也迥然不同，但是至少它还是片森林。它再次生长在我们所熟悉的环境里，无论如何是一件非常好的事。它在每个可察觉的方面都与我们在南卡罗来纳州穿行过的森林一模一样，同样倾斜得厉害的树木，同样狭窄的褐色小道，同样包罗一切的沉寂，只有我们辛苦登上一座山，结果发现它即使比不上我们刚刚抛在身后的山高，也同那些山一样险峻时，所发出的轻轻咕哝声和疲累的喘气声才打破这种沉寂。但是奇怪的是，尽管我们往北走了两三百英里，这里的春意似乎更加浓一点儿了。这里的树木主要是栎树，长出了更多的新芽，偶尔有一簇野花——血根草、延龄草和兜状荷包牡丹花——钻出陈年落叶堆成的毯子绽放开来。阳光透过我们头顶上方的枝丫，在小道上投下许多亮点，空气中有一种特别的、令人陶醉的春天的轻快气息。我们先把外衣脱掉，接着又脱下运动衫，整个世界就像一个怡人的地方。

最惬意的是，左顾右盼都有绚丽的美景。蓝岭通过弗吉尼亚州的 400 英里路程基本上像一条单一的鱼鳍，宽度只有一两英里，不时出现一些被称为山口的深邃的 V 形山坳通道，但是其他地方在大约海拔 3000 英尺处通常保持一条连线，西边是一路迤逦至阿勒格尼山的广阔、碧绿的弗吉尼亚山谷，东边是懒洋洋的充满田园风光的山麓。所以在这里，当我们攀上山顶，走到岩边举目四望的时候，不是看到除了一望无际的绿色山峦就一无所有的空旷景象，而是从高空俯瞰到一个有人间烟火气的真实世界：阳光照耀下的农场、群聚的村舍、一片片的林地，以及曲折蜿蜒的公路。从远处看，这景色精美如画。即便是那些有苜蓿叶式立体枢纽和平行车道的州际公路，看上去也十分祥和，犹如我们童年时代在儿童书籍中经常看到的插图，展现出一个繁荣发展、极富吸引力的美国。

我俩走了一个星期，可是几乎一个人都没有看到。有一天下午，我遇到一名 20 年来骑着一辆自行车和开着一辆汽车分段徒步旅行的男子。每天早晨，他都会把自行车放在小道下面 10 多英里处的终点，开汽车返回出发点，在两点之间徒步行走，然后骑自行车回到汽车所在的位置。他每年 4 月份这样行走一通，估计还要走 20 年。另一天，我发现一位老人，清瘦修长，看上去已经七十好几岁了。他有一个用黄褐色帆布做的小小的老式背包，走得异常快。每小时有两三次我总看见他在前面五六十码的地方，但他会消失在森林里。虽然他行走的速度比我快得多，而且似乎从来没有休息过，但是他总是在那儿。每当可以看清前面五六十码的时候，他总是在那儿——只看见他的背部，而后就消失了。这就像是在跟着一个幽灵走路。我想赶上他，可总是赶不上。他从不看我，这点我能觉察出来，但是我肯定他可以意识到我在他的后面。一个人在森林里对于别人的存在有一种第六感，当你知道有人走近，你总是停下让他赶上来，只是为了轻松地交谈几句，打打招呼，说不定什么人听过天气预报，还可以顺便知道天气情况。但是前面的那位从不停下来，从不改变他的步速，从不回头看看。将近傍晚时分，他消失了，我再也没有看到过他。

晚上，我把这件事告诉卡茨。

“天哪，”他偷偷地咕哝了一声，“现在他要使我产生幻觉了。”

可是第二天，卡茨整天看到他——跟在他的后面，总是很近——但总是赶不上，实在太古怪了。那天以后，我们俩谁也没有再看到他，我们什么人也没有看见。

结果是，每天晚上庇护所总是由我俩独用，这真是一件绝大的赏心乐事。当你因有了个可以称作自己的有顶篷的木头平台而感到激动的时候，你就知道你的处境已经变得十分可怜了，然而我们就是这样——感到激动。这段小道沿线的庇护所大部分是崭新而且非常干净的，有几个甚至配备了扫帚——有一种舒适的家的感觉。此外，这些扫帚是使用过的（我们使用它们，并且一边扫一边吹口哨），这证明了如果你给阿巴拉契亚小道的徒步旅行者一件有助舒适的用具，他是会负责地使用它的。每个庇护所旁边有一个厕所、一个良好的水源和一张野餐桌，这样我们可以以一种多少正常些的姿势，而不用蹲在潮湿的原木上吃饭了，所有这些在小道上都是一种奢侈的享受。第四天晚上，正当我郁闷地发现我即将读完我唯一的一本书，今后在晚上将无事可干，只能躺在忽明忽暗的灯光下听卡茨打鼾的时候，我高兴、激动、满足地发现早先某位旅行者留下的一本格雷厄姆·格林写的书。如果阿巴拉契亚小道有什么教益的话，那就是我们可以在生活中喜出望外地轻松获得很多东西。

所以，我非常高兴，我们一天走十五六英里路，而不是人家保证我们能够做到的 25 英里，但是从我们的角度来看，这已经很不错了。我感到步伐轻快，身体健康，这么多年来第一次有了个看上去不像球袋的肚子。一天下来，我仍然感到疲乏，四肢僵硬——这种感觉从来没有停止过——然而我已经达到了疼痛和水疱成为我生活的中心点，反而不再去注意这种感觉的地步。每次你离开受到娇宠的卫生的城市世界走向山岭的时候，你都经历着一系列阶段性的转变——某种慢慢地堕入邋遢的过程——而且每次都好像你以前从未经历过似的。第一天结束时，你微微意识到身上脏了；到了第二天，你肮脏得令人厌憎；到第三天，你已经不可救药；到第四天，你已经忘记如果不是这样又会怎样了。饥饿也遵循一个固定的模式，第一个晚上，因为你只有面条而宁可不吃；第二晚，你饿肚子，可但愿不是吃面条；第三晚，你不想吃面条，可是你知道最好吃点什么；到了第四个晚上，你一点儿胃口也没有，但还是吃了，因为一天的这个时候就该吃东西。我没法解释，但是它还是奇怪地对我胃口的。

然后，发生了某种事情，使你意识到你是多么渴望重新回到真实的世界。在第六个晚上，在一个茂密得异乎寻常的森林里闯荡了漫长的一天之后，我们在傍晚时分来到悬崖上一处长着青草的小小空地上，从这里向西向北望去毫无遮拦，可以看到很远的壮丽景色。太阳刚刚落到远处阿勒格尼岭后面，这片地区有宽广整齐的农庄。每个农庄都有一丛树木和一栋农舍——正好处于尽览其色彩斑斓的景致的时刻。然而使我们看得如痴如醉的乃是北边六七英里处的一个小镇，这是个真正的小镇，是我们一个星期来看到的第一个。从我们站立的地方，可辨认出显然是路边餐馆和大型汽车旅馆的灯光明亮的彩色大招牌，我想我从来没有见到过达到其一半美丽和四分之一诱人的任何其他东西。我几乎可以向你发誓，我可以闻到晚风中向我们飘过来的烤牛排的香味。我们长时间地呆呆看着，好像这是我们曾在书本上读到过，但是从来没有想到会看见的某种东西。

“韦恩斯伯罗。”最后，我对卡茨说。

他庄严地点点头，说：“有多远？”

我拉出我的地图，看了一下，说：“从小道过去大约 8 英里路。”

他再次庄严地点点头。“很好。”他说。我意识到，这是我俩在最近两三天里最长的交谈，然而没有必要再说更多的话了。我们在小道上走了一天，明天我们要进城了，这是不言自明的。我们将徒步行走 8 英里，租一个房间，冲一个淋浴，打电话给家里，洗衣服，吃晚餐，买一点儿食品，看看电视，在床上睡觉，吃早餐，再回到小道上。所有这些都是众所周知和显而易见的，我们做的一切都是众所周知和显而易见的，这样真好。

于是，我们搭起帐篷，用我们最后的水煮面条，而后并肩坐在一根原木上，面对韦恩斯伯罗默默地吃着。暗淡的傍晚天空升起一轮满月，发出明亮的光芒，使人想起奥利奥饼干的奶油夹心（到头来，小道上的每一件东西都会使你想起食物）。经过长长一段沉默后，我转向卡茨，突然用一种抱着希望而不是指责的口气问他：“你知不知道怎样做除了面条以外的其他东西呀？”我猜，我当时在想第二天补充食品的事情。

他想了好一会儿。“法式烤面包，”他最后说，默不作声很长一段时间，接着微微朝我探过头来说，“你呢？”

“不知道，”我最后说，“什么也不知道。”

卡茨想了想这话的含义，一时好像会说点儿什么，接着淡然地摇摇头，继续吃他的晚餐。

第 11 章
最后一道防线

现在，请考虑一下这个想法。卡茨和我在阿巴拉契亚小道上每行走 20 分钟，就超过一般美国人一个星期走的路。因为离家外出时要走的所有的路中的 93%，不管距离远近，也不管是何目的，现代美国人都是开车去的。平均算起来，如今美国人步行的全部距离——各种类型的步行，从下汽车走到办公室，从办公室走到汽车边，在超市和购物中心里逛——全部加起来是每周 4 英里，一天仅走 350 码而已，这实在太荒唐了。

当我们全家搬到美国的时候，我们希望居住在传统的小市镇里——在那种小市镇里，杰米·斯图尔特会当上市长，哈代男孩们会为你递送食品、狄安娜·窦宾会一直在一扇敞开的窗户边唱歌。当然啦，十全十美的市镇是难以找到的，但是我们定居的汉诺威也大致相近了。这是一个小小的、典型的新英格兰大学城，怡人静谧，布局紧凑，到处是古树和阳光照耀的尖顶。它有一片宽广的绿化带，一条老式的主要大街、一个有着安定气氛和悠久历史的漂亮的校园，还有绿树成荫的居民区街道。市镇里几乎每一个人都受过良好的教育，邮局、图书馆和商店都可以方便地走到。

然而，这里有个问题：据我所知，几乎没有什么人步行。我认识一位男士，开车 600 码去上班；我认识一位女士，她会坐上她的车，行驶四分之一英里路到大学的健身馆去踩踏步机，然后激动地抱怨难以找到一个停车位。有一次我问她，干吗不步行去健身馆，少踩五分钟踏步机呢？她瞟了我一眼，好像我是在挑衅。“因为我给踏步机设定了一个程序，”她解释道，“它把我的距离和速度记录下来，我可以根据困难程度对它加以调整。”我倒是从来没有想到，大自然在这方面是多么粗心地不足啊。

在汉诺威，至少她想步行就可以步行。现今在美国的许多地方，即使你想做一名步行者实际上也不可能。第二天在韦恩斯伯罗我算是深刻领教了这一点，那是在我们租好了一个房间、享受了一顿迟到的奢侈的早餐之后的事。我让卡茨留在一个投币洗衣房里（由于某些原因，他喜欢洗衣——他喜爱阅读一些破烂的杂志，并且体验那些硬邦邦的、令人作呕的衣服从大机器里出来，变得蓬松而散发出好闻的气味的奇迹），我出去买驱虫剂。

韦恩斯伯罗有一个占地五六个街区的传统的、还算讨人喜欢的中心商业区，然而，就像如今常常发生的那样，大部分零售商店都迁到周边的购物中心去了，在一度繁荣的商业区里只零零落落地留下很少几家银行、保险办事处、积满灰尘的廉价物品商店和二手用品商店。许多商店阴暗而萧条，我怎么也找不到卖驱虫剂的店，在邮局外面碰到的一个人建议我去凯玛特超市试试。

“你的车在哪儿？”他说。他打算给我指路。

“我没有车。”

这个回答使他停了一会儿。“真的？恐怕有一英里多路呢！”

“没问题。”

他有点怀疑地摇摇头，好像对他即将告诉我的话不承担责任似的：“噢，你可以沿着布劳德街走过去，在汉堡王店门口朝右拐，再继续往前面走。可是你知道，我在想，要超过一英里很多呢——也许是一英里半、一又四分之三英里，你还要步行回来吗？”

“是的。”

他又摇摇头：“路很长呢。”

“我要去拿紧急补给物。”

即使他理解我是在开玩笑，他也没有表露出来。“好吧，祝你走运。”他说。

“谢谢你。”

“你知道，附近有家出租车公司。”他想起来，友好地提醒了一句。

“实际上我喜欢走路。”我解释说。

他不那么肯定地点点头。“好吧，祝你走运。”他又说了一句。

于是，我步行前往。那是个温暖的下午，我身上卸下了背包，轻快活跃，无拘无束，那感觉非常好——你无法相信有多么好。当你背着背包走路的时候，你是倾斜着身子在走，驼着背奋力前进，你的眼睛看着地面。你在辛苦跋涉，这是你唯一能做的事情。没有了背包，你就解放了。你挺直身子走路，你眼观四面，你跳跃，你溜达，你漫步。

或者说，在四个街区里你可以这样。接着，你来到汉堡王店前疯狂的交叉口，发现通往凯玛特超市的新的六车道道路笔直漫长，非常热闹，而且完全没有供行人走路的设施——没有人行道，没有供行人穿越的横道线，没有街心安全岛，在繁忙的十字路口，没有可以按“行走”信号的按钮。我穿过加油站和汽车旅馆的前院，越过餐馆的停车场，攀越混凝土障碍，走过草坪，从房屋边界旁无人照管的一排排女贞子或忍冬藤中间挤过。在河上的桥梁和涵洞之间——天知道开发商们有多么喜欢造涵洞——我别无选择，只能身子紧贴着布满灰尘的桥梁的栏杆走在公路上，以免注意力不那么集中的司机驾车突然转弯时撞到我，有四次我因竟然冒失到没有任何金属保护就穿越市镇而被人家按喇叭示警。有一座桥梁显然特别危险，使我踌躇了一阵，桥下的河只是一道长着芦苇的浅流，狭窄得可以涉水而过，所以我决定就这么做了。我轻轻跳下河岸，发现自己踩进一个把人往下拉的隐藏的灰色烂泥塘，我晃动了两次，用力拔腿踏上对岸，又晃动了一下，弄得身上都是斑斑点点的烂泥，琳琅满目地挂着荆棘的刺球。待我终于到达凯玛特广场，我发现自己是在凯玛特超市的对面，不得不冲过六个车道的不友好的交通洪流。等到我穿过停车场，踏进开着空调、播放着轻音乐的凯玛特欢乐世界的时候，我像是刚从小道上下来那般邋遢，浑身哆嗦着。

结果我发现，凯玛特超市没有驱虫剂备货。

于是我转过身，回到市镇去，不过这一回我做了个甚至连我自己也不想做的疯狂举动——我选了一条需要穿过原野、农田和一个轻工业区的路线回去。我的牛仔裤在铁丝网上钩破了，我身上的烂泥更多了。当我终于回到市镇，我发现卡茨在阳光下坐在汽车旅馆草坪上的一把金属椅子上，刚冲过淋浴，穿着一套洗干净的衣服，脸上是只有一名徒步旅行者在市镇上休闲时才有的那种极为幸福的表情。表面上，他正在给他的高筒鞋上蜡，但实际上他只是坐在那儿看世界运行，梦幻似的享受着阳光。他热情地同我打招呼，在市镇里，卡茨总是像变了一个人。

“我的上帝，瞧你这一身！”他叫喊起来，对我这一身邋遢服装感到高兴，“你干什么去了？你脏死了。”他欣赏地从头到脚打量我。

我在椅子上坐下来：“你只不过是妒忌罢了。”

“嗯，事实上我不是的，今天我交了个朋友哩，在投币洗衣房里，她的名字叫伯拉。”

“伯拉？你在开玩笑。”

“我倒希望是开玩笑，可这是事实。”

“没有名叫伯拉的人。”

“呃，她就是，而且非常漂亮。聪明倒不是，可是非常漂亮，这儿还有逗人的小酒窝呢。”他戳着自己的面颊让我看酒窝的位置，“而且有极俏的身材哩。”

“嘀，是吗？”

他点点头。“当然啦，”他明智地补充了一句，“全都埋在 220 磅抖动的脂肪下面。幸亏我倒不在乎一个女人的身材，你知道，只要用不着移开一堵墙什么的就能把她弄出房间就行。”他细心地在他的高筒鞋上刷了一把。

“这么说，你是怎样遇见她的？”

“事实上，”他热切地坐过来一点儿，好像这是个值得讲的故事，“她叫我过去看看她的短衬裤。”

我点点头：“当然啦。”

“衬裤缠在洗衣机的搅拌轮上啦。”他解释说。

“当时衬裤穿在她的身上吗？你说过这人不太聪明的。”

“没有，当时她正在洗衬裤，松紧带缠到转轴上了，她请我过去帮她解开。很大的短衬裤，”他若有所思地补充了一句，沉入记忆中，然后继续说，“我把它弄出来了，可是已经搅得稀巴烂了，所以我有点开玩笑地说：‘哎，小姐，我实在希望你有另外一条，因为这条已经搅得稀巴烂了。’”

“噢，斯蒂芬，你真有才。”

“这种话在韦恩斯伯罗行得通，真的。她说了——关键就在这儿，我邋遢的朋友——‘噢，你想知道吗，宝贝儿？’”他的眉毛扬起来，“7 点钟我要同她在消防站外面见面呢。”

“什么？她把她备用的短衬裤放在那儿了？”

他恼怒地瞟了我一眼：“不，那只是个会面的地方，我们要去棒约翰比萨店吃晚餐。接下来，如果走运，我们就会做你整整一天在做的事情。只不过我用不着爬过篱笆，用苜蓿来引诱她。啨，反正我不希望那样。嗨，你瞧这个，”他说，伸手到他脚边去取一个纸袋，拿出一条可以公正地称之为庞大的粉红色女式内裤，“我当时想我会把这个给她。开个玩笑，你知道。”

“在餐馆里？你肯定这是个好主意吗？”

“慎重地拿出来，你知道。”

我伸过手，拿起这条内裤，它确实是一条引人注意的特大号内裤。“假如她不喜欢这个，你总是可以用它做一块铺地布的。这东西——我不得不问一句——你用这么大的一件东西来开玩笑，还是……”

“噢，她是个大块头女人，”卡茨说，再次高兴地扬起眉毛，他谨慎地、郑重地把这条内裤放回纸袋里，“大块头女人。”

于是，我在一个叫咖啡坊餐馆的地方一个人用晚餐。这么多日子以来，一直同卡茨做伴，现在卡茨不在身边，感觉有点怪怪的，但是出于同一个原因，也感到惬意。我吃的是牛排大餐，我的书靠着糖罐竖着，我的心里非常满足，这时我抬头一看，看到卡茨蹑手蹑脚地穿过餐厅朝我走来，样子十分惊恐，动作鬼鬼祟祟。

“感谢上帝，我找到你了，”他说，在我的对面坐下，他大汗淋漓，“有人在找我呢。”

“你说什么？”

“伯拉的丈夫。”

“伯拉有丈夫？”

“我知道，这是个奇迹，在这个世界上不可能有两个以上的男人愿意和她一起睡觉，而我们两个却正好在同一个市镇里。”

对我说来，一切都发生得太快了。“我听不懂，出什么事了？”

“我正好站在消防站外边，你知道，就像我们说好的，这时，一辆红色小吨位运货汽车吱地停下，那个男人跳下车，看上去一脸怒气，说他是伯拉的老公，要跟我谈谈。”

“那你怎么办呢？”

“我就逃，你觉得呢？”

“他没有追上你吗？”

“他的体重差不多有 600 磅，其实不能算是个短跑的料，倒更像个一枪打掉你的蛋的主儿，他已经开车兜了半小时来找我。我一路狂奔，穿过人家后院，撞断了晾衣绳，还有各种东西。后来另外有个人也来追我，把我当成个小偷。我现在究竟该怎么办呀，布莱森？”

“好吧，首先你得停止在投币洗衣房里跟胖女人们谈话。”

“好，好，好。”

“然后我走出去，看看道路是否畅通，再给你发个信号。”

“是吗？接下来呢？”

“接下来你赶紧溜回汽车旅馆去，双手捂住你的蛋，但愿那个男人不会发现你。”

他沉默了一会儿，说：“就这样？这就是你最好的计划？这就是你顶好的计划吗？”

“你有更好的吗？”

“没有，我可是没有上过四年大学啊。”

“斯蒂芬，我学的可不是怎么到韦恩斯伯罗来救你的命，我主修的是政治学。如果你的问题关系到瑞士的代表权比例问题，我倒可以帮帮你的忙。”

他叹了一口气，双臂交叉，重重地坐到原来的位子上，凄凉地思考他的处境以及他怎么会落入这个困境的。“你别让我再跟无论什么尺码的女人谈话了，至少到咱们走出南部邦联为止，这里的家伙都佩着枪呢，你能答应我吗？”

“好，就这么说定了。”

他紧张不安地静静坐着等我吃完晚餐，他的头转来转去，观察着每一个窗户，生怕看到一张愤怒的胖脸贴上玻璃。我吃完饭，付了账之后，我俩朝门口走去。

“我随时会送命，”他阴郁地说，然后抓住我的臂膀，“我说，如果我被枪打死，请你帮个忙，打电话给我弟弟，告诉他有1万美元藏在一个咖啡罐里，埋在他家前面的草坪下。”

“你把1万美元埋在你弟弟家前面的草坪下？”

“没有，当然没有，可他是个贪财鬼，他活该白忙活一番，咱们走。”

我走到门外，街上阒无一人，连一辆来往车辆也没有，韦恩斯伯罗人都在家里的电视机前呢，我朝他点点头。他的头伸出来，小心地左右看看，然后用一种令人震惊的速度顺着大街往前跑。我则花了两三分钟溜达到汽车旅馆，我敲了敲他的门。

立刻，一个反常的深沉、威严的声音说：“谁呀？”

我叹了一口气：“布巴 · T. 弗路巴。我有话跟你说，小伙子。”

“布莱森，你别胡闹啦，我从门孔里看到你了。”

“那么你干吗问是谁？”

“在练习。”

我等了一会儿。“你打算让我进去吗？”

“不行，我把一个五斗橱顶在门口呢。”

“你不是在开玩笑吧？”

“到你的房间去，我打电话给你。”

我的房间就在隔壁，我一到那儿，电话铃就响了。卡茨要我告诉他我回到旅馆的每一个细节，并且已经制订好了详尽的防御计划，其中包括一个很重的陶瓷落地灯座以及在最后时刻跳后窗逃跑。我的角色是进行牵制，最理想的就是把那个男人的车子点燃，然后朝相反方向逃逸。那天晚上他打了两次电话给我，还有一次是在刚过午夜，告诉我他看到一辆红色小吨位运货汽车在街上兜圈子。早上，他拒绝出来用早餐，所以我到哈迪商店为我们俩买了一包吃的。他不肯离开房间，直到出租车在汽车旅馆办事处的门口等着，马达发动起来才出来。回到小道有 6 英里的路程，一路上，他老往后看。

出租车把我们载到洛克非什让我们下来，这里是进入谢南多亚国家公园的南门，从这里起是我们伟大的探险之旅第一部分结束前的最后一段长途徒步旅程。我们曾为这第一次出击安排了六个半星期的时间，现在差不多已经用完了。我已经做好休假的打算——天知道我俩都是的——而且我无法表述我是多么想见到我的家人。尽管如此，我还是盼望着能在好天气中走完这段旅程。谢南多亚国家公园从山顶到山脚长 101 英里的秀丽景色是众所周知的，我即将终于能够一睹真容。毕竟，我们为了来到这里已经走了很长的路了。

在洛克非什有个收通行费的小亭子，负责收费的是国家公园的管理人员，驾车人必须支付入门费，而全程徒步旅行者必须获得一张边远地区徒步旅行许可证。许可证不需支付任何费用（阿巴拉契亚小道的高尚传统之一是每一英寸都是免费的），但是你必须填妥一份很长的表格，写明你个人的详细情况、你通过公园的行程路线，以及你打算每晚在哪里野营，这一点有些荒唐，因为你还没有察看过地形，不知道你能走多少里程。附在表格后面的通常是烦琐冗长的规章和警告，指出你如果做了一大堆事项中的任何一项就会遭到高额罚款或者立即驱逐。我尽最大的努力填写了表格，把它递进窗口，交给一位女管理人员。

“这么说，你要在小道上徒步旅行呀？”她伶俐地——如果不是极为精明的话——说，接过表格，看也不看，啪的一声重重地盖上橡皮图章，撕下理论上属于我们行走小道的许可证的那部分。

“嗯，我们在做尝试。”我说。

“总有一天我自己也去走走，听说小道非常美啊。”

这话使我吃了一惊："你从来没有去过小道吗？"可你是个管理人员呀，我想这样说。

"没有，恐怕没有，"她若有所思地说，"我在这里住了一辈子，可是还没有去走过咧，总有一天我会去的。"

"你当了多少年管理人员了？"我反过来问她。

"到8月份就12年啦。"她自豪地说。

"你是该找个时间去走走，真的很美哟。"

"别跟这种脓包扯淡了。"卡茨私下里咕哝了一句，跨步走进了森林。我饶有兴趣而惊讶地看着他，这样的刻薄可不像卡茨的为人呀——不过可以归因于缺乏睡眠，恋爱受挫，以及哈迪的香肠软饼吃得太多了。

谢南多亚国家公园是个有问题的公园，它长期缺乏资金（不过一位愤世嫉俗的人可能会说长期滥用资金）的程度较之雾山更加严重。数英里的支道被关闭，其他的状况日益恶化。如果不是波托马克阿巴拉契亚小道俱乐部的志愿者们维修了公园所有道路的80%，包括穿越公园的全部阿巴拉契亚小道，情况可能还要糟得多。公园的主要娱乐区之一马修斯支道野营地由于缺乏资金而于1993年关闭，自此之后没有开放过，其他几个娱乐区一年之中的大部分时间也是关闭的。在20世纪80年代，甚至连小道庇护所（这里称为棚屋）也一度被关闭。我不知道他们是怎样做的——我的意思是，一个前面敞开着15英尺的木结构建筑究竟是怎么个关法？对于关闭的理由就更加不解了，因为禁止徒步旅行者们在一个木质平台上休息几个小时对于改变公园的财务状况并无帮助。不过，给徒步旅行者们制造困难是东部各公园的一个传统。几个月之前，所有国家公园连同所有其他非必要政府部门一起，在克林顿总统与国会陷入预算僵局期间，都被关闭了两三个星期。然而，谢南多亚国家公园尽管长期缺乏资金，但仍然筹款在阿巴拉契亚小道的每一个入口处设立了一个看守岗位，用以拦阻所有全程徒步旅行者。结果是，二十几个无辜的人不得不毫无意义地绕远道来继续他们的长途徒步旅行。警戒岗的设立使得公园增加的支出绝不会少于 2 万美元，也占了每一位冒险绕道的全程徒步旅行者 1000 美元费用中的大部分。

除了这些自己造成的缺点之外，谢南多亚国家公园还有许多因无法控制的因素而造成的问题，过分拥挤就是其中之一。尽管公园长达 100 英里，但是大部分不过一两英里宽，所以每年 200 万的游客都拥挤在沿着山脊线的一条特别狭窄的走廊上。野营地、游客中心、停车场、野餐地、阿巴拉契亚小道和天际线车道（沿山脊而下的风景绮丽的道路）都紧紧地靠在一起。公园里最著名的徒步旅行路线之一是沿老破布山上去的那条（不属于阿巴拉契亚小道），走这条道的人数是如此之多，以至于在夏季周末有时需要排队才能上去。

其次是污染这个争论不休的问题，30 年前，特别是在天气晴朗的日子，还看得见 75 英里以外的华盛顿纪念碑。如今，在炎热、烟雾弥漫的夏日里，能见度可能会低到仅有 2 英里，即使天气好也从来不会超过 30 英里，进入河流里的酸雨已经使得公园里的鳟鱼几乎死绝。舞毒蛾是在 1983 年侵入的，自此之后糟蹋了许多英亩的栎树和山核桃树。南方大松小蠹同样祸害了针叶树，洋槐潜叶虫把数千棵洋槐树咬得面目全非（但通常总算还不致命）。仅仅在三年里，球蚜破坏了公园 90% 以上的铁杉，使它们死亡。等你读到这本书时，其余的一切几乎都已奄奄一息了。一种无法医治的被称为炭疽病的由真菌引起的疾病正在杀死这里的山茱萸，而且还有美国所有地方的可爱的山茱萸。要不了多久，山茱萸就会像美国栗树和美国榆树一样，不复存在。总而言之，很难想象出一个所受压力比这更大的环境。

然而，有一点是确定的，谢南多亚国家公园是可爱的，它可能是世界上我所到过的最美丽的国家公园。而且，考虑到对它提出的各种不可能办到的和相互矛盾的要求，它经营得非常良好。

我们沿着非常令人愉快、不累人的地形，穿过看上去十分深邃的森林，在 5 英里路程中仅缓慢上升了 500 英尺。在雾山，你可能仅在大约 500 英尺的路程中就升高 500 英尺。差不多就是这样。天气温和，有一种春天真正来临的气息。到处是活跃的生命——唧唧鸣叫的昆虫、枝丫之间蹦跳的松鼠、啁啾跳跃的小鸟、阳光下闪闪发光的蜘蛛网。我有两次惊起了松鸡，那总是一种惊心动魄的体验：你脚下的下层林丛骤然发生一次爆炸，犹如从枪口射出一团短袜，接着是纷纷飘落的羽毛和惊慌的咯咯的啼鸣声。我看到一只猫头鹰，蹲在附近一根结实的枝丫上，不动声色地望着我；还看到一群鹿，抬起头来盯住我看，但除此之外，它们看上去毫不惧怕，在我经过的时候漫不经心地继续吃草。60 年前，蓝山的这一段是没有鹿的，被猎户打光了。到 1936 年建立公园之后，引进了 13 头白尾鹿，由于没有人追猎，也没有什么天敌，这些鹿在这里繁衍生长。如今公园里已经有 5000 头鹿了，它们要么是当初 13 头鹿的后代，要么就是从附近迁徙过来的。

令人惊讶的是，尽管公园的范围不大，真正荒僻的地方也很少，这里的野生动物却多得出奇。红猫、熊、红狐、灰狐、河狸、臭鼬、浣熊、美洲飞鼠，以及我们的朋友蝾螈的数量都相当多，不过不常看见而已，它们大多数在夜间活动或者对人类保持着很高的警惕性。据说，谢南多亚的黑熊密度为世界之最——略高于每平方英里一头。甚至有人报告说（包括公园管理人员，这些人也许更了解情况）看到过美洲狮，不过近 70 年里从未确认过有美洲狮。它们不太可能存在于北方森林的孤立地区（我们将在适当的时候讲到这点，我想你会很高兴等到那个时候），但是像谢南多亚国家公园这样狭小逼仄的地区是不会有的。

我们没有看到什么奇异的东西，哪怕略微有些奇异的东西，但是只看见松鼠和鹿也是好的，能够感到森林是有居民的。那天下午晚些时候，我转过一个弯，发现一只野火鸡和她的雏鸡们在我的前面穿越小道。做母亲的有一种镇定自如的王者风范，雏鸡们则忙着跌倒再爬起，甚至顾不上注意我。森林里就应该是这种样子，我感到从来没有这样快活过。

我们行走到 5 点钟，在离小道不远的树丛中一块小小的、长着青草的空地上扎下了帐篷。由于这是我们返回小道的第一天，我们的食物储备十分充足，其中包括像奶酪和面包这样容易腐烂的食品，必须趁它们还没有变质就吃掉，不然它们就会在我们的背包里被挤成碎片，所以我们暴食了一通，然后闲坐着抽烟，有一句没一句地聊天，直到被不断骚扰我们的无数蚊蚋般的小虫（在小道一带，人们都把它们叫作“看不见”）赶进我们的帐篷。当时正是适宜睡觉的季节，凉到需要一个睡袋，但是暖到可以穿着内衣睡觉。我盼望着美美地睡上一个长夜，实际上正当我享受一个长夜的好觉时，在无法确定究竟是几点钟的一个黑暗时分，附近忽然传来一个声响，使我的眼睛陡然张开。通常，不管身边有什么声音——雷雨也好，卡茨打鼾或半夜里声响很大地撒尿也好——我都照睡不误，所以能使得我惊醒的声音一定是不一般的。有一种下层林丛被扰乱的声音——折断的树枝的咔嚓声、某种重物穿过低层树叶的声音——接着是某种很大的、略显烦躁的嗅闻声响。

是熊！

我一下子坐起来，脑子里的每个神经细胞都立刻惊醒，疯狂地奔来冲去，如同蚂蚁窝被捣毁时的情景。我本能地伸出手去抓我的小刀，马上意识到我把它留在背包里，放在帐篷外面了。一连许多夜在森林里安眠，夜间防御已经不再是一件要紧的事了。又传来一个声音，离得相当近了。

“斯蒂芬，你醒了吗？”我轻轻地说。

“醒了。”他用一种疲倦然而正常的声音说。

“那是什么声音？”

“我怎么晓得呢？”

“听起来很响。”

“树林里什么声音都很响。”

这倒是真的，有一回一只黄鼠狼踱进我们的帐篷，发出的声音倒像一头剑龙。又是一阵很响的窸窣声，接着是在山泉中舔水的声音——那个不知道是什么的东西在饮水呢。

我慢慢爬到帐篷边，小心地拉开拉链，朝外面窥视，可是外面漆黑一片。我尽可能不发出声音地把我的背包拿进来，借着一个小手电筒的微光翻了个遍，寻找我的小刀。当我找到小刀，打开的时候，我震惊地发现它看上去竟然是如此猥琐。比方说，用它往煎饼上涂黄油倒是件非常像样的工具，但是它显然不足以用来自卫，对付一头重达400磅的贪婪的毛皮动物。

我小心地，非常小心地从帐篷里爬出来，打开手电筒，手电筒发出的光微弱得令人痛苦，大约20英尺开外有个东西抬起头来看着我。它是什么形状大小我一点儿也看不清——看见的只是两只闪闪发光的眼睛。不管它是什么东西，它一声不响，瞪着眼在看我。

“斯蒂芬，”我轻轻地朝着他的帐篷说，“你的背包里有没有小刀？”

“没有。”

“你有没有任何锐利的东西？”

他想了一会儿：“指甲钳。”

我做了个绝望的表情：“比那个厉害一点儿的东西有没有？因为，

你瞧，那边肯定有什么东西呢。”

“很可能不过是一只黄鼠狼。”

“那么这一定是一只很大的黄鼠狼，它的眼睛离地 3 英尺哩。”

“那么这是一头鹿。”

我神经质地朝那个动物扔了一根树枝，不管它是什么，它一动不动。如果是一头鹿，早就奔逃了，但这东西只是眨眨眼，继续瞪着眼睛看。

我把情况报告给卡茨。

“这多半是一头公鹿，它们的胆子不小，你试试朝它喊叫几声。”

我小心翼翼地朝它喊叫：“喂，你这家伙！走开！”那只动物再次眨眨眼，竟然无动于衷。“你来喊。”我说。

“噢，你这畜生，走开，走！”卡茨无情地模仿我，“请你立刻走开，你这吓人的野兽。”

“去你的。”我说，把我的帐篷朝他的那边拉了一下。我不知道这样做究竟有什么好处，但是跟他靠得近一些给我带来了一点儿宽慰。

“你在干什么？”

“我在移动我的帐篷。”

“哦，好主意，那样一定会把它搞糊涂的。”

我张望着，张望着，可是除了在不远处瞪着我的那两只像漫画里画的分得很开的眼睛之外，我什么也看不见。我无法决定是走出去找死，还是在里边等死。我赤着一双脚，穿着内衣裤，瑟瑟发抖。我真正希望的——真的，真的希望——是让那只动物自己退走。我捡起一块小石头朝它掷过去，我想大概打着它了，因为那只动物突然声音很响地惊跳起来（吓得我魂飞魄散，声音带着哭腔），然后发出一种叫声——不完全是咆哮声，却也差不了多少，我突然想到也许我不应该去撩拨它发怒。

“你在干什么呀，布莱森？你别去理它得了，它自己会走掉的。”

“你怎么会这么镇定？”

“你要我怎么办？你已经代表咱俩歇斯底里得够啦。”

“我想我有几分惊慌是有道理的，对不起。我是在森林里，在一个不知名的地方的中心，在黑夜里，盯着一头熊看，跟一个除了一把指甲钳没有任何东西自卫的人在一起。让我问你一句，如果这是一头熊，是冲着你来的，你打算怎么办——给它修剪一番爪子吗？”

“我到了桥头自会过桥的。”卡茨不肯服输地说。

“你说你会过桥是什么意思？咱们已经站在桥上了，你这蠢货。上帝呀，外面有一头熊，它在看着我们。它闻到面条和士力架巧克力的味道啦，还有——噢，糟了。”

“什么？”

“噢，糟了。”

“什么意思？”

“有两头熊呢，我能看见另一双眼睛。”正在这个时候，手电筒的电耗完了。光线闪烁了一下，接着灭了。我匆忙钻进我的帐篷，一边跑，一边歇斯底里地轻轻戳着自己的大腿，然后开始不声不响地疯狂寻找备用电池。假如我是一头熊，我一定会选择这个时刻出击的。

“嗐，我可是要睡觉了。”卡茨宣布。

“你在说些什么？你不能睡觉。”

“我当然能，我已经睡过好几觉了。”他发出翻滚声和一连串抽鼻子的声音，跟外面的动物颇有些相似之处。

“斯蒂芬，你可不能睡着呀。”我命令他。可是他能睡着，而且速度惊人地睡着了。

那只动物——现在是两只了——继续饮水，发出重重的舔水声。我找不到任何备用电池，于是我把手电筒扔在一边，把我的矿工帽戴在头上，确定上面的灯会发亮，然后把它关掉，以节约用电。接着我跪坐了很长一段时间，面对着帐篷的正面，把我的拐杖像根棍子似的紧握在手里，准备好打退一场进攻，同时把我的小刀打开，放在手边，作为最后一道防线。那两头熊——动物，管它是什么呢——又喝了约莫20分钟的水，然后安静地循着来路回去了。那真是喜悦的一刻啊，可是我在书上读到过，它们是有可能回来的。我听啊听，然而森林恢复了沉寂，而且一直那样。

最后，我松开握着拐杖的手，穿上一件运动衫——两次停下来察觉有没有细微的声响，害怕听到它们返回的声音——过了很长一段时间，我回到睡袋里取暖。我躺在睡袋里，睁眼看着一片漆黑，心里明白我再也不会在森林里掉以轻心地睡觉了。

接下去，我不可抗拒地、渐渐地睡着了。

第 12 章

天际线车道

我原先以为到早晨卡茨会让人吃不消，但事实上他态度亲切得使人惊讶。他叫我起来喝咖啡，当我出来，因没有睡好感到沮丧的时候，他对我说："你还好吗？你的样子很萎靡哟。"

"没有睡足。"

他点点头说："这么说，你认为那真是一头熊？"

"谁知道呢？"我忽然想起食品袋——通常那是熊的目标——转过头去看，只见它安全地挂在大约 20 码外的一根树枝上，离地 12 英尺左右。如果一头熊下定决心的话，是很有可能把它弄下来的。实际上，我奶奶也可以把它拿下来。"也许不是的。"我说，心里感到失望。

"嗐，你知道我这里边有什么用来预防万一吗？"卡茨一边说，一边意味深长地拍拍他的衬衫口袋，"指甲钳——因为你永远不知道几时会有危险。我吃过亏的，真的，老兄。"接着他狂笑起来。

……

于是我们回到森林里，在谢南多亚国家公园里的几乎全部路程中，阿巴拉契亚小道紧贴天际线车道，而且常常穿越天际线车道，尽管大部分时间你很难猜到。常常是，你在森林保护区里辛苦跋涉，突然在仅仅四五十英尺远的地方会有一辆汽车驰过林地——总是令人吓一跳。

在20世纪30年代初，波托马克阿巴拉契亚小道俱乐部——这是迈伦·埃弗瑞的创意，一度几乎跟阿巴拉契亚小道会议本身难以区分——遭到其他徒步旅行团体，尤其是贵族化的波士顿阿巴拉契亚山俱乐部的抨击，说它没有抵制修建穿越公园的天际线车道。埃弗瑞受到这些指责的刺激，于1935年12月写了一封言辞激烈的信给麦凯，实际上终止了麦凯与小道的正式关系（尽管当时这种关系已经无足轻重了），自此这两个人再也不说一句话。值得赞许的是，麦凯在1952年埃弗瑞逝世的时候对他进行了热烈赞扬，并且慷慨地指出，如果没有埃弗瑞，小道是修建不起来的。许多人到现在还是讨厌这条车道，但是卡茨和我对它颇有好感。我俩经常会离开小道，在车道上行走一两个小时。在这个早春时节——当时还只是4月初——公园里几乎没有什么车子，所以我们把天际线车道看成是一条宽阔的、人工修筑的步行道。一连几个星期在难以通行的森林里行走之后，脚下踩着硬实的东西有一种新鲜感，露天沐浴着温暖的阳光的滋味极其舒畅，开车的人当然比我们更加愉悦。经常有可以眺望壮美的景色的开阔地带（不过即使是现在这种澄明的春日，六七英里之外就被遮在一片肮脏的雾霭里了）、很有用地解释有关公园的野生动植物群情况的指示牌，甚至还有废物箱。我俩的一致意见是，小道上也应当有一些这样的设施。慢慢地，当阳光变得太强烈，或者我们的脚走疼了（因为铺设的道路对脚来说硬得惊人），或者干脆我们想改变一下时，我们就会回到熟悉、阴凉、遮天蔽日的森林里去，可以做做选择真是一件非常惬意——几乎是潇洒得意——的事情啊。

我们走到天际线车道的一个入口处，那里斜挂着一块指示牌，提醒人们注意附近有个山坡好看地散落着一些铁杉——蓝山所特有的一种颜色很深、接近黑色的土生针叶树。所有这些铁杉，以及小道沿线甚至离小道很远的地方的铁杉，都正在被1924年意外从亚洲带进的一种蚜虫折磨至死。国家森林署悲伤地指出，它没有足够的资金来医治这些树。铁杉的数量太多，分布的面积太广，使得喷药的方案无法实施。于是，它想出了一个主意，干吗不医治部分树呢？哪怕医治一棵也好啊。据指示牌说，国家森林署希望到一定的时候，这些树将自然恢复健康。嘻！这也算个办法。

60年前，蓝山几乎没有什么树木，全部都是农田。如今在森林里，小道旁边常常有古老的田中石墙的遗迹。有一次，我们经过一处小小的、年代久远的墓地，它提醒我们这儿是整个阿巴拉契亚小道沿途曾经有人居住过的少数几个山头之一。不幸的是，这些人待错了地方。在20世纪20年代，社会学家和城市里的其他学者冒险进入山区，无不对他们所看到的景象感到大为震惊。贫困和物资匮乏现象比比皆是，土地极其贫瘠，不少人在几乎成直角的陡坡上耕种。四分之三的山里人不识字，大部分人没有进过什么学校，文盲率高达90%。卫生设施可以说闻所未闻，只有 10% 的人家才有一个简陋的厕所。在此之外，蓝山美丽得动人心魄，对于新兴的驾车旅游族来说，它的位置也十分相宜。显而易见的解决办法就是让这些人从山顶上迁到山谷里，让他们在较低的地方当穷人，修建一条风景怡人的公路，让人们在星期天开车进进出出，再把这个地方变为一个巨大的山顶游乐场，设置商业野营地、餐馆、冰激凌吧、小型高尔夫球场，以及能换来崭新的美元钞票的任何其他东西。

可惜，企业家们没有交上好运，大萧条来临了，商业萌芽凋谢了。反过来，在富兰克林·罗斯福担任总统期间的那种特有的令人眼花缭乱的新国家主义热潮中，这块土地被国家收购了。人们被迫迁出来，政府派遣了专业工程队进去建造漂亮的石桥、野餐庇护所、游客中心以及其他许多东西，整个国家公园于 1936 年 7 月向公众开放。全部工程工艺高超，在很大程度上是谢南多亚国家公园声名显赫的原因。事实上，它是美国大规模人造工程的寥寥几个范例之一（胡佛大坝是另一个，还有，我想提出来，拉什莫尔山是第三个），它为自然景观增光添彩。它那宽广、草坪似的路边植草带和石护墙，它旁边一棵棵种植得十分艺术化的白桦树，它那通到安排周到的迷人全景的平缓弯道等，我想这也是我喜欢沿着天际线车道行走的原因之一。所有的公路都应当这样才是，有一段时间看上去似乎所有的公路都会像这样。美国第一批公路称为公园大道（parkways），这并不是偶然的，它们当初的设想就是这样的——你可以开车通过的公园。

在通过公园的阿巴拉契亚小道上，这种高超工艺的精神几乎一点儿也没有显示出来——在一条献给莽原的小道上，你也不指望会本现出这种精神——但是在公园的庇护所，或者叫棚屋里，我们愉快地见到了这种精神，它们具有雾山庇护所的那种山野气息，但是更加通风、干净，设计得也好，而且正面没有那种可怕的、令人压抑的铁链栅栏。

经过我们在泉边住宿的那个夜晚之后，尽管卡茨认为我愚蠢至极，我坚持要在庇护所里睡觉（不知怎的，我感到我能保卫一个庇护所，打退闯进来的熊），而且不管怎么说，谢南多亚公园的庇护所太好了，不用就太可惜了，它们每一个都很吸引人，择址周到，配有良好的水源、野餐桌和厕所。一连两个晚上，庇护所里只有我们俩，第三个晚上，当我俩正在相互祝贺这一连串的好运气的时候，忽然听到一阵嘈杂的声音穿过森林向我们迫近。我们从角落张望出去，发现有一队童子军正在行进到空地上。他们向我们问好，我们也向他们问好，后来我们坐着，两条腿从睡觉的平台上吊下来，望着他们在空地上放满了帐篷和丰富的装备，很高兴除了两个人相互对视以外还有别的东西可以看看。这些人中有三位成年指导员和十七名童子军，全是些挺有趣的少不更事的人。帐篷搭起来，不是很快坍塌，就是翻了过来。有一位成年人去过滤水，却跌进河里，就连卡茨也同意这个场景比电视还要好看。自从离开新罕布什尔州以来，我们第一次感到自己像是小道的主人。

几分钟之后，一位快乐的孤身徒步旅行者到了，他的名字叫约翰·康诺利，是纽约州北部的一位中学老师。4 天来，他一直在小道上徒步旅行，显然只在我们后面两三英里，每天晚上一个人在露天野营，这种做法现在使我觉得他非常勇敢。他没有看到过任何熊，事实上，好几年来他一直在小道上分段徒步旅行，只有一次在缅因州的森林深处短暂地看到过一只正在逃逸的熊的屁股。不久，在约翰之后走过来的，是来自路易斯维尔的两个与我们年龄相仿的男人杰姆和却克，都是挺好的人，谦逊而风趣。自从离开韦恩斯伯罗以来，我们看到的其他徒步旅行者不过三四个人，现在忽然聚集了这么一大群。

“今天是星期几？”我问道，每个人都只好停下来想想。

“星期五，”有人说，“不错，星期五。”怪不得喽——周末又开始了。

我们大伙儿围着野餐桌坐着，煮东西，吃东西，一派喜洋洋的友好气氛。这三个人已经徒步旅行了很长一段路，告诉我们一直到缅因州的小道的所有情况，感觉仍然遥远得像在另一个宇宙里一样。接着，谈话转到徒步旅行者们永远爱谈的一个话题——小道已经变得如此拥挤了。康诺利谈到他怎样在 1987 年的盛夏行走过差不多一半的小道，当时一连几天看不到一个人影，杰姆和却克由衷地赞同他的说法。

许多人都这么说，如今徒步旅行的人比以往任何时候都要多，这是千真万确的事。直到 20 世纪 70 年代为止，徒步走完阿巴拉契亚小道的人每年不到 50 名。近至 1984 年，这个数字还只有 100 名。截至 20 世纪 90 年代，人数突破了 200 大关，目前已经达到将近 300 人。这是巨大的增长，然而仍然是很小很小的数字。就在我们出发之前，我们新罕布什尔州的地方报纸采访过一名小道的维修者，此人指出，20年前，他的工段里的三个野营地点在7月份和8月份平均每周有12名访客，而现在有时已经多达每周100名了。在我看来，令人惊讶的是，在这么长时间里人数怎么会这么少。无论如何，盛夏季节里三个营地每周100名访客不算什么大不了的事情。

也许由于我在拥挤的小小英国徒步旅行了很长时间的缘故，或者我走这条小道的方向不对，但是在整个漫长的夏季不断使我感到震惊的是小道竟然如此空空荡荡。谁也不知道究竟有多少人来阿巴拉契亚小道徒步旅行，可是估算出的大部分数字是每年三四百万。如果400万是正确的数字，而且我们假定其中四分之三是在最温暖的六个月里完成的，那就是说，在这个季节里，小道上每天平均有16500个人，也就是每一英里小道有7.5个人，每700英尺有1个人。事实上，很少有区段会出现这么高的密度。每年400万的徒步旅行者中间有很大的一部分集中在某些著名的地点度过一天或者一个周末——新罕布什尔州的总统岭啦，缅因州的巴克斯特国家公园啦，马萨诸塞州的灰锁山啦，雾山啦，以及谢南多亚国家公园啦，等等。这400万人还包括很大一部分你可以称之为“锐步徒步旅行者”的一族——那些停好他们的汽车、走上400码路，回到汽车里开走，而且今后再也不做如此惊险的事的人。真的，不管任何人怎么对你说，阿巴拉契亚小道并不拥挤。

当有人哀叹小道多么拥挤的时候，他们的意思是庇护所太拥挤了；

毫无疑问，这话有时候倒是事实，但是问题不在于使用庇护所的徒步旅行者太多，而在于供给徒步旅行者的庇护所太少。谢南多亚国家公园 101 英里的小道边只有 8 间棚屋，每一间可以舒服容纳的人不过是 8 个，10 个人就相当挤了，这差不多是整条小道的平均数。虽然庇护所之间的距离有时很远，但是阿巴拉契亚小道平均大约每 10 英里有一个庇护所，或者棚子（总数是 240 个）。这意味着，2200 英里的小道只能为 2500 名徒步旅行者提供有适当遮蔽的睡觉场所。当你考虑到有 1 亿多美国人居住在一天之内就可开车抵达阿巴拉契亚小道的区域里，2500 个睡觉铺位有时不够也就没什么好惊讶的了。然而有悖于常理的是，在有些地方，要求减少庇护所的压力正在日益增长，以期阻止他们所认为的——而使我感到惊讶的——对小道的过度使用。

所以，经常是这样，当谈话的主题转到小道的拥挤，以及说到你如今一天能看到十几个人，而从前能看到两个也算你走运的时候，我总是客气地倾听，然后说："你们应当试试看去英国徒步旅行。"

杰姆向我转过身子，和蔼、清楚地说："可是你知道，比尔，咱们不是在英国呀。"也许他说的有点道理。

还有个原因可以说明为什么我特别喜爱谢南多亚国家公园，为什么也许我不能当一个地道的美国小道的徒步旅行者，这就是：奶酪汉堡包。在谢南多亚国家公园总是可以买到奶酪汉堡包、冰镇可口可乐、新鲜的炸土豆条、冰激凌，以及许多别的东西。虽然我刚才说的那种无节制的商业化始终没有发生（当然感谢上帝幸亏没有），但是商业精神的某些表征在谢南多亚国家公园里十分活跃。在公园里广泛分布着设有餐馆和商店的公共野营场地和休息点——而阿巴拉契亚小道的行走者（上帝保佑他们）差不多每一个都去光顾。在小道沿线设置餐馆、休息处是与阿巴拉契亚小道精神完全相悖的，可是我遇到的行走者无不对这一点赞赏备至。

第二天早晨，卡茨、康诺利和我对于这一点有了第一次体验，当我们跟同样朝南走的杰姆和却克以及童子军告别之后，在差不多午餐时分来到一个名叫“大草地”（Big Meadows）的占地广阔的活跃商业区。

大草地有一个野营场地、一所旅舍、一家餐馆、一家礼品店兼百货商店，还有许多许多人散布在阳光照耀下的一片很大的草地上。[尽管这里确实是一片大草地，但实际上它是根据一位姓梅多斯（Meadows）的人命名的，由于某种原因，这使得我非常高兴。] 我们把背包卸在外面的草地上，急匆匆走进繁忙的餐馆，一起在里边大吃各种油腻的食物，然后走到草坪上抽烟、打嗝儿，享受一阵子平静的消化。正当我们倚着背包躺在那儿的时候，一位戴着一顶不合适的草帽、手里执着一份冰激凌的游客走过来，友好地上下打量我们。“你们是徒步旅行的吧？”他问。

我们说是的。

“还背着这些背包？”

“直到我们找到什么人帮我们背为止。”卡茨笑嘻嘻地说。

“今天上午你们走了多少路？”

“噢，大约 8 英里吧。”

“8 英里？天哪！那么今天下午你们打算走多远呢？”

“噢，也许再走 8 英里。”

“别开玩笑了！徒步走 16 英里路？背上还有这些东西？哎呀——这太厉害了吧？”他朝着草坪的那一边叫喊，“伯妮丝，你过来一会儿，你该看看才是。”他再次看看我们，“那么里面装的是什么？衣服、用具什么的，对吗？”

“还有吃的。”康诺利说。

“你们还自已带吃的，嗯？”

“没有办法。”

“嘀，真够牛的。”

伯妮丝走过来了，他向她解释我们是用两条腿穿越这个风景区的。“你说了不起吧？他们把所有吃的东西和别的一切都装在这些背包里。”

“是真的吗？”伯妮丝带着钦佩和感兴趣的神情说，“这么说，你们是步行到每个地方，对吗？”我们点点头。“你们是步行过来的？一路上都是走过来的？”

“我们步行到所有地方。”卡茨庄严地说。

“你们不可能是一直走到这里来的！”

“嗯，我们是走过来的。”卡茨说，对他而言，这成了他一生最自豪的时刻之一。

我走开，用一部投币电话给家里打了个电话，并且用了一次洗手间。当我几分钟之后回来，卡茨身边已经围起小小一群赞赏的人，他正在向他们演示他的背包的各种带子、开关的用途和原理。接着，应某个人的请求，他背上背包，摆好姿势让人拍照，我从来没有见到他这么快活过。

当他还在忙碌着的时候，康诺利和我走进小小的食品商店，看了一圈，意识到对于公园真正的商业活动而言，徒步旅行者受到多大的轻视，多么不被当一回事啊。谢南多亚公园每年大约200万游客中，只有3%的人多走几码进入被慷慨大方地称为“边远地区”的地方。90%的游客是开着汽车到这儿来的，这是为这些人开设的商店。商店里的几乎每一件东西都需要用微波炉或烤箱加热，或严格认真地冷藏，或是以很大的家用数量出售。（我发现很少有徒步旅行者需要一次购买24个汉堡包的。）没有一件可供在小道上吃的食品——葡萄干、花生米等便携式的小包装商品或者罐头食品——一个国家公园里这个样子是有点使人沮丧的。

我们没有别的选择，又加上只要有可能就绝不再吃面条的信念（我高兴地得知康诺利也是一位吃面条客），我们买了24根香肠和与之配套的面包、一瓶2升装的可乐，还有两三大包饼干。接着我们去叫卡茨，他遗憾地向那群崇拜他的观众宣布他必须走了——还有许多山要爬——于是英勇地走回森林。

我们在一个名叫岩泉小屋的可爱、幽静的地点过夜，这个小屋高踞于一面陡峭的山坡上，可以眺望下面深深的谢南多亚山谷。那个庇护所甚至还有一个秋千——从檐上的铁链吊下来的一个双人座的秋千，根据它背后所嵌的一块牌子上的介绍，是为了纪念一位深爱小道、名叫特丽莎·阿弗隆蒂的人——我认为它非常漂亮。早些时候来到这个庇护所的人留下了各种各样的罐头食品——豆子啦，玉米啦，午餐肉啦，小胡萝卜啦，等等——沿着一条承重的椽子整齐地排列着，小道上能发现很多这类东西。在有些地方，小道之友们会带着自制的糕饼或者一盘盘炸鸡徒步走到庇护所来，那真是非常美妙的事。

正当我们煮晚餐的时候，来了一位朝南走的全程徒步旅行的青年——这是这个季节里的第一位。那天他已经走了 26 英里路，当他听说菜单里包括热狗，还以为他已经死掉上了天堂呢。卡茨、康诺利和我都吃不下每人 6 个热狗，所以我们每人吃 4 个和一点儿糕饼，把其余的省到明天吃。但是那位朝南走的青年好像从来没有吃过东西似的，他吞下 6 个热狗，还有一罐小胡萝卜，然后感激地接受了十来块奥利奥饼干，一样接着一样，吃得有滋有味，极为考究。他告诉我们，他从缅因州出发时积雪很深，一路上不断遇到暴风雪，但是他仍然平均每天走 25 英里。他的个子只有大约 5 英尺 6 英寸高，他的背包很大，怪不得他胃口不小。他试图在三个月里走完小道全程，大部分是靠每天走很长时间。当我们第二天一早醒来时，曙光才刚刚露出来，可是他已经走了。他睡觉的地方放了一张简短的字条，感谢我们给他食物，并且祝我们走运，我们从来不知道他姓甚名谁。

第二天上午晚些时候，我发现我已经走在卡茨和康诺利前面好长一段路了——他俩在聊天，走得不是很快——于是我就停下来，在险峻的群山环抱中的一处林中空地等待他们。这片林中空地相当宽阔，看上去十分古老，很吸引人，隐然给人一种如中符咒的神秘感觉。凡是林中空地所应有的一切它都具备：高大伟岸的树木，透下一道道昏暗的阳光，蜿蜒的小溪，一片片丰茂的蕨类植物，在一个静寂可爱的绿色世界里懒洋洋地吹拂着的凉风，我记得我曾经认为这是个特别好的野营地点。

就在一个多月之后，两位青年女子洛莉·维南和朱莉安妮·威廉斯显然有同我一样的想法。她俩在这个静谧的树丛中扎下了营帐，然后走捷径步行到另一个综合商业中心的斯盖兰旅舍，在那里的餐馆吃饭。没有人确切地知道发生了什么事，但是据推想，当时斯盖兰旅舍里有个人看着她们吃饭，然后尾随她们回到野营地。三天后，有人发现这两位女子死在她们的帐篷里，手被缚住，喉咙被人割开了，杀人动机不明。一直没有发现疑凶，几乎可以肯定，她俩的死将永远是一件神秘的事情。当然啦，我在当时是不知道这件事的，所以，当卡茨和康诺利赶上来之后，我只是对他们说这是个多么迷人的地方。他俩看了一遍，同意我的话，接着我们继续前进了。

我俩在斯盖兰旅舍同康诺利一起用午餐，然后他离开我俩，徒步走回他停放在洛克非什的汽车，开回家去。卡茨和我同他告别，然后继续赶路，因为我们的事就是赶路。我们即将走完我们探险路程的第一部分，所以我们的步伐中有某种一口气走到终点的生猛劲头。我们又走了三天，一路上遇到餐馆就停下来，并且在庇护所里野营，那些庇护所再次大多为我们所独用。我们在小道上行走的倒数第二天，也就是从洛克非什山口出发以来的第六天，我们行走时头上是阴沉沉的天空，骤然刮起了呼啸的寒风。树木摇摆舞动，大风在我们身边狂暴地卷起大团大团的尘土和树叶，我们的外衣突然如同有了生命，在我们身上啪啪地飘飞。蓦然一声惊雷，接着下起雨来—— 一场真正寒冷、悲惨的大雨，我们用尼龙布把自己裹住，继续前进。

结果是，几乎从每个方面来看，这都是糟糕的一天。午后不久，我发现我的背包的遮雨布遗失了（我在这里要说一句，这横竖是一块完全无用、设计得很糟的废物，为了它，我付出了 25 美元呢），我背包里差不多每件东西都从潮得烦人直到彻底浸在水里。幸亏一开始我就把我的睡袋包在两层垃圾袋里（成本 35 美分），所以至少睡袋还是干燥的。20 分钟后，我躲在一棵大树的枝柯下等待卡茨。他来了，立刻说："喂，你的手杖哪儿去了？" 我弄丢了我喜爱的手杖了——我突然想起我是在停下脚步系鞋带的时候把它倚在一棵树上的——我的心里充满了绝望。这根手杖已经陪伴我在山里度过六个半星期，几乎已经成为我身体的一部分。它是我跟我的孩子们的一条纽带，我对孩子们的想念是无法言喻的，我感到要哭出来了，我对卡茨说，我想我是把它落在往回走大约 4 英里处一个叫麋打滚山口的地方了。

"我去帮你拿来。" 他毫不犹豫地说，开始卸他的背包。我差点儿再次哭出声来——他是真心的——但是我不肯让他去。路程实在太远，再说，麋打滚山口是个公共位置，现在一定有人把它当作一件礼物拿走了。

所以，我们继续前进，来到一个名叫沙砾泉小屋的地点，我们抵达那儿的时候才只有2点半。本来我俩计划至少再走6英里的，然而我们已经全身湿透，加之雨还在毫不留情地下，所以我们决定停下来。我没有干燥衣服了，于是我脱得只剩下一条拳击短裤，钻进了我的睡袋。我们度过了记忆中最漫长的一个下午，无精打采地看看书，呆呆地瞧着滴滴答答下个不停的雨。5点钟左右，像是天意要使我们这一天过得完整些，来了一帮子吵吵嚷嚷的人，一共六个，三男三女，穿戴着极为荒谬的拉尔夫·劳伦款式的旅行装——身穿猎装外衣，头戴阔边帆布帽，脚登仿麂皮旅行靴。这些衣服是穿着在麦金纳克的游廊上漫步的，也许还可以坐在吉普车上来一次狩猎旅行，但是显然不适合徒步旅行。其中有个女的比其他几个晚到了几步，蹚着泥浆走进来，那样子像是泥浆有辐射似的。她朝庇护所里一瞟，看到了我和卡茨，带着一种毫不掩饰的厌恶神情说："哦，我们非得合住不可吗？"

这些人如果放在不那么考验人的情况下，可能在一定程度上是有点炫人耳目的，他们愚蠢、引人反感、快乐但自私到了惊人的地步，并且一点儿也不懂小道上的礼仪。卡茨和我发现我们被漫不经心地猛推猛挤进黑暗角落，被抖开的衣服里的水溅到，并且被随意到处扔的装备打到头。我俩吃惊地看着我们晾在短短的晾衣绳上的衣服被推到一角，团成一团，为他们的衣物留出大量空间。我郁闷地坐着，无法集中精力看书，其中两个男的蹲在我身边的灯光下，这样交谈着：

“这种事情我以前从来没有做过。”

“什么事？在庇护所里野营吗？”

“不，是戴着眼镜看望远镜。”

“噢，我以为你是说在庇护所里野营呢——哈！哈！哈！”

“不，我是说戴着眼镜看望远镜——哈！哈！哈！”

这番话以后大约半个小时，卡茨走过来，跪在我的身边，轻轻地说：“其中一个家伙叫我‘老兄’，我要离开这儿。”

“你要去哪里？”

“把我的帐篷搭在空地里，你来吗？”

“我穿着内裤呢。”我犹豫地说。

卡茨理解地点点头，站起身来。“女士们，先生们，”他宣布，“请大家注意一会儿好吗？对不起，老兄，请注意一会儿好吗？我们打算出去，把我们的帐篷搭在雨里，这样的话，这儿所有的空间就都归你们啦，可是我这儿的这位朋友穿着内裤，恐怕会冒犯女士们——可能还会使先生们情绪激动，”他斜着眼，可爱地很快瞥了一下，“所以诸位是否可以把头转过去，让他把湿衣服穿好？在此，我要跟大家再见，并且感谢你们允许我们稍微分享一会儿你们的地盘。只是一小片。”

接着，他跳下来，走进雨中。我匆忙穿上衣服，周围一片寂静，大家不自然地避开目光，我低低地、无力也无表情地说了声再见，也跳了下去。我俩在大约 30 码外搭起了我们的帐篷，爬了进去——真的，在滂沱大雨里干这事不是个容易或者快乐的过程。我俩还没有完成，庇护所里又恢复了嘈杂的人声，接下来是一阵胜利的笑声。他们一直闹到天黑，接着是喝醉了酒后的吵闹声音，一直持续到凌晨两三点钟。我纳闷他们是不是会在某一时刻产生一种内疚的慈悲感或者愧悔，送来一件和平礼物——也许是一块巧克力蛋糕，或是一个热狗——可是他们没有。

当我们早晨醒来，雨已经停了，水从树上滴下来，不过世界仍然是沉闷、枯燥的，我们不想费力气去煮咖啡了，我们只想离开这儿。我们拆了帐篷，捆扎好我们的东西。卡茨去从晾衣绳上拿下一件衬衫，向我报告说，我们这六位朋友睡得正香呢，有两个喝空的威士忌酒瓶——他用一种鄙夷的语调向我汇报。

我们俩背起背包，出发登上小道。我们走了约莫 400 码，已经看不见野营地，这时卡茨叫我停下。

“你记得那个说‘哦，我们非得合住不可吗？’并且把咱们的衣服推到晾衣绳边上的女的吗？”他问道。

我点点头，我当然记得她。

“嗯，这么做我并不感到骄傲，我希望你能理解。当我去拿我的衬衫，我注意到她的靴子正好在平台的边缘，于是，嘿，我干了件坏事。”

“什么事？”我努力想象，可是想不出来。

他摊开手，手上有两条仿麂皮鞋带。接着他笑了——开怀、胜利的笑容——把鞋带往他口袋里一塞，继续行进。

第二部

PART 2

第 13 章
哈珀斯渡口

我们伟大的探险旅行开端的故事差不多就是这些了。我们俩步行 18 英里，赶到皇家湖滨，说好我太太过两天来接我们回去，要是她能够从新罕布什尔州开车过来，在一个不熟悉的旷野里找到路的话。

我需要离家一个月去做点别的事情——主要是想法子说服人家买我写的一本书，尽管里面没有写到不花力气减轻体重、遭遇狼群、在一个焦虑的时代兴旺发达，也没有写到审判辛普森案件（即便如此，我的书也卖出了 60 多本）。卡茨要回得梅因去，那儿有人愿意雇用他在夏天造房子，不过他答应在 8 月份回来，同我一起徒步穿行缅因州著名的高峻的百英里莽原。

在我们的旅行刚刚开始的时候，他有一次认真地谈到要走完整条小道，独自一个人，直到我能够在 6 月份同他会合为止，但是当我现在提到这事时，他只是干笑了一声，并且邀请我在方便的时候和他一起去现实世界。

"老实告诉你，我感到惊讶的是咱俩居然走了这么多路。"他说。我同意他的话。自从我们从阿米卡洛拉出发起，已经徒步行走了 500

英里路，也就是 125 万步。我们有理由感到骄傲，我们现在是真正的徒步旅行者了。我们曾在森林里拉屎，跟熊一块儿睡过觉，我们已经成为而且将永远是山里人。

对我们来说，18 英里是一段英雄壮举的距离了，但是我们浑身肮脏，对走小道产生了厌烦，特别渴望进入一个市镇，所以我们继续跋涉。我们在 7 点前后来到皇家湖滨，累得要死，走进我们碰到的第一家汽车旅馆。旅馆脏得特别显眼，但是价格便宜。床铺下陷，电视机画面跳动，好像由于一个电子元件的关系，无情地嘘嘘乱叫，我的房间的门锁不上。它样子像是锁上了，但是如果你用一根手指在外面按一下，门就啪地开了。这使我愣了一阵子，不过后来想通了，谁也不会要我的任何东西的，于是我只是把门拉上，就出去找卡茨一块儿吃晚饭了。我们俩在附近一家牛排店用晚餐，然后高兴地回到我们的床上和电视机旁。

第二天，我很早就到凯玛特超市去，买了一些崭新的衣物——短袜、内衣裤、蓝牛仔裤、旅游鞋、手帕，以及我能够找到的两件最富有生气的衬衫（一件印着小船和铁锚，另一件印着欧洲著名遗迹）。我回到汽车旅馆，把一半衣物送给卡茨——他从来没有这样激动过——然后我走进房间，穿上我的新行头。10 分钟后，我俩在汽车旅馆的停车场碰头，看上去既利落又时髦，相互说了许多称赞的话。我们有一整天可以消磨，于是我们出去吃早餐，在不大的中央商业区心满意足地四处闲逛，为了有点事情可做而在廉价商店里翻弄一阵，发现了一家野营用具商店，在里面买了一根同我遗失的那根一模一样的徒步旅行手杖作为替代，用了午餐，下午自然而然地决定再去走一圈，毕竟这是我们做的事情嘛。

我们发现一些铁轨顺着壮丽的谢南多亚河河湾延伸，再也没有一件事比穿着一件新衬衫沿着铁轨漫步更惬意、更有愉快的夏日风情了。我们走得毫不匆忙，也无一定目的，就像山里人在度假，东拉西扯地不断聊着，不时让开隆隆驶过的一列列货车。我们全面地享受着充足的阳光、银色铁轨召唤人的无尽闪光，以及迈开不知疲倦的双腿前进的单纯乐趣，我们散步到将近太阳下山时分，这真是度过一天的完美方式啊。

第二天早上，我们出去吃早餐，接下来是三个小时坐立不安的折磨——我们站在汽车旅馆的一条车道旁边，紧盯着车流，等待那辆满载着笑逐颜开、激动不安、我日思夜想的脸的车。有过多少星期，我力图不去触动心底埋藏着的对家人的思念的那块隐痛，但是现在他们快要来到了——现在我可以尽情流露自己的思念之情了——这个期待几乎让人无法忍受。

嗯，我肯定你能够想象他们终于来临时的那种欢乐的重逢景象——热情奔放的拥抱，机关枪似的喋喋不休，一股脑儿倒出来的有关怎样找对州际公路出口和汽车旅馆问题的详细得并无必要但却令人开心的报告，令人印象深刻的对于爸爸的新体形的评论，印象不太深刻的对于爸爸的新衬衫的评论——突然想起来重逢之乐不能把卡茨漏掉（他正站在一边害羞地咧着嘴笑呢）——头发弄乱了，整个是一场可想而知的重逢的欢喜。

我们把卡茨送到华盛顿的国家机场，他在那里订妥了下午晚些时候去得梅因的航班。在机场里，我意识到我们俩已经是在不同的宇宙里了（他在为“我该上哪儿去办登机手续”而烦心，我烦心的事情是我的家人在等着，汽车停放的位置不好，华盛顿即将是交通高峰时间了），所以我俩尴尬地、几乎是心不在焉地道了别，匆匆忙忙地说了句一路顺利，并且说好在 8 月份再见，完成我们漫长的行走。他走了之后，我心里感到不好过，但是我转身走向汽车，看到我的家人，好几个星期再也没去想他。

我回到小道的时候已是 5 月底，几乎到 6 月份了。我在我家附近的森林里行走了一次，身上背了一个一日用的背包，里面装着一瓶水、两块花生酱三明治、一张地图（仅仅是形式），没有其他东西。这时夏季已临，森林成了一个新的、不同的地方，到处一片绿色，显得生机盎然，充满鸟啼声、大群的蚊子和恼人的墨蚊。我穿过森林，在低矮的山峦上走了 5 英里路到埃特纳镇上，在那儿的一处古墓边吃掉了三明治，然后步行回家。我在午餐之前回到家里，这个感觉根本不对头。

第二天，我开车去离我家 50 英里、位于白山山脉南侧的穆西洛克山。穆西洛克山是一座风景绝佳的山，是新英格兰最美丽的山峰之一，有一种雄狮兀立的宏伟气势，但由于它的周围大都是一些默默无闻的地方，所以没有引起人们过多的关注。这座山属于汉诺威的达特茅斯学院，自从本世纪最初的几年开始，这个学院著名的远足俱乐部就一直以一种值得赞许的勤勉、低调的方式照看它。达特茅斯学院在穆西洛克山上将下坡滑雪引进美国，而且于1933年在那儿获得了第一届下坡滑雪全国冠军。但是这里的路途过于遥远，很快，新英格兰的这个运动项目就转移到靠近主要公路的其他山峰去了，穆西洛克山恢复到景色虽好却默默无闻的状态，如今你不会猜到它一度声名烜赫过。

我在一个小小的泥地停车场把车子停放好——这是那里那天唯一的一辆车——出发走进森林，这回我带上了水、花生酱三明治、一张地图和驱虫剂。穆西洛克山高达4802英尺，山势险峻。由于背包里没装多少东西，我挺直身子，不停步地走着——这是一种新颖的、令人满意的体验。登上山顶，四方景色尽收眼底，极为壮观。然而，没有卡茨，没有一个装满东西的背包，感觉仍然不对头。我在下午4点钟回到家里，这感觉就是不对头，你不可能在走阿巴拉契亚小道之后回家来修剪草坪啊。

我曾经花了很长时间，非常专注地规划和实施我的旅行的第一部分，所以我实际上从来没有停止过考虑目前我应当做些什么。事实上，我目前的情况是：没有旅伴，远离我踏上小道的地方，而且毫无办法地游离于我在将近一年之前所制订的一项乐观得使人感伤的徒步旅行规划之外。根据那项规划，差不多现在这个时候，我应当是在新泽西地区的某个地方轻快地跨着大步，一天能够走到30英里路。

很明显，我应该做一些调整了。即使不算卡茨和我因为从加特林堡跳到罗诺克而省略掉的大山，也不管我怎样要数字的花招，明摆着的事实是我永远不可能在一个季节里徒步走完全程。依照我的步速，假如我回到我们踏上小道的皇家湖滨，继续往北行走，我能在冬天来临之前到达佛蒙特州中部就算是幸运的，那儿离小道的北端卡塔丁山还有 500 英里呢。

而且，这一次也没有那种小小的、单纯得可爱的激动情绪，那种一心要带着闪闪发亮、未曾试用过的装备探索未知世界所产生的强烈、热切的震撼。这次，我确切知道外面有些什么东西——漫长累人的许多英里路、险峻崎岖的山峦、庇护所的坚硬地面、没有淋浴的大热天、临时炉子上煮出的不好吃的饭。更有甚者，现在这个时候还要添上与温暖天气同来的风险：惊险的电闪雷鸣暴风雨、阴险的响尾蛇、引发高烧的蜱虫、胃口奇好的熊，噢，还有无法预测、动机不明、可能在到处游荡的杀人犯，因为有关谢南多亚国家公园遇害的两位女青年的死讯仅仅充当了一则新闻而已。

这些东西不禁让人有些泄气，我能尽力而为的，唉，也就是尽力而为罢了。无论如何，我必须试试。在这个城市里，凡是认识我的人（人数确实不多，但足以使我永远必须在看到大街上有个熟悉面孔朝我走来时就躲进门口）都知道我打算徒步旅行阿巴拉契亚小道，所以，如果有人看到我偷偷摸摸地走在街上，那一定是我不再徒步旅行了。（“今天我看到布莱森那家伙面前遮着一张报纸，溜进伊斯曼药店了，我想他本来应该是在阿巴拉契亚小道上徒步旅行的吧。无论如何，你说对了，他是个怪人。”）

事情十分清楚，如果我想找个接近走完小道全程的托词的话，我必须返回小道——真正回到离家很远的地方，至少得回到差不多靠近弗吉尼亚州北部的某个地方。问题在于，小道沿途每一处地方，想要在无人协助的情况下上下小道都几乎是不可能的。我可以乘坐飞机到华盛顿、纽瓦克或者斯克兰顿，可是每一处离小道本身都还有几十英里路。我不能请我那位亲爱的、耐心的太太抽出两天时间开车把我送回弗吉尼亚州或者宾夕法尼亚州，所以我决定自己开车。我打算把车子停放在一个看上去相宜的地点，徒步走到山里去，再徒步走回汽车边，开一段路，然后重复这个过程。我预计这样做的结果可能相当不能令人满意，甚至可能是愚蠢的（我的这两种预测都是正确的），但是我无法想出更好的替代办法。

由于几个原因，哈珀斯渡口是个有趣的地方。首先，它相当美丽。这是因为这是个国家历史公园，因此这里没有比萨屋、麦当劳、汉堡王，甚至没有居民，至少在较低处和比较古老的地区没有。作为替代的，是一些修复或重建的建筑，上面镶嵌着牌子和说明，所以这儿没有多少，甚至其实没有任何真正的生活，但是它仍然具有某种经过修饰的娱乐性美感。你可以看出，只要能够放心让人们在这里居住，并抵制住在此开设比萨屋或者塔可钟的强烈欲望，这里就可以成为一个真正的宜居地点（我个人认为他们最多可以在这里居住十八个月），于是，你现在看到的是隐藏在谢南多亚河与波托马克河汇合处的高峻山峦之间的一个风光旖旎的伪市镇。

这里之所以成为一个国家历史公园，当然是因为这是个历史遗迹。正是在哈珀斯渡口，废奴主义者约翰·布朗决定解放美国的奴隶，在弗吉尼亚州西北部建立起一个他自己的新国家，他有一支由 21 个人组成的军队，这是一项雄心勃勃的事业。为此目的，在 1859 年 10 月 16 日，他和他那一小批人在夜幕的掩护之下，潜入市内，夺取了联邦军械库而未遭抵抗（军械库只有一名守夜人在看守），然而仍然杀死了一名不幸的过路人——富于讽刺意味的是，此人是一名已获得自由的黑奴。当消息传出去，说一个有 10 万支步枪和大量弹药的军械库落到了一小伙狂热分子手里时，总统詹姆斯·布坎南派遣了罗伯特·E. 李中校（当然这时还是一名忠实的合众国军人）去查明情况。李和他的部下只用了不到三分钟的战斗就平息了这场倒霉的叛乱。布朗遭到生擒，很快进行了审判，他被判决在一个月之后处以绞刑。

被派去监督执行绞刑的军人之一是托马斯·J. 杰克逊——不久成为著名的石壁杰克逊——而人群里的一位热心旁观者是约翰·威尔基·布思。所以，攻占哈珀斯渡口的联邦军械库成了其后发生的一切的一场相当干净利落的序幕。与此同时，紧随布朗的小小的冒险而来的，是一场大乱。像拉尔夫·沃尔多·爱默生这样的废奴主义者把布朗看成是一位烈士，支持北方的南方人起来进行武装斗争，他们坚信这样做能够开创一种趋势。人们尚未察觉，这个国家已经陷入一场战争。

哈珀斯渡口在其后发生的大规模流血冲突中，始终处于旋涡中心。

葛底斯堡就在它以北 30 英里处，马纳萨斯在它以南差不多距离的位置，安提塔姆（值得指出的是，这里一天之中战死的人数是 1812 年战争、墨西哥战争和西美战争中加起来的阵亡美国人总和的两倍）仅在 10 英里以外。哈珀斯渡口在战争中易手八次，不过这方面的纪录则属于以南数英里处的弗吉尼亚州的温切斯特，该市反复被攻占达七十五次之多。

这些日子，人们在哈珀斯渡口的日常工作是接待旅游者和在洪水过去之后进行清理。这个市镇脚下有两条变化无常的河流，前后各有一个峭壁形成的自然漏斗地带，因此总是被洪水淹没。六个月之前，这个市镇有过一场特别厉害的洪水。公园的工作人员仍然在忙着把积水拖干净，重新油漆，以及把家具设备、各种物品和展览品从楼上的储藏室搬下去。（我参观过那儿三个月之后，他们又不得不将所有的东西再次搬到楼上。）在其中一间屋子里，两名管理员走出门口，走下步行道，在经过我身边的时候对我点点头，微笑了一下，我注意到他们两人正在包装随身武器。当公园管理员都配备军用左轮手枪的时候，天知道世界会变成什么样。

我在全镇逛了一圈，但是我去过的几乎每一栋房屋都大门紧锁，挂着一块牌子，上面写着“因修理洪水损坏而关闭”。于是我去看两条河流的交汇处，那儿有一块阿巴拉契亚小道的布告牌。虽然这时两名女子在谢南多亚国家公园被杀害只过去了 10 天左右，但布告牌上已经有了一张要求提供线索的招贴，上面贴着两个人的彩色照片，显然是这两个人在小道上自己拍摄的。照片中的人一身徒步旅行的装备，看上去愉快而健康，甚至可以说是容光焕发。因为知道了她们的厄运，真不忍心看她们的照片。我心里骤然一跳，想到假如这两名女子还活着，她们很可能就在差不多这个时候来到哈珀斯渡口，那样的话，我就不是站在这儿看招贴，而是可以跟她们聊天了——甚至，要是阴差阳错，没准是她们在看表情十分自信、以行走小道为乐的我和卡茨的照片了。

在少数几栋开放的房屋中的一栋里，我发现一位亲切友好、见识广博、幸亏没有佩带武器的管理员，名叫戴维·福克斯，他看到来了一位游客，看上去有些惊讶，但是很高兴。当我走进屋子，他立即从凳子上跳起来，显然乐于回答任何问题。我们谈起了维护的问题，他提到公园服务处如何缺乏资金，难以有所作为。当公园成立的时候，手里的资金只够购买市镇上方的校舍岭战场（这即使不是最驰名的南北战争时期的战场，也是当时最重要的战场之一）大约一半的面积。目前，一位开发商正在福克斯认为是圣地的遗址上建造房屋和商店。开发商甚至已经开始铺设穿越国家公园的土地的管道，因为他自信地假设——但是实际上这个假设是错误的——公园服务处不会有这个精力或资金来阻止他。福克斯对我说我应当上去看看，我说我会的。

但是首先我有更加重要的地方要去朝拜，哈珀斯渡口是我为之付出了一个夏天的这条宏伟小道的监督机构阿巴拉契亚小道会议总部的所在地。阿巴拉契亚小道会议总部设在老镇上方一座陡峰上的一栋朴素的白色房屋里。总部半是办公室，半是商店，办公室部分看上去工作忙碌，值得称赞，商店部分陈列着阿巴拉契亚小道的指南和纪念品。我努力登上山，走了进去。在公共区域的一端，有一个整条阿巴拉契亚小道的大型模型，倘若我在出发之前看到它的话，很可能会放弃尝试这样一项雄心勃勃的事业。模型约莫有 15 英尺长，一眼就可以看出 2200 英里的山路是个什么样子——艰难两字而已。公共区域的其余地方摆满了有关阿巴拉契亚小道的商品——T 恤啦，明信片啦，印花大手帕啦，书籍啦，各种各样的出版物啦，等等。我挑选了一两本书和几张明信片，并且向柜台边的一位名叫劳瑞·鲍特杰的态度友好的姑娘询问了一番，她的胸卡上写着她是一位信息专家，看来他们是选对人了，因为她掌握的信息确实极其丰富。

她告诉我，在去年，有 1500 名全程徒步旅行者开始走小道，其中的 1200 人走到了尼尔斯山口（就是说第一个星期的放弃率达到 20%！），三分之一左右走到差不多一半行程的哈珀斯渡口，大约 300 人到达了卡塔丁，成功率比一般年份高。有大约 60 人成功地从北到南走完了小道全程。今年这一茬的全程徒步旅行者在上个月已经陆续通过这里，要确定今年最终抵达的人数现在还早，但肯定会多一些。无论如何，这个人数几乎每年都在上升。

我问她小道上有些什么危险，她告诉我，她在阿巴拉契亚小道会议工作的 8 年里，只有两起经确证的蛇咬事件，都不是致命的，还有一个人被闪电劈死了。

我问她有关最近的杀人案的事。

她做了个表示同情的怪相："这件事太糟糕了，每个人心里都实在不好过，因为信任是阿巴拉契亚小道徒步旅行的某种基石，对吗？我本人在 1987 年全程徒步旅行过，所以我知道一个人是多么期望陌生人的好意啊。小道旅行的精神实际上就是这个，对不对？连这一点都失掉，唉……"这时，她记起了自己的职务，按照官方口径对我讲了几句——这是一番简短有力的话，大意是，永远不应当忘记，小道并非世外桃源，但是从统计数字来看，小道与美国大部分地方比起来，仍然是极为安全的。"从 1937 年以来，这里发生了九起谋杀案，与许多小镇的数字大致相仿。"这话没错，但有点儿不够坦率。阿巴拉契亚小道在最初 36 年里没有发生过一起谋杀案，而在过去 22 年却发生了九起。不过，她的大论点是无可辩驳的，在美国，比起阿巴拉契亚小道，人们更有可能在床上遭到谋杀。或者正如很久之后一位美国朋友对我说的那样："瞧，如果你从任何角度画一条穿越美国的 2000 英里的线，这条线是会通过九名被杀害者的。"

"如果你感兴趣，这儿有本关于其中的一名杀人者的书。"她一边说，一边把手伸到柜台下面，在一只箱子里翻了一阵，拿出一本名为《八颗子弹》的书交给我看。这本书讲的是 1988 年两名徒步旅行者在宾夕法尼亚州被杀害的事情。"我们不把它放在外面，因为你知道，它有点会使人感到不安，尤其是现在。"她抱歉地说。

我买了这本书，她给我找钱的时候我告诉她，我想到假如谢南多亚的那两名女子还活着，她们会在差不多这个时候通过这里的。“不错，”她说，“我也会这么想的。”

我走到外面时下起了小雨，我登上校舍岭，瞻仰一下战场。这里是一片宽广、公园似的山顶，有一条曲折的小径，每隔一段路都立着指示牌，描述一次次冲锋和最后防线的位置以及其他让人搞不清的杂乱的战斗。哈珀斯渡口战役是石壁杰克逊（就是那个最后来到镇上监督约翰·布朗的绞刑的人）表现最为出色的时刻，因为就是在这里，他通过一些机敏的策略，也是靠了一点儿运气，做到了俘获 12500 名合众国士兵——比以往任何一次单一的战役中俘获的美国士兵的人数都要多，这个纪录直到第二次世界大战中在巴坦和科雷吉多尔才被打破。

说起石壁杰克逊，这是个值得对之感兴趣的人。历史上很少有人能比托马斯·J. 杰克逊将军靠着更少的脑袋里的活动，在更短的时间里取得更大的声名了。他的怪癖在人群中口口相传，他是个不可救药但富有创造性的疑病症患者。他的一个比较有意思的生理方面的信念是认为他的一只臂膀比另一只大，所以他走路或者开车时总是擎起那只臂膀，好让里边的血流到他的身体里去。他是个睡觉大王，不止一次，他嘴巴里还塞着食物就在餐桌上睡着了。在白栎洼战役中，他的副官们发现几乎无法把他叫醒，就在他不省人事的状况下把他抬上马匹，他在马上继续睡觉，直到炮弹在他身边爆炸为止。他对于记录缴获品特别着迷，并且不惜一切代价保卫这些物品。他所记录的在 1862 年谢南多亚战役中缴获的合众国军队的物资清单中包括“六块手帕、二又四分之三打领带，以及一瓶红墨水”。他使得他的上司和军官同僚们非常愤怒，一部分是由于他一再不服从命令，另一部分是由于他拒绝向任何人透露他的战略的那种偏执狂习惯。他手下的一位军官被命令在即将取得巨大胜利的时候撤离戈登维尔，日夜兼程赶到斯汤顿去。到了斯汤顿，他又接到立即前往克劳福德山的新命令。等他跑到克劳福德山，又被命令返回戈登维尔。

在很大程度上，正是由于杰克逊以不合逻辑、无法解释的方式把部队在整个谢南多亚山谷里调来调去，他在被他搞得晕头转向的敌人中赢得了诡计多端的名声。他那无法磨灭的名声几乎完全在于正当其他地方的南方军队遭到屠杀和击溃时，他取得了两三次小小的但鼓舞人心的胜利，也是在于他有任何军人都没有过的最好的绰号。毫无疑问，他是勇敢的，但完全可能的是，他之所以获得“石壁”这个绰号不是因为他的英勇，而是因为在需要发起一场冲锋的时候他像一堵石壁那样冥顽不灵。在第一次马纳萨斯战役中送给他这个绰号的巴纳尔德·毕将军在当天就阵亡了，所以，这件事情就永远不可索解了。

他在哈珀斯渡口的胜利，也就是南北战争期间南部邦联的最大一次胜利，几乎完全是因为他遵照了一次罗伯特·E. 李的命令，是这件事保住了他的名声。几个月之后，他在钱塞勒维尔战役中被他自己的部下意外射中，8 天后死亡。当时战争还没有打到一半，他终年只有 39 岁。

杰克逊在蓝山及其周围地区度过了战争的大部分时间，就在卡茨和我最近经过的森林和高处山口扎营、行军，所以我很有兴趣看看他大捷的场景，不过我真的非常好奇，想知道是不是因为开发商业而在那上面建造了令人义愤填膺的某种东西。

天下着雨，光线又渐趋微弱，我看不见新建筑的任何迹象，在那片圣地上及其附近肯定什么也看不见。于是我顺着小路走在起伏的原野上，认真阅读指示牌，试图沉浸在这儿曾经驻扎波格上尉的炮兵连、那儿曾经部署格里格斯比上校的部队的事实中，但是在此过程中，我的身上淋得越来越湿，令我的这种怀古之思大打折扣，我没有精力去想象炮声隆隆、烟尘滚滚、尸横遍野的情景。再说，我这一天遇到的死亡已经够多的了，于是我步行回到车子里，继续往前开。

第 14 章
风景如画的废墟

早晨，我驱车前往北方 30 英里左右处的宾夕法尼亚州。阿巴拉契亚小道在宾州沿着一条东北方向的弧线延伸了 230 英里，样子像一张馅饼的宽边。我从来没有遇到一个对宾夕法尼亚州境内的小道有好感的徒步旅行者，正如有人在 1987 年对《国家地理》杂志的一位记者所说的那样，这是个“连靴子都要死掉”的地方。在上一次冰河时代，这里经历了地质学家所称的冰缘气候—— 一个处于冰板周边的地区，其特点是频繁的冰冻-解冻周期，使得岩石断裂。结果造成大片的地面上散布着颤动地堆积着的角度奇特的锯齿状石板，在科学上称为 felsenmeer（即“石海”）。走在这上面，如果你不想扭伤脚踝或者脸朝下扑倒，你就得时时刻刻注意——在背上压着 50 磅的分量的时候，更不是什么愉快的体验。许多人离开宾夕法尼亚州的时候一瘸一拐，跌得鼻青脸肿。这个州还有小道沿线最最恶毒的响尾蛇，以及最为靠不住的水源，尤其是在盛夏。阿巴拉契亚山脉在宾夕法尼亚州境内真正秀丽的山峰尼塔里、杰克斯和图赛耸立在北方和西方。由于各种现实和历史的原因，阿巴拉契亚小道没有一处是靠近这些山的。小道在宾夕法尼亚州境内根本没有穿越什么有名的高地，看不到什么特别难忘的景观，不通过任何国家公园或者森林，并且忽视了这个州的重要历史。于是，小道基本上只是连接南方和新英格兰地区的漫长而累人的路程的中央部分而已，难怪大多数人不喜欢它。

噢，这里还有比任何地方都要糟的供徒步旅行者使用的地图。一个被称为基斯通小道协会的机构为宾夕法尼亚州编制的这六张纸——叫它地图实在是太抬举它了——是单色的，很小，印制粗糙，图例不全，而且模糊不清，一句话来说就是毫无用处，荒唐可笑，令人糟心，还有危险，绝不能让任何人带着这么次的地图进入莽原。

我是站在一个叫喀里多尼亚州立公园的地方的一个停车场上，看着这张地图上的一个地区差点要哭出来的时候深切领会到这一点的。这个地区在地图上不过是一摊模糊不清的涡圈，像印得很糟的一个手印。一条单一的轮廓线被一个细小数字打断，数字无法分辨，看上去既像“1800”，又像“1200”，不过其实也无所谓，因为什么地方都没有标着比例尺，没有东西标明从一条轮廓线到另一条的高度差，也无法知道这些画出的纹道是表示险峻的上山路还是危险的下坡路。在整个公园以及周围几英里的地方没有写上任何文字—— 一个字都没有写。我站的地方可能离阿巴拉契亚小道50英尺，也可能是2英里，地图上根本只字不提，也不指示方向。

我太愚蠢了，从家里出发时没有先看一下这些地图。我匆忙地打了个背包，只注意到该带的东西都带了，就把它们塞进了背包。这时，我沮丧地把这些地图看了一遍，就像看你所爱的人的拍坏了的照片那种感觉。我早就知道我永远也不会步行穿越宾夕法尼亚州的——目前我没有这个时间，也没有这个精神——然而我曾经想过，也许我会发现几条宜人的环形步行道，使我既能体会一下这个州的艰苦滋味，又无须没完没了地循原路走回来。现在，我看完了整套地图之后已经十分清楚，不仅没有什么环形步行道，连我什么时候摸到小道上也几乎完全要碰运气了。

我叹着气，把地图放好，开始徒步穿越公园，一边寻找阿巴拉契亚小道上那些熟悉的白色树标。这是位于树木蓊郁的山谷里的一个怡人的公园，在这个晴朗的上午几乎空无一人。我穿过树丛，踏过人行木桥，在曲折蜿蜒的小路上走了约莫一个小时，但是我没有发现阿巴拉契亚小道。于是我回到车子里，沿着一条孤寂的公路朝前开，通过浓叶分披的密丘州立森林保护区，来到松林炉州立公园。这是一个很大的娱乐区，附近是一座 19 世纪的石窑，现在成了一个风景如画的废墟，公园的名称即因此而来。公园里有卖快餐的小屋、野餐桌，以及一个有着游泳区的湖泊，但是全都关着门，四周一个人影也没有。野餐区旁边有个装垃圾的大铁桶，有一个结实的金属盖子，但是显然已经严重损坏，瘪了进去，一半被从铰链上拧了下来，说不定是一头想吃到公园垃圾的熊干的好事。我深怀敬畏地察看了一遍，我原先不知道黑熊会有这么大的力气。

在这里，至少阿巴拉契亚小道的树标十分醒目。这些树标指引沿湖的环形道路以及穿过陡峰上的树林登上派尼山顶峰的道路。这座山在地图上没有标示出来，但确实是一座大山，因为它的高度将近1500英尺，加之天气炎热，在夏天爬这座山是够艰苦的。公园外面立着一块牌子，标示出阿巴拉契亚小道传统的中点——其实这完全是假想的中点——写着朝两个方向的徒步旅行路程都是1080.2英里。（既然谁也不能说出阿巴拉契亚小道究竟有多长，真正的中点就可能在50英里范围内的任何地方；无论如何，由于小道经常改道，中点也会每年都不同。）反正全程徒步旅行者中有三分之二是永远看不到这块牌子的，因为他们还没有走到这个地点就中途退出了。实际上，这一定是一个相当郁闷的时刻——在崎岖的莽原中辛苦跋涉了十个或十一个星期，却发现尽管你已经历尽千辛万苦，也才刚刚走了一半的路程。

还有，小道上最臭名昭著的杀人案之一，也就是前天我在阿巴拉契亚小道会议总部买来的那本书《八颗子弹》中记述的那桩案子，就是在这一带发生的。故事十分简单，在1988年5月，两名年轻的徒步旅行者丽贝卡·怀特和克劳迪亚·布伦纳——两人正好是女同性恋者——引起了一个带着一支步枪的心理不正常的男子的注意，当两人在小道边的一处树叶茂密的空地上亲热的时候，这人从远处朝她们打了八枪。怀特被打死了，布伦纳受了重伤，拼命跌跌撞撞地下山，来到一条公路旁，被路过的几位青少年用一辆轻型货车救了出来。杀人者很快被捕，判了刑。

第二年，一对年轻男女在北边只有几英里的一个庇护所里，被一个流浪汉杀死。这两个事件一时给宾夕法尼亚州带来了坏名声，不过此后7年中，阿巴拉契亚小道沿线的任何地方都没有发生过杀人案，直到最近这两位姑娘在谢南多亚国家公园遇害为止。她们的死使官方公布的被害人数增加到九人——无论你怎么看，对于任何步行道来说，这都是一个相当大的数字，事实上很可能还不止呢。从1946年到1950年，有三个人在佛蒙特州的一个小小地区徒步旅行时失踪，但是他们并没有被计入。究竟是因为发生的时间太久了，还是因为从来没有最终证实这些人已经遇害，我可说不清。我的一位新英格兰朋友还告诉过我，在20世纪70年代，有一对年纪较大的夫妻在缅因州被一个精神错乱的人用斧头劈死，而这件事也没有任何记录，显然是因为这两个人遇袭时是走在一条支道上。

我花了整整一夜阅读《八颗子弹》中布伦纳对她的朋友被害的叙述，所以我对当时的情况有了大概的了解，然而我有意把这本书留在汽车里，因为在事件发生将近10年之后去特意寻访一个死过人的地点，有点令人毛骨悚然。我没有被这个杀人案件吓倒，尽管如此，我孤身一人在远离家乡的一座寂静的森林里，还是隐隐感到一丝不安。我想念卡茨，想念他的肆意评判、发牢骚、淡定的无畏气概，我不愿想到虽然我可以坐在一块大石头上一直等到底，但他永远不再来了。此刻，森林已经披上了充塞着叶绿素的盛装，看上去更加繁密茂盛，郁郁葱葱，我常常不能看到小道两侧5英尺的地方。要是我真的遇到熊，我是会相当无助的。没有卡茨走过来，帮我在它的口鼻部亲个嘴，然后说:“天哪，布莱森，你给我带来了多少麻烦呀！”看起来，根本没有什么人会过来分享这种刺激，在50英里内看来是没有第二个人了。我继续朝前走，心里微微不安，犹如一个游得离岸太远的人。

登上派尼山顶峰的路程是3.5英里，我心神不定地站在峰顶上，拿不定主意是再往前走一点儿呢，还是往回走，或者试试别的地方。我禁不住对自己在做的事情产生了一种无助、沮丧的无意义感。一段时间以来，我已经知道我不会走完整条阿巴拉契亚小道了，可是直到现在我才开始明白，用这个方式浅尝一下是多么愚蠢、无益呀。我走2英里、5英里还是12英里其实并没有什么关系。比方说，如果我走12英里而不是5英里，说到底我又能得到什么呢？绝不是我已经看到过一千次、体验过一千遍的景色、经历或者感觉。阿巴拉契亚小道的问题就在于此——它是一个极其漫长的地域，其中蕴藏着比我能够征服的要多得多，多到无穷的东西。并不是我想半途而废，恰恰相反，我喜欢走路，渴望走路，我只是想知道我来这儿干什么。

我正在这种举棋不定的状态中站立的时候，大约在森林里50英尺远的地方发出了咔嚓咔嚓的树木断裂声和对下部树丛不经意的扰乱声——这是一种个子很大的动物。我的一切——前进、呼吸、思维——都停止了，我踮起脚，从树叶的空隙瞄过去，声音靠近了，越来越近。不管它是什么，它是冲我这儿来的！我带着哭腔跑了100码路，我的背包在跳动，眼镜在乱晃，然后转过身，朝后看去，心跳几乎停止—— 一头鹿，一头漂亮而骄傲的大雄鹿，走上了小道，漫不经心地盯着我看了一会儿，接着悠然走开了。我花了好长一会儿才透过气来，擦掉小河似的从我眉毛上流下来的汗水，感到极为沮丧。

每个人都会在阿巴拉契亚小道沿线的某个地方经历心情极为低落的时刻，通常是想放弃走小道的强烈欲望几乎形成压倒之势的时刻。对我来说，这样的时刻所具有的讽刺意味是，我想回到小道上去，可是不知道怎么回去。我不仅失去了我亲密的旅伴卡茨，而且失去了我与小道的全部关联感。我已经失去了头绪，失去了使命感，我切切实实所需要的是找回我的双脚。而现在，除了其他一切之外，我在哆嗦，好像我以前从来没有来过森林里似的。我在前几个星期里积累的全部经验似乎只是使我独自踏上小道变得更加困难而不是更加容易，这是我始料未及的。这看上去太不公平了，我怀着闷闷不乐的心情，回到汽车里。

那天晚上，我在哈里斯堡附近过夜。第二天早晨在偏僻的公路上开车朝北朝东穿过宾州，试图尽量接近小道的路线，只要可能的话，不时停下来探知小道是否就在近旁，然而没有发现一丁点有用的消息。

渐渐地，公路沿线的市镇名称开始带上直白的工业色彩——炭港、矿工城、石板谷等——我意识到自己已经进入宾夕法尼亚州无烟煤区这个陌生的、几乎被人们遗忘的世界了。我在矿工城转上一条偏僻的公路，经过一片满是矿渣和生锈机器的景观，朝着我相信我一生中看到过的最奇特、最悲惨的森特拉里亚开去。

宾夕法尼亚州东部是东部地区储量最丰富的地下煤田之一，差不多从欧洲人到达的那一刻起，他们就知道这里煤的储量多得几乎无法想象。问题是，这里的煤几乎全部是无烟煤，这种煤其硬无比（95%是碳），在很长时间里，谁也想不出怎么将它点燃。直到1828年，一位很有事业心的名叫詹姆斯·尼尔森的苏格兰人想出来一个简单而有效的主意，就是用鼓风机将热空气而不是冷空气吹进炼铁炉里。这个过程被称为热鼓风，使得全世界（威尔士也有许多无烟煤），尤其是美国的采煤业为之改观。到了19世纪末，美国的煤产量是每年3亿吨，差不多相当于全世界所有其余国家的总和，其中很大一部分来自宾夕法尼亚州的无烟煤地带。

与此同时，令人欣喜的是，在宾夕法尼亚州还发现了石油——不仅是发现，而且还发明了将它用于工业的方法。此前多年，石油一直是宾夕法尼亚州西部的一个奇异的事物。它沿着河岸渗开来，人们用毯子把它吸聚起来，做成药，因据称能医治从瘰疬到腹泻等百病而受到推崇。1859年，有个名叫埃德温·德雷克上校的神秘人物（此人根本不是什么上校，而是个退休的铁路列车员，对地质学一无所知），天知道怎么会发展出一套观念，认为可以通过挖井的办法把石油从地下开采出来。他在塔due斯维尔挖了个深达69英尺的洞，产生了世界上第一口喷油井。人们很快知道，大量的石油不仅可以用来止腹泻和制止疥疮的生长，还可以经过精炼，制造石蜡和煤油之类赢利甚丰的产品。宾夕法尼亚州西部一下子兴旺发达起来。如约翰·麦克菲在《在可疑地带》一书中指出的，取了个讨喜名字的矿井孔市的人口从零增加到了 15000 人，其他城镇在这整个地区拔地而起——油市、石油中心、红热等。约翰·威尔基斯·布斯来到这儿，赔光了老本，然后离开这儿，刺杀了一位总统，但是其他人留下来发了财。

在活跃的半个世纪里，宾夕法尼亚州实际上垄断了石油这种世界上最宝贵的产品之一，并且在第二种产品煤的生产方面也是主宰。由于有丰富的燃料供应，这个州成为像炼钢和化工这样燃料密集的大型工业的中心。

然而矿工们没有交好运，当然，采矿在世界上所有地方一向是一个条件恶劣的行业，但是在 19 世纪下半期，没有比在美国更加悲惨的了。由于移民的关系，矿工可以无限制地被消耗掉。当威尔士人变得好斗时，就引进了爱尔兰人。当爱尔兰人不能令人满意时，就引进了意大利人、波兰人或匈牙利人。工人的工资是按照其开采的吨数计算的，这样既鼓励他们匆忙草率地采煤，又意味着他们用于使得他们的环境比较安全或者比较舒服的努力都是得不到报酬的。矿井凿穿了地面，像瑞士奶酪里的窟窿，常常破坏整个山谷的稳定。1846 年在炭港，将近 50 英亩的矿井在没有任何预警的情况下同时坍塌，死了几百人，爆炸和突然起火是常见的事。从 1870 年到第一次世界大战爆发为止，有 5 万人死在了美国的矿山里。

无烟煤的极大讽刺性在于，尽管它十分坚硬，难以点燃，但是一旦点燃，就几乎无法扑灭。在宾夕法尼亚州东部，关于失控的煤矿大火的故事数不胜数。勒海的一次大火从 1850 年开始燃烧，直到大萧条的年代才烧光，一直烧了 80 年。

就这样，我来到了森特拉里亚。在一个世纪里，森特拉里亚曾是一个小小的殷实的煤矿社区。不管早期矿工的生活是如何艰难，在 20 世纪下半叶之前，森特拉里亚是一个人口将近 2000 人的繁荣的市镇，那里生活舒适，人们工作努力。它有一个兴旺的商业区，设有几家银行、一个邮局，还有小型百货商店、一所中学、四座教堂、一个共济会俱乐部，一言以蔽之，这是一座愉快的、乐于默默无闻的典型美国小镇。

不幸的是，它的地下也蕴藏着 2400 万吨无烟煤。1962 年，镇边一个垃圾堆的火烧着了一个煤层。消防部门朝大火浇了几千加仑的水，但是每次扑灭以后又复燃，就像那种熄灭一会儿接着又重新自动燃烧起来的特制生日蜡烛。后来，大火慢慢沿着地下的煤层一路烧过去。烟雾开始怪异地从很大一块地域的地下升起，有如黎明时湖上的雾霭。在第 61 号公路上，路面渐渐发热，接着开始龟裂，沉降，使得公路无法使用。烟雾区穿过公路底下，通过邻近的一片林地呈扇形展开，一直朝着坐落在市镇上方的圣伊格纳修斯天主教堂延伸过去。

美国矿业局请来了各路专家，他们提出各种可能的补救办法，如开挖一条穿过城镇的深沟，用炸药使得火道转向，用水把整个地区冲洗一遍等。但是耗资最低的建议至少也得需要 2000 万美元，而且不保证能够起作用，无论如何，谁也没有获得授权花费这种资金，于是大火继续慢慢地烧下去。

1979 年，镇中心的一个加油站的业主发现他的地下油库的温度达到华氏 172 度（约 78℃）。插入地下的传感器表明，油库下面 13 英尺处的温度达到将近 1000 度。在别的地方，人们发现他们的地下室墙壁和地板摸上去发烫。到这时，烟雾已经从地下逸出，笼罩了整个市镇，人们在家里开始因为越来越高的二氧化碳浓度而呕吐或者昏厥。1981 年，一个 12 岁的男孩在他奶奶家后院玩耍，忽然面前蹿起一股浓烟，当他盯着看的时候，他四周的地面突然裂开来，他死抱住树根，直到有人听到他的呼喊声，把他拉出来为止，结果发现裂洞深达 80 英尺。不到几天，全镇都出现类似的塌陷，差不多在这个时候，人们开始认真对待大火了。

联邦政府筹集了 4200 万美元来撤离全镇居民。随着居民的迁出，他们的房屋被推土机夷平，破砖碎瓦被彻底清除，直到地面上几乎没有任何建筑为止。所以，今天的森特拉里亚实在连个鬼城都算不上，它只是有着空荡荡的格栅状街道的一大片空地，街道上仍然超现实地装置着红绿灯和消防龙头。每隔 30 英尺左右，有一条长二三十码、不知通往何处的整洁车道。这里仍然散布着少数几栋房舍，全是用砖壁加固的简朴、狭窄的木头结构；另外，在一度是中心商业区的地点还留着两栋房屋。

我在一栋房屋外面把汽车停放好，房屋的墙上有一个已经褪色的标记，十分堂皇地写着“哥伦比亚再开发领导机构森特拉里亚煤矿火灾方案办公室”。房屋上钉着木板，已经差点要坍毁了。紧接着是另一栋样子较好的房子，叫速停汽车配件商店，俯瞰着一个修饰整齐的公园，门口的旗杆上挂着一面美国国旗。这家商店看上去仍然在营业，但是里面很暗，一个人都没有。任何地方都没有一个人——没有来往的车辆，没有一点儿声音，除了一个金属圈敲击旗杆所发出的懒洋洋的当啷声。空地上有一些样子像油桶的金属圆筒，东一个西一个地装在地上，静静地吐着烟雾。

在一大片空地对面的一个平缓的山坡上，有一座现代化的教堂，耸立在一大团低垂的白色烟霭之中，我估摸着这就是圣伊格纳修斯天主堂了。我朝教堂走去，教堂看上去样子还好，可以使用——窗子没有用木板钉死，也没有“请勿接近”的告示——但是上了锁，没有写着做礼拜时间的告示牌，甚至没有表明它的名称和教派的任何东西。在教堂四周，鬼火般的白烟飘出地面，而就在教堂后面的一大块地方，从地底下滚滚喷出大量的烟雾。我走过去，发现自己处于一个广达1英亩的锅形空洞的边缘，洞里正在喷吐着云雾状的纯白色浓烟，那种烧轮胎或者旧毛毯时冒出的浓烟。要想通过浓烟的喷发来测知空洞的深度是不可能的，地面摸上去发烫，松松地覆盖着细灰。

我回到教堂前面。一个沉重的金属障碍物横放在老公路上，一条新公路顺着山坡拐了一个弯，离镇而去。我绕过障碍物，走到老的第61号公路上。路面上东一丛西一丛地冒出杂草，不过看上去仍然像一条可以使用的道路。公路两旁很长一段距离都在徐徐地冒着烟，就像一场森林大火烧过后的景象。我走了差不多50码，看到公路正中出现了一个锯齿状的裂缝，很快就变成一个直径好几英寸的大缺口，喷吐出更多的烟雾。在有的地方，缺口一侧的公路陷下去了一两英尺，或者塌成一个浅浅的洞。我不时盯着裂缝往下看，可是由于烟雾缭绕，总也无法测定它的深度，当微风把烟雾朝着我吹的时候，我发觉它有一种令人难受的刺鼻的硫黄味。

我继续朝前走了几分钟，一本正经地检查着裂口，就好像我是官方的公路检查员似的，直到我把目光投向更加广阔的地方时，我突然意识到，我正站在一块广大的冒烟地面的中心——相当靠近中心的位置——很可能是在与一场失控地烧了 34 年的大火只隔着薄薄的一层柏油路面的地方。我不禁想，在这里安家可不明智呀。也许，这不过是想象而已，但是道路似乎突然变得绵软，富有弹性，如同走在一张席梦思床垫上，我赶紧匆匆撤退到车子里。

现在回想起来，我，或者任何其他愚笨透顶的人，居然开车到森特拉里亚这么个显然十分危险和不稳定的地方去，还要四处看看，这确实有些古怪；然而，没有什么能够阻止任何人到任何地方去冒险。更加古怪的是，森特拉里亚的大撤退并不彻底。那些情愿留下来，冒着房子可能坍塌的风险住在这里的人被允许留在原地不走，有少数几个人显然做了这样的选择。我回到汽车里，向镇中心的一座孤零零的房子开去。这座房子漆成淡绿色，怪异地显得整洁，维护得很好。一瓶人造花和其他一些朴素的小摆设陈列在窗台上，在刚刚油漆过的门廊边，有一畦金盏花，但是车道上没有汽车，也没有人听到门铃出来开门。

还有几栋房子，我走近观察，发现无人居住。有两栋门窗钉上了木板，贴着“危险——请勿接近”的告示。另外五六栋，包括中央公园远端建造在一起的三栋，显然仍有人居住——令人惊异的是，其中一栋的院子里甚至还有儿童玩具（世界上究竟什么人会把孩子放在这么个地方？）——但是不管我怎么拼命按门铃，没有任何人回应。每个人要么在工作，要么死了，躺在厨房的地板上亦未可知。在我敲一栋房屋的门时，我想我看到一片窗帘动了一动，不过我不能肯定。谁又知道，这些人在一座炼狱上面居住了30年，吸进去大量使人头晕目眩的二氧化碳，会变得怎样疯狂？或者是，他们对于外面的人兴高采烈地前来到处打探，把他们的市镇当作一种好奇的消遣，感到何其厌烦？让我私下感到宽慰的是，没有人来回应我的敲门，否则我无论如何也想不出来一开口究竟该问个什么问题。

当时已经过了午餐时间很久了，于是我驱车5英里左右去离得最近的市镇卡尔梅尔山。从森特拉里亚来到卡尔梅尔山使我有点吃惊。这是一个热闹的小镇，有些怡人的古派，大街上车辆来往，人行道上熙熙攘攘地走着购物者，路边的店铺里有忙着各种事情的其他居民。我在学院便餐店和运动用品商店用午餐（也许这是你在美国唯一可以边吃金枪鱼沙拉三明治边看运动员用的下体护具的地方），午餐后打算再接再厉，继续寻找阿巴拉契亚小道，但是在回到车子的路上，我经过一座公共图书馆，情不自禁地踱进去询问他们有没有关于森特拉里亚的任何资料。

他们有的——三大册厚厚的档案，塞满了剪报和杂志剪页，大部分可以追溯到 1979—1981 年，当时森特拉里亚一度吸引了全国的注意，尤其是在那个名叫托德·道姆波斯基的小男孩差一点在他奶奶家的后院被大地吞噬之后。

还有一本现在已经成了辛辣讽刺的薄薄的、硬面精装的森特拉里亚的历史，恰恰是在大火爆发之前编写，用来庆祝这个市镇的百年纪念的。书中印着许多照片，显示出与这个图书馆门外的市镇完全不同的一个繁盛市镇，但是时间已经相隔 30 来年了。我已经忘记 20 世纪 60 年代已经多么遥远。照片上的男人都戴着帽子，妇女和姑娘们穿着波纹裙。毫无疑问，每个人都很快乐，没有人意识到他们这座宜人的无名小镇即将遭受灭顶之灾。要将照片上这个繁忙的地区与我刚离开的那片空地联系起来，简直是不可能的事。

当我把资料放回文件夹的时候，一张剪报飘落到地上。这是《新闻周刊》的一篇文章。有人在文章结尾处的一小段话下面画了杠杠，并且在空白处打了三个惊叹号。这是引用的煤矿火灾领导机构的一位成员的话，他说，如果这个燃烧速率保持稳定的话，森特拉里亚地下蕴藏的煤足以燃烧一千年。

正好，从森特拉里亚过去几英里的地方，是我曾听说过、迫切地想调查的另一场引人注目的浩劫的现场——勒海山谷的一面山坡受到一家锌工厂的过度污染，以至于寸草不生。这事我是听约翰·康诺利说起的，据他回忆，那地方在帕尔默顿附近，于是我第二天开车去了那儿。帕尔默顿是一个相当大的市镇，工业兴盛，积满污垢，但是不乏较好的去处——有几座使它显得气派不凡、在世纪初建造的坚固的城市建筑，一个堂皇的中心广场，以及一条显然不景气但富有生活气氛的商业街。这个市镇的背景是到处可见的监狱似的大工厂，看上去全都关着门。在市镇的一端，我看到了我到这儿来找的地方—— 一片陡峭、广阔的高地，约莫1500英尺高，几英里长，差不多是光秃秃的，没有什么植被。公路边有个停车场，过去100多码的地方有一座工厂。我把车子开进停车场，跳下车，呆呆地看着——真是个奇观啊！

正当我站在那儿的时候，有个穿着制服的胖子从一个保安亭里出来，朝我蹒跚走来，脸上带着怒容，一副好管闲事的模样。

“你觉得你到底在干些什么事？”他怒气冲冲地喊道。

“你说什么？”我吃了一惊，接着说，“我在看那座山。”

“你不能看。”

“我不能看一座山吗？”

“你不能在这儿看，这是私人产业。”

“对不起，我不知道。”

“没错，是私人产业——告示上面写着哪。”他指指一根柱子，柱子上面其实没有什么告示，他愣了一下。“没错，是私人的。”他补充了一句。

“对不起，我不知道。”我再次说，还没有意识到这人在多么卖力地履行他的职责。我仍然在因那座山而惊叹。“那地方的景象真让人吃惊，对吗？”我说。

“你说哪个？”

“那座山，上面真是寸草不生。”

“我不知道，我不是拿了工钱来看山坡的。”

“嗐，你有时候是得看看，我想你会感到惊奇的。这么说，那儿就是锌厂喽？”我说着，朝他左面的一群房屋昂昂头。

他怀疑地看看我：“你干吗想知道？”

我回敬了他一眼：“我的锌用完了。”

他斜瞟了我一眼，好像是说：嗐，自以为聪明，嗯？接着突然果断地说：“我想最好把你的名字记下来。”他艰难地从屁股口袋里摸出一个笔记本和一个铅笔头。

“怎么？因为我问你那是不是锌厂吗？”

“因为你闯入了私家产业。”

“我不知道，你们甚至没有贴一张告示。”

他拿起铅笔：“名字？”

“别胡闹啦。”

“先生，你闯入了私家产业，现在你说不说你的姓名？”

“不。”

我们就这么你来我往地纠缠了一会儿。最后，他遗憾地摇摇头说：“那就随你的便。”他拿出一个通信工具，拉出天线，把它打开。我这时才意识到，尽管他一副怒气冲冲的样子，但这是他在那座小小的玻璃岗亭里无聊地值班期间所梦寐以求的一刻。

“杰·迪！”他对着对讲机说，“我是路德。你有夹锁吗？我这儿A号停车场有个犯规的人。”

“你要干什么？”我问。

“我要扣押你的车子。”

“你别胡闹啦，我只是离开公路一会儿。瞧，我现在走了，好吗？”

我钻进汽车，发动引擎，打算朝前开，但是他挡住了路，我在车窗边侧了侧身子。“请闪开。”我喊道，可是他动也不动。他就这样背朝我站着，叉着腰，明显不把我当回事。我轻轻按了按喇叭，但他还是不理不睬。我从车窗探出头来说：“好吧，我把我的名字告诉你。”

“现在说太迟了。”

“哎哟，我的上帝，”我咕哝了一声，“求求你好吗？”我哀求道，“算了，朋友，帮帮忙好吗？”但是他已经下定决心，绝不通融。我再次把身子探出车窗：“你说，你的职责说明上是不是特地写着‘刁难’两字，还是说你在一意孤行？”接下去我吐出一个非常粗俗的词，坐在那儿生闷气。

30秒钟后，一辆汽车停下来，一个戴墨镜的男人从车子里出来。他穿着一样的制服，但是比另一人年长10—15岁，而且整洁得多，他有一种军士级教练员的派头。

“这儿出问题了吗？”他说，逐一打量我们两个人。

“也许你能帮助我，”我用一种和气讲理的语调说，“我在找阿巴拉契亚小道，这位先生说我闯入私人领地了。”

“他在看那座山，杰·迪。”那个胖子有点激动地反驳，但是杰·迪举起一只手叫他别说了，然后转身朝着我。

“你是个徒步旅行者吗？”

“是的，先生，”我指指放在后座的背包，“我只是想知道方向，可是不知怎么一来，”我苦笑了一声，“这位先生说我闯入私家地盘了，他还要扣押我的车子。”

“杰·迪，这人在看那座山，还提出问题。”但是杰·迪再次举手要他安静。

“你在哪里徒步旅行？”

我告诉了他。

他点点头：“噢，那么你应该在这条路上走 4 英里左右到小山口，然后往右拐，去丹尼尔维尔。在山顶上你能看到小道穿过，你不会错过的。”

“多谢你啦。”

“没问题，这是条很好的徒步旅行的道路啊，知道不？”

我再次感谢他，开车上了路。我在后视镜里满意地注意到，他正在轻声但坚决地告诫路德——我非常希望他在威胁拿走路德的通信工具。

公路急剧上升到一个孤零零的要隘，那里有一个泥地的停车场。我停好车，找到了阿巴拉契亚小道，沿着小道走在一座裸露的高岭顶上，穿过被严重破坏的区域。一连几英里，地面上要么一片荒芜，寸草不生，要么留存着细长的枯树干，有的还虚弱地站在那儿，但是大部分已经倒下了。这个景象使人想起经过激烈炮战之后的第一次世界大战的战场，地面上覆盖着一层像锉下来的铁末似的黑色沙尘。

步行特别容易——高岭上几乎平坦如砥，植被的缺乏使得视野毫无障碍。所有其他可见的山岭，包括隔着狭窄的山谷同我相望的那些山岭，除了常见的因开采所造成的疤痕之外，看上去状况良好。我走了一个钟头稍微多一点儿的时间，来到通向勒海山口的一条几乎直线下降 1000 英尺的下山道。我根本没有停止步行的打算——事实上，我刚刚开始大步行进——但是要直下 1000 英尺，然后再转过身来笔直地走回去的想法对我毫无吸引力，而且除了沿着一条繁忙的公路走上几英里之外，没有别的办法折回原处。这当然是带着可用一天的物品徒步走阿巴拉契亚小道的麻烦所在。这条小道的设计就是为了朝前挺进，一直挺进，不是为了浅尝辄止的。

我叹了一口气，转过身来，带着一种与这荒凉的景观一样的心境往回跋涉。当我走到车子边，已经将近 4 点钟——已经太晚，无法再选择到别处去徒步旅行了，这个下午算是浪费了。

我已经驾车 350 英里到宾夕法尼亚州，在这个州里度过了漫长的 4 天，并且在阿巴拉契亚小道足足行走了 11 英里。我发誓，我将永远不再尝试带着一辆汽车在阿巴拉契亚小道上徒步旅行了。

第 15 章
静谧的特拉华河

在远古时代，阿巴拉契亚山脉在规模和宏伟的程度上，一度可以与喜马拉雅山脉匹敌——山势嵯峨，积雪皑皑，群峰冲破云层，直上 4 英里以上的高度，令人惊叹不已。新罕布什尔州的华盛顿山迄今仍然气势磅礴，但是，现在在新英格兰的森林中隆起的石山至多也只是 1000 万年前的高山的三分之一的残根而已。

今天，阿巴拉契亚山脉之所以如此逊色，是因为它经历了漫长的时间被慢慢销蚀掉。阿巴拉契亚山脉极其古老，比各个大洋各块大陆（至少是目前的大洋和大陆）都要古老，也远远比其他大部分山脉古老，事实上，它比世界上几乎其他所有景观和特征都要古老。当原始植物布满大地，最初的生物气喘吁吁地从海里爬上来的时候，阿巴拉契亚山脉已经在那儿欢迎它们了。

10 多亿年前，地球上的大陆是一整块，名叫泛古陆，孤独地处于泛古洋的包围之中。后来，地幔内部某种无法解释的骚动使得陆地分裂成巨大的不对称板块，互相游离开来。自此之后，各块大陆不时——至少三次——大团圆，它们漂移到某个中心位置，缓慢地以无比巨大的力量碰撞在一起。正是在从大约 4.7 亿年前开始的第三次想象碰撞期间，阿巴拉契亚山脉第一次被推得隆起地面（如同人们几乎总是比拟的那样，像一条弄皱的地毯）。4.7 亿年是一段难以想象的时间，但如果你能想象以每秒钟一年的速率穿越时间，飞回古代的话，那么你大约需要 16 年才能飞越这段时空，这确实是一段漫长的时间。

各块大陆并不只是像某种大型的慢动作方阵舞蹈那样相互靠近、分开，而是慢吞吞地绕着圈子转动，改变方向，朝着热带和两极移动，并与小片陆地交上朋友，把它们拉过来。佛罗里达一度属于非洲，纽约斯特顿岛的一个角在地理上曾经是欧洲的一部分。从新英格兰到加拿大的沿海地区看来起源于摩洛哥，格陵兰、爱尔兰、苏格兰和斯堪的纳维亚的一部分具有与美国东部相同的岩石——事实上那是分裂后的阿巴拉契亚山脉的前哨阵地。甚至有人提出来，像南极洲的谢克尔顿岭这样远在南方的山脉可能是阿巴拉契亚山脉的一个碎块。

阿巴拉契亚山脉是在称为“太康”（Taconic）、“阿卡德”（Acadian）和“阿勒格尼”（Alleghenian）的三个漫长时期（或者如地质学家们喜欢说的“造山运动”）形成的。前两次造山运动基本上形成阿巴拉契亚山脉北部，第三次则形成了阿巴拉契亚山脉的中部和南部。随着各块大陆的相互碰撞和挤压，有时一个大陆板块会滑移到另一块的上面，推动它前面的洋底，重新形成了内地 150 英里或更长距离的景观。在别的时候，它们会直冲而下，摇动地幔，造成长期的火山活动和地震。有时候，碰撞会在岩层之间插进别的岩层，好像洗过的扑克牌那样。

人们往往会把这种运动想象成大陆般巨大的汽车发生的某种碰撞，但是实际上，它的发生缓慢得无法察觉出来。在早先的分裂期之一充填两洋之间空间的原始大西洋（有时被更加浪漫地根据希腊神话称为“伊阿珀托斯”），在大多数教科书里看上去像一个短暂的水洼——插图 9A 有，插图 9B 就不见了。好像太阳出来晒了一两天，把它晒干了——然而它存在的时间比我们的大西洋要长得多，长达几亿年，山的形成也是这样。如果你返回到阿巴拉契亚山脉的一个造山时期，你不会察觉到正在发生着任何具有重大地质意义的事情，就像现在我们不会察觉印度正在像一辆失控的卡车冲进一个雪堆一般冲进亚洲，每年把喜马拉雅山抬高 1 毫米左右一样。

而山岭刚被建造起来，它们就不可避免地开始被销蚀，尽管山脉看上去像是永久存在，实际上它们是极其短暂的现象。在《一万英尺上的沉思》一书中，作家兼地质学家詹姆斯·特瑞菲尔计算，一条典型的山溪每年会带走大约 1000 立方英尺的山体，大部分是以沙砾和其他悬浮细粒的形式带走的。这相当于一辆同等体积的自动卸货卡车的卸货量——显然算不了什么。请想象一下，有一辆自动卸货卡车每年来到山脚下一次，装满一次开走，此后的十二个月再也不来了。按照这个速率，看起来它是不可能有朝一日把整座山载走的，但事实上，只要给予充分的时间，这样的事情恰恰就会发生。假定一座 5000 英尺高的山有 5000 亿立方英尺的山体——大致与华盛顿山的体积相当——单单一条山溪就可以在大约 5 亿年里把它夷平。

当然，大部分的山有好几条山溪，此外还有其他诸多影响因素，从地衣（微小然而无情！）分泌的微量酸，到冰板的磨削刮擦，所以，大部分的山消失得速度要快得多——也就是两三亿年罢了。目前，阿巴拉契亚山脉正在以每年 0.03 毫米的速度缩小。这条山脉已经经过两次，也可能是更多次这样的周期——升到非常峻峭的高度，被销蚀到一无所有，再次升高，每次都是以一种令人眼花缭乱的复杂地质学方式循环利用它的组成材料。

你知道，所有这些细节都是理论，公认的仅仅占其中很小一部分。有些科学家认为，阿巴拉契亚山脉正在经历着被称为“格伦维尔（Grenville）造山运动”的较早阶段，可能还有其他地质变化的更早的阶段。同样，泛古陆的分裂和重新形成可能不止三次，而是十几次，说不定有二十来次。除了所有这些之外，这个理论有若干缺陷，其中最主要的是没有什么证据可以证明大陆的碰撞，如果你同意，至少三块大陆曾经在至少 1.5 亿年间以巨大的力量连接在一起，那么这种碰撞是奇怪，甚至无法解释的事。美国的东部沿海地区应当有一条缝、一层疤痕组织，然而没有。

我对地质学一窍不通，如果你给我看一块不同寻常的杂砂岩或者一块样子很好看的辉长岩，我会尊重地看着它，并且有礼貌地听你说些什么高论，但是它对我实际上并不具有任何意义。如果你告诉我，它曾经是海底的渗出物，通过某种难以置信的持续过程，被深深埋进地底，受到几百万年的烘烤挤压，一下子冒出来回到地面，因此才有这些华丽的条纹、熠熠发光的玻璃晶体和片状的黑色云母，我会说"我的天哪"和"是这样吗"，但是我不能假装在我这种游戏言辞的背后真的会有什么东西。

我只是偶尔有幸对地质学这门神奇的科学投以欣赏的一瞥，地点是特拉华水山口。那里，在静谧的特拉华河边，耸立着基塔提尼山，这是一座高达 1300 英尺、由抗阻石英岩构成的（这里的说明上这样说）悬崖，当河流在较软的岩石上冲出一条水道，不断静静地流向海洋时，这种石英岩就暴露出来了。其结果实际上成了这座山的一个横断面，这种景象不是随处可以看到的，实际上，据我所知，在阿巴拉契亚小道沿线的其他任何地方都是没有的。这里的景象之所以令人印象特别深刻，是因为暴露出来的石英岩排列成长长的波形带，呈现一种看似不可能的角度——45 度左右——以至于想象力最贫乏的人也会感到，这里曾经发生过地质学方面的某种重大事件。

这里的风景非常绮丽，一个来世纪之前，人们曾经把这里比作莱茵河，甚至（我不得不说有些高攀）阿尔卑斯山。画家乔治·因斯来过这儿，画了一幅题为《特拉华水山口》的著名油画。画面上，河流在点缀着树木、农庄的绿茵般的田野中流过，远景是肃穆的群山，在河水通过的地方有个 V 形的峡口。这幅画看上去像是移植到美洲大陆的约克郡或者坎布里亚的一景。在 19 世纪 50 年代，在河岸上建造起一座 250 个床位的豪华酒店，名叫基塔提尼宾馆，大获成功，引得其他人争相效仿。对于南北战争以后的一代人来说，特拉华水山口是夏季的必游之地。然后，就像这一类事经常发生的那样，白山山脉开始走红，接着是尼亚加拉大瀑布、卡茨基尔山，紧接着又是迪士尼乐园。如今，几乎没有什么人到水山口来过夜了，但仍然有大量的人经过此地，他们把车子停放在避车道上，短暂地欣赏几眼，然后回到汽车里，开走了。

唉，今天你得使劲眯着眼，才能感知到一点儿当年吸引因斯的那种静谧的美。水山口不仅是宾夕法尼亚州东部最接近于壮观景点的地方，而且还是阿巴拉契亚山脉在波科诺地区唯一可以使用的缺口。因此，它的狭窄的路架铺满了地方公路、一条铁路线和一条州际公路，毫无想象力的混凝土长桥上跑着来往于宾夕法尼亚州和新泽西州之间、发出嗡嗡声的汽车洪流——正如约翰·麦克菲在《在可疑地带》一书中精辟地指出的那样，这一切使人联想起“集中到重症病房里一个病人身上的各种管道”。

不过，高高耸立在新泽西州一侧的河边的基塔提尼山，仍然是一个让你不得不喜爱的景观，你不能够看着它（至少我不能够，至少那一天不能够）而不想登临，去看看山里有些什么。我把汽车停放在山脚下的一个信息中心，步入喜迎游客的青翠森林。那是一个极其美好的早晨，露珠晶莹，天气凉爽，但是阳光的势头和懒洋洋的风预示着过一会儿会极为炎热。我来得很早，可以在森林里漫步几乎一整天。我得最迟在第二天把车子开回新罕布什尔州的家里，但是我下定决心至少得像样地步行一次，在已经成为一场灾难的这次旅程中抢救出一点儿东西。幸运的是，看来我这次是选对了，我正处于沃辛顿州立森林保护区与特拉华水山口国家娱乐区公园共同拥有的一片面积达数千英亩的优美林地的中心。小路维修得很好，它的陡峻程度恰到好处，让你感到在进行有益健康的锻炼，而不是在服某种摆脱不了的苦役。

最后还有一样令人愉快的好东西：我有了非常好的地图。现在，我受到了纽约－新泽西州小道会议地图编绘者的周到照拂，他们的地图用四色精印，绿色代表林地，蓝色代表水域，红色表示小道，黑色用于文字。这些地图有清楚、丰富的标记和恰当的比例尺（1∶36000），并且画出了全部连接道路和支道。好像是他们想要你知道你身在哪里，并且因此而感到高兴。

我无法告诉你，当你能够说“啊！邓菲尔德河，我明白了”和“这么说，那边一定是萧尼岛啰”的时候，你会感到有多么满意。如果所有阿巴拉契亚小道的地图都有这么好，我对这次经历的欣赏程度就会显著地增高——比如说高 25%。我现在想到，原先我对周围环境的那种愚笨的冷淡态度，在很大程度上只是因为我不知道自己身在哪里，我无法知道自己身在哪里。现在，至少我能够确定自己的方位，看到我的未来，感到我自己正在以某种方式与一个变化中的可知景观进行着联系。

就这样，我非常惬意地行走了 5 英里，登上基塔提尼山，来到太阳鱼潭，这是一口四周全是森林、风景十分宜人的 41 英亩的水潭。一路上，我只遇到两个人，都是日间徒步旅行者，我再次想到，说阿巴拉契亚小道太拥挤是多么言过其实。大约有三千万人居住在离阿巴拉契亚小道仅两小时车程的范围内——纽约就在它的东方 70 英里处，费城在它的南方稍远一点儿的位置，今天又是个完美的夏日，然而这座雄伟的森林却只属于我们三人。

对于朝北走的徒步旅行者来说，太阳鱼潭可算是一处壮丽而新奇的景致，因为在此以南是不可能在山顶上看到任何水体的。事实上，这是朝北走的徒步旅行者所遇到的第一个冰川遗迹。在上一次冰期中，这个水潭的大小相当于冰板的大小。冰川在新泽西州到达的最远处约莫在水山口以南 10 英里处，由于气候关系，它无法进一步扩展，但即便是在这里，冰川的厚度仍然至少有 2000 英尺。

请你想象，一堵将近半英里高的冰墙，冰墙后面几万平方英里的土地上除了更多的冰之外一无所有，只有很少几座大山打破这种单调，这是一种什么样的景象啊。还有我们大多数人都没有意识到的一件事：我们仍然处于一个冰期之中，只不过现在我们只在一年的部分时间里对此有所体验。冰雪覆盖实际上不是地球的典型特点。从长远来看，南极洲其实是一个大丛林。（它现在只不过正在经历一股寒潮而已。）在 2 万年前，也就是上一次冰期的全盛期，地球上 30% 的面积被厚冰所覆盖。今天的覆盖面积仍然达到 10%。在最近 200 万年中至少有过十多次冰期，每次延续 10 万年左右。最近的一次侵入威斯康星冰板，从极地延伸到欧洲和北美的广大地区，深度最多增加到 2 英里，以每年 400 英尺的速率推进。由于它吸取了地球上的游离态水，海平面降低了 450 英尺。其后，大约在 1 万年前，冰川忽然开始融化，谁也不知道为什么会这样。冰川撤退后，留下的是一片彻底改变了的景观，堆起了长岛、科德角、楠塔基特岛，以及以前只有大海的玛撒葡萄园岛的大部分；凿出了五大湖、哈得孙湾，除了其他许多湖海之外，还有小小的太阳鱼潭。这里以北的每一英尺景观，无不保留着冰川的遗迹——到处散布的称为漂砾、鼓丘、蛇形丘、冰斗丘、冰斗的大石，我正在进入一个新的世界。

很少有人对于地球经历的多次冰川期有很多了解——它们为什么会发生，是怎样停止的，几时还会重来。鉴于我们当前对于全球变暖现象的担忧，有一种令人感兴趣的理论是，冰期不是由温度下降，而是由温度升高所引起的。温暖的天气会增加降水量，因而会使云层增厚，导致较高地区的积雪融化得少，影响天气，才会造成冰期。正如格温·舒尔兹在《失去的冰期》一书中所指出的那样："不是非得需要造成冰板的那么大量的雪不可，只需要雪在下就行，而不管下得怎样小。"她观察到，从降水量的角度来看，南极洲"是地球上最干燥的大块地区，总的来说比任何大沙漠都要干燥"。

还有一个有趣的看法，如果冰川开始重新形成，现在它们可以吸取的水要多得多——哈得孙湾、五大湖、加拿大的几十万个湖，在上一次冰板时期，这些水体都不存在，不能为之提供水源——所以成长会快得多。如果这些冰川真的开始再次向前推进，我们究竟该怎么办呢？用 TNT 炸药或核弹头去炸它们？当然，毫无疑问我们是会的。

但是，请思考这个事实：1964 年，北美历史上最大的地震发出相当于 2000 颗核弹的 20 亿吨的集结力，震动了阿拉斯加州。在相距将近 3000 英里的得克萨斯州，游泳池的水泼溅出来。安科雷奇的一条街道下陷 20 英尺。这次地震破坏了 2.4 万平方英里的莽原，莽原上面大部分铺着冰川。那么，这样巨大的威力对于阿拉斯加冰川有些什么影响呢？什么影响也没有。

从太阳鱼潭过去一点儿，是一条名叫加尔维泉小道的支道，这条支道急剧地下降到河边的一条老公路，正好在一个名叫托克斯岛的地点的下方，我可以沿着这条公路缓慢地绕一个大圈子，回到我停放车子的旅客中心去，路程有 4 英里。天气变得热起来了，然而公路上有树荫，十分安静——我在一个钟头里只看到三辆汽车——所以，这是一次惬意的散步，放眼望去，是河流穿过茂盛的草地的景色。

用美国的标准来衡量，特拉华河不是一条特别壮观的河，但是，这条河有它几乎是独一无二的特点：它差不多是美国最后一条没有修筑堤坝的重要河流。现在看来，这可能是一个无法估量的优点——一条在大自然为它规划的河道里自由奔腾的河流，然而它的这种未经管制的性质的后果之一是，特拉华河会定期泛滥。1955 年，弗兰克·戴尔在他出色的著作《特拉华日记》中指出，这里发生过一场水灾，至今人们还记忆犹新，称之为“那场大灾”。在当年的 8 月份——富于讽刺意味的是，那正是数十年未见的一次严重旱灾肆虐的时期——两次飓风接连重创了北卡罗来纳州，扰乱了整个东部海岸的天气，使得它不稳定起来。第一场飓风在两天里往特拉华河谷里狂泻了 10 英寸的雨。6 天后，河谷在不到 24 小时内下了 10 英寸的雨。在一个名叫大卫营的假日综合建筑里，46 个人，大部分是妇女和儿童，在营地的主要大楼里躲避不断上涨的河水。随着河水的上涨，他们从底层逃到楼上，接着逃上顶楼，但是仍然没有用。夜里，一道 30 英尺高的水墙咆哮着冲进山谷，卷走了房屋。令人惊奇的是，有 9 个人幸存。

在别的地方，桥梁被冲垮，河畔的市镇被淹没。不到一天时间，特拉华河的河水上涨了 43 英尺。到河水终于退去时，有 400 人死亡，整个特拉华河谷遭遇了一次浩劫。

美国陆军工兵部队踏着泥泞开进了这片地区，计划在离我此刻行走的地方很近的托克斯岛上建造一座大水坝。根据工兵部队的计划，这座大坝不仅可以驯服特拉华河，还可以在后来为一个将近 40 英里长的休闲湖的中心创建一个新的国家公园，八千名居民被迫迁出这个地方。情况很糟糕，被赶走的人之中有一个是盲人，有几个农民只有一部分土地被买走，结果他们要么有土地没有房屋，要么有房屋没有土地。有一位从 18 世纪以来祖祖辈辈一直在同一块土地上耕作的妇女，又踢又闹地被人从她的房子里抬走，倒使得报纸的摄影记者和电影拍摄人员喜出望外。

陆军工兵部队的问题在于他们的建筑质量不怎么样，在内布拉斯加州密苏里河上修建的一个水坝淤塞严重，以至于恶臭的渗出物开始灌进尼奥布拉拉镇，最后迫使它被永远废弃。后来工兵部队在爱达荷州建造的一座水坝出事了。幸亏那座水坝位于一个人烟稀少的地区，而且事先有一些预警。尽管如此，几座小市镇还是被水冲走，十一个人丧生。然而这些还是较小的水坝。托克斯岛大坝被规划为世界上最大的人工水库大坝之一，要挡住 40 英里长的积水。下游分布着四个大城市——特兰顿、坎姆登、威尔明顿和费城，还有几十个较小的社区，特拉华州如果发生灾难，将是一场真正的浩劫。

而在这里，聪明的陆军工兵部队计划用不稳定得臭名昭著的冰碛石来阻挡 2500 亿加仑的水。除此之外，还有各种环境方面的担心，例如大坝以下河水的盐度将升高到发生灾难的地步，从而破坏下游的生态，尤其是特拉华湾宝贵的牡蛎养殖场。

1992 年，多年来扩散到特拉华山谷以外很远地方的越来越强烈的抗议，使得筑坝的计划终于停止了，但到那时为止，整座整座的村庄和农场已经被推土机推平，一个 200 年间没有多大变化的静谧、遥远、非常美丽的山谷永远消失了。《纽约和新泽西州阿巴拉契亚小道指南》指出：“这项（被废止的）规划的一个有利结果，是由联邦政府给国家休闲区购置的土地为小道提供了一条受到保护的走廊。”

说老实话，我对于这种论调有点厌烦了。我知道阿巴拉契亚小道理应是莽原的，我也同意，倘若有无数地方变成另外一种样子将成为一场悲剧，但有时候，就像在这里，陆军工兵部队对于与人类接触无疑怀着一种恐惧感。就我个人而言，我将乐意在现在穿过村庄，途经农场，而不是通过某些荒寂的“受到保护的走廊”。

毫无疑问，这些行为都与我们想要驯服和开发莽原的历史欲念有关，但是我认为，美国对于大自然的态度从所有方面来看都是非常奇怪的。我不由得将我目前的体验同我三四年前在卢森堡的体验相比较，当时我曾经接受一份杂志的委派，同我的儿子一起去那儿徒步旅行过。卢森堡是一个比你能想象的要惬意得不知多少的徒步旅行的地方。它有许多森林，也有不少城堡、农场、有尖顶房舍的村庄，以及逶迤曲折的河谷——事实上，它就是整个欧洲的缩影。我们走过的小路有许多时候穿过森林，但是在与人方便的间隙里，也会钻出森林，把我们引到洒满阳光的偏僻道路上，通过栅门，穿过农田和村庄。我们每天都能拜访面包房或者邮局，听到商店小铃的叮当声，听到用我们不懂的话的交谈。每个晚上，我们同其他人一起，在一个小旅店里住宿，在一家餐馆里用餐。我们体验了卢森堡的一切，而不仅是它的树林。那真是好极了，之所以这样，是因为整个富有魅力的小小综合旅程是天衣无缝、毫不费力地结合在一起的。

可惜呀，在美国，美成了一种开车去看的东西，大自然成了一种非此即彼的选择——不是像在托克斯大坝和千千万万其他地方一样予以无情地征服，就是将其奉为神明，把它当作某种神圣而遥远的东西、远离我们的东西，就像阿巴拉契亚小道沿线一样。两方中任何一方的人很少会想到，人与自然可以互利共存——比如说，在特拉华河上架设一座式样优美的桥梁，就可以衬托出它周围的美景；阿巴拉契亚小道倘若不都是一片莽原，倘若能不时有意带你走过正在吃草的牛儿和耕作过的田地，可能会变得更加有味，更加值得一游。

我期望阿巴拉契亚小道指南能够这样写："由于会议所做出的努力，特拉华河谷已经恢复了耕作，小道的路线已重新规划，包括16英里沿着河滨的步行，因为，实话实说吧，有时候你会感到林木太多了。"那样的话，我将不知会多高兴。

不过，咱们还是得看看好的一面，假如陆军工兵部队的愚蠢规划付诸实施的话，那么我现在早已游泳回到我的车子里了，现在可以免了这点，至少使我感到庆幸。

无论如何，现在应该再次真正地徒步旅行一番了。

第 16 章

小道精神诞生地

1983 年，在阿巴拉契亚小道旁的马萨诸塞州伯克夏山上行走的一名男子看到——或者至少他发誓说看到—— 一头美洲狮在他的前面穿行，这件事有点使人不安，甚至出人意料，因为从 1903 年最后一头美洲狮被人在纽约州用枪打死以来，没有任何人在美国东北部看到过美洲狮。

然而不久之后，整个新英格兰都出现了看到美洲狮的报告。一个在佛蒙特州一条偏僻公路上开车的人看到两头小狮在路边玩耍，一对徒步旅行者看到一头母狮带着两头小狮横穿新罕布什尔州的一处草地。每年都有五六起或更多的这类报告，都是由可信的目击者提供的。在 1994 年冬末，佛蒙特州的一位农场主穿越他的农场，把一些鸟食拿到饲鸟盆那儿去，忽然看到大约 70 英尺外有三只看上去像是美洲狮的动物。他吓呆了，瞪着眼看了一两分钟——因为美洲狮是行动迅速的凶猛动物，而且有三只正在静静地注视着他——接着急忙逃到一部电话机旁，打电话给一位野生动物专家。等到这位专家赶到，那几只动物已经走掉，但是他发现了一些新鲜粪便，他尽责地把粪便用口袋包起来，送到美国鱼类和野生动物研究室。研究室寄回来的报告说，这确实是东部美洲狮（Felis concolor）的粪便，这种动物也有其他各种叫法，包括黑豹（panther）、美洲豹（cougar）、美洲狮（puma），特别是在新英格兰，还有叫山猫（catamount）的。

所有这些引起了我的一点儿兴趣，因为我正好行走在差不多就是最初看到美洲狮的地方。我带着一种热切的心情和决心，以及一项新的计划回到了小道上。我打算徒步走过新英格兰，至少能走多少就走多少路，直到七个星期后卡茨回来同我一起穿越缅因州的百英里莽原。新英格兰还有将近700英里的十分崎岖的阿巴拉契亚小道山路，差不多是全部阿巴拉契亚小道长度的三分之一，足以使我忙到8月份。为此目的，我请我那位体贴的妻子开车送我到马萨诸塞州西南部，在斯托克布里奇附近的小道口让我下来，以便让我花三天时间漫步穿过伯克夏山。于是，我就这样在6月中旬的一个炎热的早晨，在一群不怕驱虫剂的墨蚊如烟雾般的团团包围中，汗流浃背地努力攀登贝克特山的一处陡峭但是并不很高的山地，不时摸摸我的口袋，看看我的小刀是不是还在。

我并不真正期望遇见一头美洲狮，但是那天之前，我读过《波士顿环球报》上的一篇文章，讲的是最近西部美洲狮（它们无疑还没有灭绝）怎样在加利福尼亚州的森林里追踪和杀死徒步旅行者和慢跑者，甚至是系着围裙、戴着滑稽帽子站在家里后院的烧烤炉边的一个可怜人。这篇文章像是一个预兆。

美洲狮说不定会在新英格兰存活下来而未被发现，这并不是完全不可能的事情。据说，短尾猫——公认比美洲狮小了许多的一种动物——仍然没有绝种，而且数量不少，但是它们非常胆怯，行动诡秘，使得人们从不知道它们的存在，许多管林人工作了一生，连一只也没有见过。东部的森林里确实有充分的空间，足以让大型的猫科动物自由地漫步。仅马萨诸塞州就有 25 万英亩的林地，其中 10 万英亩在风光宜人的伯克夏山脉。只要有决心和无限的面条供应，我可以从我此刻立足的地方一直走到离此 1800 英里、位于魁北克北部的冰冷的拉布拉多海边的齐德雷角而几乎无须离开树荫的遮盖。即便如此，一种大型的猫科动物也不大可能有足够的数量，不仅在一个地区，而且在整个新英格兰繁殖，并在漫长的 90 年里避开人类注意。不过，有粪便为证。不管这是什么动物，反正它的排泄物像一头美洲狮的。

比较起来最合理的解释是，在这一带野外的任何狮子——如果它们确实是狮子的话——是买来时匆匆忙忙、买来后又后悔的被放生的宠物。当然，如果遭到一头有着长满跳蚤的领子和病史的动物乱咬乱踩，只能怪自己的运气差。我想象自己仰天躺着，被大肆践踏，我稍稍后仰着头，读着那块晃荡着的银牌，上面写道："我的名字是博强格尔斯，如果找到，请打电话 924-4667 给塔妮娅和维尼。"

像大多数大型动物（还有许多比较小的动物）一样，东部美洲狮之所以被消灭，是因为它们被认为是一种讨厌的东西。到 20 世纪 40 年代为止，东部许多州大力宣传"消灭有害禽兽运动"，这些运动常常是由州资源保护部门开展的，猎人每杀死一只食肉动物，都给予积分奖励。该运动涉及差不多当时的每一种动物——隼、猫头鹰、翠鸟、鹰，以及各种大型哺乳动物。西弗吉尼亚州每年向杀死动物最多的学生颁发一项大学奖学金；其他各州慷慨发放奖励金和其他各种现金奖赏，做这些事情时常常是不讲理性的。宾夕法尼亚州有一年因杀死13万只猫头鹰和隼，从而为这个州的农民们省下不到1875美元这一巨额牲畜损失而支付了9万美元的奖励金（一只猫头鹰抓走一头牛的事情毕竟不是经常发生的）。

迟至19世纪90年代，纽约还因打死107头美洲狮而支付奖励金，但是不到10年，美洲狮实际上已经灭绝殆尽了。（最后一头野生美洲狮是20世纪20年代在雾山被打死的。）狼和林地驯鹿是在本世纪的最初几年里从它们在阿巴拉契亚山脉中僻静的隐藏地中消失的，黑熊差一点步了它们的后尘。1900年，新罕布什尔州的熊的数量下降到仅有50头——现在是3000多头。

现在仍然有许多野生动物，但大部分是非常小的动物。根据伊利诺伊大学一位名叫V.E.谢尔福特的生态学家所做的野生动物数量调查，美国东部森林的一个10英里见方的典型地块上面有将近30万只哨乳动物——22万只老鼠和其他啮齿动物，63500只松鼠和金花鼠，470只鹿，30只狐狸和5头黑熊。

东部森林里真正吃大亏的乃是鸣禽，损失最惨重的鸟类之一是卡罗来纳长尾小鹦鹉—— 一种可爱、无害的小鸟，原本在野外的数量可能只略少于数量多得令人难以置信的旅鸽。（当第一批英国清教徒来到美洲时，这里的旅鸽估计有 20 亿只，超过今天在美国发现的所有鸟类的总数的两倍。）这两种鸟都因滥猎而灭绝——旅鸽打下来用作猪食，或者仅仅是为了享受随便几枪就可以从天上打下许多鸟的那种乐趣而已；打卡罗来纳长尾小鹦鹉，是因为它们吃农民的果实，而且有颜色鲜明的羽毛，可以做漂亮的女帽。1914 年，这两种鸟仅存的几只在被捕获后几星期内都相继死亡了。

类似的悲惨命运等待着快乐的黑眼纹虫森莺，这种小鸟一向稀有，据说是所有鸟类中鸣声最可爱的一种。有好多年，它一直没有被人类发现，但在 1939 年，有两个捕鸟人分别在不同地方，在相隔不到两天的时间内，碰巧都看到一只黑眼纹虫森莺。两人都把鸟儿打了下来（好家伙，够狠的），黑眼纹虫森莺就此灭绝了，然而几乎总是还有其他鸟在人们注意到之前就消失了。约翰·詹姆斯·奥杜本曾经绘制过三种鸟类——小头食虫鸟、黑森莺和蓝山森莺——打那之后，再也没有人见到过这些鸟。黄眉林莺也是一样，在华盛顿的史密斯学会里有一件这种鸟的标本。

从 20 世纪 40 年代到 80 年代，美国东部的鸣禽候鸟的数量减少了 50%（大部分是因为繁殖地点和拉丁美洲其他至关重要的过冬栖息地的丧失），并且根据估计，正在以每年 3% 的速率继续减少。从 20 世纪 60 年代以来，全部东部鸟类中 70% 的种类数量都在下降。

在这些日子里，森林是一个相当安静的地点。

在下午晚些时候，我从森林中走上一条看来已经废弃的运木道路。道路中央站立着一个年纪较大的人，身上背着一个包裹，脸上有一种奇怪的困惑神色，好像他刚从昏睡中醒来，发现自己在这个地方而无法解释。我注意到，在他的四周也围绕着一团烟雾般的墨蚊。

“你认为小道通到哪儿？”他问我。这是一个奇怪的问题，因为小道清楚、明显地通到另一边。正对面的树丛有个 3 英尺的缺口，而且，为防止产生任何可能的疑惑，在一棵粗壮的栎树上漆着一个白色树标。

我在那天第 12000 次挥着手驱散我面前的空气，朝着那个缺口点点头：“我看，就通到那边嘛。”

“噢，对，”他回答，“当然啦。”

我们两人一起出发进入森林，稍微聊了一下今天我们从哪里来、到哪里去等。他是个全程徒步旅行者——是我在北部看到的第一位全程徒步旅行者，而且跟我一样，打算前往道尔顿。他始终带着一种奇怪、困惑的神色，以一种奇特的方式打量树木，一次又一次慢慢地把目光从树木的上方移到下方，好像他以前从来没有见过这一类东西似的。

“你叫什么名字？”我问他。

“噢，人家叫我小鸡约翰。”

“小鸡约翰！”小鸡约翰十分有名，我非常兴奋。在小道上行走的一些人由于他们的特异癖性，有了一种几乎是神奇的身份。卡茨和我刚开始徒步旅行那会儿，就老是听说有个人随身携带的装备科技含量高到谁也没有见过这类东西。他的装备之一是会自动撑起的帐篷，显然，他必须小心打开一个装东西的背包，然后物品会像铁盒里的玩具蛇那样飞出来。他还有一个卫星导航系统，以及天知道别的什么东西。麻烦的是，他的背包重达 95 磅左右。他还没有走到弗吉尼亚州就半途而废了，所以我们从来没有看到过他。那个徒步旅行的胖子伍德罗·墨菲是在去年获得这种声名的，玛丽·埃伦要是没有中途退出，无疑也会引起一定程度的关注。小鸡约翰现在就大名鼎鼎了——尽管我拼命想也回忆不出究竟是什么原因——我是在几个月之前还在佐治亚州的时候第一次听说这个人的。

“那么，人家为什么叫你小鸡约翰呀？”我问道。

“你知道，老实说我也不知道。”他说，好像他自己也一直想弄清这个问题。

“你是什么时候开始徒步旅行的？”

“1 月 27 日。”

“1 月 27 日？”我有点吃惊地说，私下用手指很快地算了一下，“差不多有五个月了。”

“我难道不清楚？”他带着一种又喜又悔的口吻说。

他已经行走将近半年了，可是他仍然只走了到卡塔丁的路程的四分之三。

“你用的是……”我不知道该怎么说才妥当，“你用的是每天多少英里的速度，约翰？”

“噢，如果一切顺利，一天大约走 15 英里路。问题在于，”他羞愧地瞟了我一眼，“我经常迷路。”

这下对了，小鸡约翰经常找不到小道，结果来到一个最不可能走到的地方。天知道怎么有人居然能在阿巴拉契亚小道上迷路，这条小道是标示最清楚、树标最完善的步行道。通常，它是森林中唯一不是森林的东西。如果你能把树木与通过树林的一条漫长的开放走廊分辨开来，那么你沿着阿巴拉契亚小道找到你的路就不会有任何困难。在可能产生任何一个疑点的地方，例如一条支道与干道的会合处或者阿巴拉契亚小道跨越一条大道的地方，总有树标在那里。然而还是有人会迷路，比方说，有名的盖特伍德奶奶就经常会拍打人家的大门，询问她究竟在哪儿。

我问他迷路的最远路程是多少。

“37 英里，”他几乎是骄傲地说，“我在佐治亚州的血山偏离了小道——到现在我还搞不清究竟怎么会这样——在森林里过了三天，走上一条公路。结果我来到了塔卢拉瀑布——甚至我的照片都登上了报纸。第二天，警察开车把我送回小道，给我指出正确的路线，他们真是些好人呀。”

“你有一次朝着错误的方向走了三天，这是真的吗？”

他开心地点了点头：“确切地说是两天半，幸亏我在第三天来到一个市镇，我对一个人说：‘请问，小伙子，这是什么地方？’他说：‘噢，这里是弗吉尼亚州的大马士革，先生。’于是我想，这实在太奇怪了，因为就在三天前我到过一个有同样名称的地方。接着，我认出了那个消防站。”

“你究竟怎么……”我决定重新措辞，“怎么会那样的？约翰，究竟怎么回事？”

“嗐，要是我知道，我就不会迷路了，我想，”他轻声笑了一下说，“我只知道我来到的地方往往与我想去的地方差了很远一段路，可这样能使得生活有趣，你知道。我遇到过许多好人，吃过许多白吃的饭。对不起，”他突然说，“你肯定咱们走对了路吗？”

“毫无疑问。”

他点点头：“要是今天迷路我会不高兴的，道尔顿有个餐馆。”我非常了解这一点，如果你非得迷路不可，你也不希望在一个能上餐馆的日子迷路。

我们俩一起走最后的 6 英里路，但是在此之后，我们并没有多少交谈。那天我走了 19 英里路，是我在小道上走得最长的。虽然坡度一般来说十分平缓，我背的背包也比较轻，但是到了将近傍晚的时候，我已经非常疲累了。约翰有了个人可以跟随，看上去十分满意，而且无论如何，他常忙着细看树木。

我们抵达道尔顿时已经过了 6 点钟，约翰认识一个住在德波特街的人，此人让徒步旅行者在他家的后院扎下帐篷，并且使用他的淋浴设备，所以我同他一起走到一个加油站，他去问路。我们出来后，他恰恰朝着反方向走去。

“是那条路，约翰。”我说。

“当然是的，”他同意，“顺便说一句，我的名字是伯纳德，我不知道小鸡约翰是怎么叫起来的。”

我点点头，告诉他第二天我会找他的，可是我之后再也没有见到他。

我是在一家汽车旅馆过的夜，第二天继续徒步走到柴什尔。这只不过是在平坦的地形上走 9 英里路，但是墨蚊使得这段路程成为一场折磨。我从来不知道这种细小、恶劣、生着翅膀的小不点的学名是什么，所以，除了它们是你走到哪里跟到哪里，永远闯进你的耳朵、嘴巴和鼻孔的一大团飞翔的东西之外，我对它们一无所知。人类的汗液使它们进入一种极为兴奋的狂乐境地，驱虫剂似乎只能使它们更加兴奋。当你停下来休息或者喝一口水的时候，它们特别残酷无情，最后到了你在行走时不敢停下来休息或者喝一口水，甚至可能会吐出一嘴沾满舌头的墨蚊的地步，这简直是活受罪。所以当我在下午早些时候走出它们在森林中的地盘，漫步在柴什尔这个阳光充足、恹恹欲睡的散落小镇上的时候，感到某种宽慰。

柴什尔大街上的一座教堂里有个为徒步旅行者服务的免费旅舍（看起来马萨诸塞州的人为徒步旅行者们做了许多事情；在别的地方，我看到过有些房屋挂着标志，邀请人们进去随便喝水或者从树上采摘苹果），但是我不大想在一所简陋的小屋里过夜，更加不愿意闲坐着，让一个下午就这么无所事事地过去，于是我继续顺着一条阳光灼人的公路推进，走 4 英里路到亚当斯去，这样至少有望在一家汽车旅馆里过夜，还有几家餐馆可以挑选。

亚当斯只有一家汽车旅馆，位于镇边的一个堆满垃圾的地方。我订了一个房间，把下午的其余时间花在到处溜达上面，悠闲地看看商店橱窗，在一个廉价商店浏览成箱的书籍（当然只有《读者文摘》和诸如《家庭下水道百科全书·第一卷》与《如果你能听见我，请你点点头——与植物人一起生活》等一些只能在廉价商店里找得到的书籍，除此之外就没有什么了），后来漫步走到田野里去，眺望我第二天的目标灰锁山。灰锁山是马萨诸塞州的最高点，并且是朝北走的徒步旅行者离开弗吉尼亚州以来遇到的第一座超过 3000 英尺的山峰。山顶海拔其实只有 3491 英尺高，但是由于它被许多小得多的山团团簇拥着，看上去要大得多。不管怎么说，它有某种召唤人前往的庄严雄伟的气势，我一直盼望登上这座山。

于是，第二天一早，趁着白天的炎威还没有充分释放出来（预报说这是炙热的一天），我在镇上停留了一下，买了一罐百事可乐和一份三明治当午餐，然后沿着曲折的泥土路，朝着一条名为哥尔德小道的支道走去，这条支道陡直地升上阿巴拉契亚小道，并且通往灰锁山。

毫无疑问，灰锁山是名副其实的阿巴拉契亚小道的山峰。作家赫尔曼·梅尔维尔当年就住在它的西侧一座名叫“箭头”的农场里，在写作《白鲸》时，透过他书房的窗户，凝望着这座山；根据麦琪·斯泰尔和罗恩·麦卡多在他们记述新英格兰山峰的历史的优秀著作《走入大山》中的说法，灰锁山的侧影使他联想到一头鲸。当《白鲸》写完后，他同他那帮朋友徒步登上山顶，在那里一直聚会到天明。纳撒尼尔·霍桑和伊迪丝·华顿也居住在附近，把他们的作品的背景设在这里。从19世纪50年代到20世纪20年代，几乎每一位同新英格兰有关联的文学名人都曾徒步登山或驱车上山去欣赏美景。

富于讽刺意味的是，在声名极盛时期，灰锁山却少有它在今天所拥有的这种遍山皆绿的壮丽景象。那时，它的四周缀满了伐木留下的疮疤，较低的山坡上打着许多开采板岩和大理石留下的凹洞，到处都有东倒西歪的大棚子和锯木房刺入视野。所有这些创伤都已愈合，新的树木也已长成，但到了20世纪60年代，在波士顿州级官员的热情支持下，政府制订了计划把灰锁山变成一处滑雪胜地，建设一条空中电车道、一个架空滑车系统和一个夏季综合建筑，包括一座酒店、商店和餐馆（都是昂扬的60年代的杰特森风格建筑），但幸运的是，这个计划最终不了了之。今天，灰锁山坐落在11600英亩的保护地上，是一处美不胜收的地方。

徒步登上山顶的路途陡峭，使人燥热，并且山路看上去似乎无穷无尽，然而是值得登攀的。灰锁山视野开阔、阳光灿烂、空气新鲜的山巅上耸立着一栋巨大、优雅的石头建筑，名为巴斯康馆，是在20世纪30年代由孜孜不倦的平民保护军骨干们建造起来的。这座建筑目前开设着一个餐馆，并且向徒步旅行者提供住宿。山巅还有一座极不协调的精美灯塔（灰锁山离大海140英里），用作马萨诸塞州纪念在第一次世界大战争中牺牲的军人的纪念馆。原先的计划是要将这座灯塔安置在波士顿港口的，但由于某种原因，最后落成在这里。

我在巴斯康馆里用了午餐，上了厕所，洗了一把脸，然后继续匆匆上路，因为我还得走 8 英里路，并且必须赴同我太太定好的 4 点钟在威廉斯顿的约会。最后的 3 英里路，大部分是步行在连接灰锁山与威廉斯山的一条高岭线上。穿越慵懒的群山，西望五六英里外的阿迪朗达克山脉，景色动人心魄。但是天气实在炎热，即使在这样的高处，空气也变得滞重而倦怠。后来是一条陡直下降的山路——3 英里中骤降 3000 英尺——通过稠密、清凉的绿色森林，连接上一条偏僻的道路，通到风景优美的开阔原野。

一钻出森林，立即变得闷热。沿途 2 英里没有一丁点儿遮阴的地方，天气酷热得我隔着高帮鞋底都觉得滚烫。待到我终于抵达威廉斯顿，一家银行的一个标志显示出温度是华氏 97 度，怪不得我觉得这么热。我穿过街道，踏进一家汉堡王店，这是我们的约会地点。在一个酷热的夏日，从狗喘粗气的暑热环境跨进空调屋的清凉、干净，有外科病房般的适宜温度的世界是多大的乐趣啊！如果说我们能够生活在 20 世纪还有比这种乐趣更多的感恩的理由的话，那么我实在想不出来是什么了。

我买了一份桶装的可乐，坐在靠窗的一个座位上，感到非常惬意。我在一个炎夏季节，艰难地翻越了一座相当高的山，走了 17 英里。我浑身邋遢，汗下如雨，疲乏不堪，身上臭得让人避之不及，我又是一个步行者啦。

1850 年，新英格兰的 70% 是开阔的农田，30% 是森林。今天，这个比例恰巧颠倒过来了。在发达国家里，很可能没有一个地区仅在一个世纪左右的时间里就发生这么深刻的变化，至少不是朝着与通常进步历程相反的方向。

假如你想当一个农民，你不可能选一个比新英格兰更糟的地方了。（嗯，伊利湖中心也许是一个，不过你知道我的意思是什么。）土地多石，地形险峻，天气坏到人们实际为此颇感得意的地步。根据古谚，佛蒙特州的一年，是“九个月的冬天，紧接着费大劲拉上三个月的雪橇”。

然而，直到19世纪中叶为止，农民在新英格兰存留下来了，一则因为他们靠近像波士顿和波特兰这样的滨海城市，二则我想是因为他们也没有什么别的技能。后来发生了两件事：麦考米克收割机器的发明（这种机器最理想的适用地点是中西部绵延起伏的大型农场，而在新英格兰局促多石的土地上根本没有用武之地）以及铁路的发展，使得中西部的农民得以及时地将他们的农产品送往东部。新英格兰的农民无法竞争，于是他们也变成了中西部的农民。截至1860年，出生于佛蒙特州的人，将近一半（四十五万中的二十万）是在别处生活的。

1840年总统竞选期间，丹尼尔·韦伯斯特对佛蒙特州斯特拉顿的两万居民做过一次演讲。假如他在20年之后想来一次同样的演讲的话（这当然是开个玩笑而已，因为在那段时间里他已经去世了），如能凑齐五十位听众要算他幸运哩。如今，斯特拉顿山几乎全是森林，不过如果你仔细察看，仍然能看到旧时地窖的洞口，以及在比较年轻、强壮的白桦、槭树和山核桃树下层遮阴处的苹果园残余的植株，还在凄凉地苟延残喘。在整个新英格兰，你都能够发现坍塌的古老的田地界墙，常常位于早已下扎根的森林深处——这些现象提醒我们，大自然收回美洲土地的速度何其快呀！

就这样，我在 6 月份的一个老天发慈悲的凉快多云天爬上了斯特拉顿山，登上不到 4000 英尺的山顶需要走 4 英里的险峻山路。在穿过佛蒙特州境内的 100 英里稍多一点儿的路程中，阿巴拉契亚小道蜿蜒穿越青山山脉最大、最著名的几座山峰，直通加拿大的长道。实际上，长道的形成年份比阿巴拉契亚小道还要早——它于 1921 年开通，在那一年，修建阿巴拉契亚小道的建议刚刚提出来——我听说甚至现在还有看不起阿巴拉契亚小道的长道铁杆拥护派，认为阿巴拉契亚小道是个相当庸俗、野心过大的暴发户。无论如何，斯特拉顿山通常被看作这两条小道的精神诞生地，因为詹姆斯 · P. 泰勒和本顿 · 麦凯声称，他们正是在这里获得了修建穿越莽原的道路的灵感——泰勒是在 1909 年，麦凯则是在其后数年。

斯特拉顿山是一座完美的观景山，从这里眺望其他几座有名的山峰——埃昆诺克斯峰、阿斯寇特尼峰、雪峰和莫纳诺克峰，景色都美不胜收，然而我可不能说，这个山巅会启发我拿起斧头，开始开辟一条通往佐治亚州或魁北克的道路。也许是这片阴暗、沉重的天空和惨淡的光线才使一切带上了一种平板、乏力的感觉。山巅疏疏落落散布着另外八九个人，其中包括一个样子比较年轻、相当矮胖的人，穿着一件看上去很贵的崭新防风夹克衫，一个人孤零零站着。他拿着某种手提的电子设备，用来记下天空或者景观的神秘读数。

他注意到我在看着他，便用一种好像希望有人能感兴趣的语调说：“这是个环境监测仪。”

“噢，是吗？”我客气地回答。

“测量八十种值——温度、紫外线指标、露点……什么都有。”他把屏幕略微倾斜以便我能看到，“这是热应力。”这是有两位小数的某个无意义的数字，“这个表示阳光辐射度，”他接着说，“气压、风寒度、雨量、湿度（环境湿度和有效湿度），甚至还有根据皮肤类型调整的估计燃烧时间。”

“这玩意儿能不能烤糕饼？”我问。

他不欣赏我的俏皮话。“有时候它能救你的命，真的。”他有些悻悻然地说。我想象自己可能因为露点升高而落入险境的情景，可是我想象不出。然而我不希望让这人不高兴，于是我说：“那是什么？”我指着屏幕左上角的一个在不断闪烁的数字。

“啊，我不太清楚那是什么，可是这个……”他用手指戳着按钮板，“这个是阳光辐射度。”这是有三位小数的又一个无意义的数字。“今天它非常之低。”他说，调节了一下那部机器，记下另一个读数。“是啊，今天非常低。”不知怎的，我已经知道这一点了。事实上，尽管我不能将任何度数证实到小数点后面三位，但是对于总的天气状况还是有相当清楚的概念的，这是因为我就在室外这个天气里活动。有意思的是，那个人没有背背包，因此也没有防雨布，而且穿着短裤和旅游鞋。如果天气真的迅速变坏——而在新英格兰这是十之八九会发生的事——很可能他会冻死，但至少他有个机器会告诉他几时冻死，并且让他知道他的最后露点。

我讨厌小道上所有这些高科技的东西，我在书刊上读到过，如今有些徒步旅行者随身带着便携电脑和调制解调器，因此他们可以每天向家人和朋友们发送报告。现在，你看到越来越多的人带着诸如环境监测器之类的电子玩意儿，或者带着用电线连接到他们的腕脉处的传感器，看上去真像是从某个失眠诊疗所直接走上小道的。

1996 年，《华尔街日报》刊登了一篇有关莽原中的卫星导航设备、手机和其他设备是个累赘的精彩文章。看起来，所有这些高科技设备正在把也许原本就不应该进山的人拉进大山。这张报纸报道，在缅因州的巴克斯特州立公园，一位徒步旅行者打电话给国民警卫队分队，要求他们派遣一架直升机来将他空运到卡塔丁山，因为他走累了。在此同时，在华盛顿山，据当地的一位官员说，“两名要求很高的妇女”打电话给高山巡逻队总部说，她们走不动登上山巅的最后 1.5 英里了，尽管还剩下 4 小时的白昼时光。她们要求救援队来把她们抬回她们的汽车。这个要求遭到了拒绝。几分钟后，这两位妇女又打电话来，这次是要求救援队给她们带几支手电筒来。这个要求又遭到了拒绝。几天后，另一名徒步旅行者打电话来，要求派一架直升机，因为他已经比原定时间迟了一天，恐怕会赶不上一次重要的业务会议。这篇文章还描述了有卫星导航设备的几个人的迷路的故事。他们可以报告他们的位置在 36.2

度北与17.48度交界处等，但可惜他们一点儿也不知道这究竟是什么意思，好像他们没有带上地图或指南针，或者显然没有带上脑子似的。我相信，我那位斯特拉顿山的新朋友可以参加这些人的俱乐部。我问他，如果我在阳光辐射度是18.574的时候走下山路，他是否认为安全。

“啊，当然，”他非常热切地说，“从阳光辐射度方面来看，今天的危险度非常低。”

“谢天谢地。”我也非常热切地说，就此与他告别，也告别了这座山。

就这样，我在没有任何电子设备，但是带着我太太在每晚安歇之前为我准备好、放在冰箱最高层的一些非常好的午餐便当的情况下，用一系列十分惬意的日间徒步旅行的方式穿越佛蒙特州。尽管早先我发过誓不带着一辆汽车徒步旅行了，但是我发现这种方式在这里相当适合我——实际上是完全适合我。我可以徒步旅行一整天，回到家里吃晚餐。我可以在我自己的床上睡觉，并且每天穿着整洁、干燥的衣服，带上刚刚包好的餐盒上路，这已经接近十全十美了。

就这样，我在快乐的三个星期中到山里上下班。每天早晨，我在曙光初现时起身，把我的午餐放进背包，开车越过康涅狄格河去佛蒙特州。我停放好汽车，徒步走上一座大山或者翻越一系列起伏的青山。在我中意的一天中的某个时间，通常是在上午11点钟，我坐在一块岩石或者一根树干上，拿出我的午餐便当，检查一下餐品，我会根据情况说“花生酱饼！我最爱吃了！”或者“哦，哼，又是午餐肉”，接着就不声不响、有滋有味地嚼着，回想起我同卡茨一起坐过的所有山顶，跟这座相比都算不了什么。然后我会把一切都包装得整整齐齐，扔进背包里，继续徒步行走到该歇脚的时刻才回家去，6 月下旬和 7 月上旬就这样过去了。

我走过了斯特拉顿山、前景岩和云杉峰、贝克峰和格里菲斯湖、白岩山、纽扣山、基林顿峰、吉福特森林州立公园、昆姆比山、蓟山，最后慢悠悠地从西哈特福德漫步 11 英里到诺威奇。这条路线使我通过欢乐山小屋这个阿巴拉契亚小道上最老，也许还是风景最美的庇护所（其后不久，它被某些愚蠢无情的阿巴拉契亚小道官员拆除了）以及诺威奇镇。这个小镇之所以引人注目，主要是由于它是电视剧《鲍勃·纽哈特系列》（就是讲鲍勃开了个小旅馆，所有当地人都蠢得可爱的那一部）的灵感来源；还由于这里是一位谁也没有听说过的伟大的奥尔顿·帕特里奇的家乡。

帕特里奇于 1755 年在诺威奇出生，是一个狂热的徒步旅行者——也许他是全世界第一个仅仅是为了乐趣而长途步行的人。1785 年他 30 岁那年，当上了西点军校的负责人，像他这么年轻获得这个职位，是前所未有的。后来，他因为某种原因和军校闹翻了，于是就搬回诺威奇，建立了一个与之竞争的机构——美国文学、科学和军事学院，体育（physical education）这个词语就是他在那个学院期间发明出来的。他在那里让一帮子吓坏了的学员在邻近各座山上精神抖擞地漫步 35—40 英里，其间，他自己出去做更加雄心勃勃的徒步旅行。在一次典型的旅行中，他从诺威奇到马萨诸塞州的威廉斯顿翻山越岭地走了 110 英里（基本上就是我刚完成的分阶段慢走的路线），登上灰锁山，然后循原路回家。这次来回的路程只花了他 4 天时间——你可别忘记，当时还不存在有人维修的小路和帮人指路的树标呢，新英格兰的几乎每一座大山他都照样走了一遍。应当在诺威奇的某处为他立一块标牌，激励到这儿还继续往北走的那少数的坚强的徒步旅行者，但可惜没有。

从诺威奇前行 1 英里左右就是康涅狄格河，河上有一座朴实好看的桥，建于 20 世纪 30 年代，通往新罕布什尔州和对岸的汉诺威镇。从诺威奇通到汉诺威的道路一度是树叶蓊郁、稍有曲折的一条双车道道路——你希望有的连接相距 1 英里的两座新英格兰古城的那种静谧、吸引人的支道。后来某一位公路官员或者别的什么人认为在两座城镇之间修建一条宽阔的快车道才是个真正的好主意，那样的话，人们从诺威奇开车去汉诺威就可以少用 8 秒钟，如果看到前面有个人想转到一条支道上去，也不会突然感到一阵痛苦了，因为现在到处都是转弯车道，足以让一辆载着巨型导弹的卡车游刃有余地通过，而无须把车轮碾在路缘上，或者扰乱至关紧要的交通洪流了。

于是，他们修建了一条宽阔、笔直的公路，有些地方有六条车道宽，路中央有混凝土隔离物，有超大号的钠光源路灯，照亮了方圆几英里的夜空。不幸的是，这使那座桥成了一个瓶颈，因为公路在那里恢复到了两条车道。有时候，两辆汽车同时开到桥上，其中一辆就必须让道（嗐，请想象一下吧），于是，就在我写本书的时候，他们正在用某种豪华得多、符合混凝土时代的东西来替代那座虽好看却无用的老桥。外加他们正在拓宽那条升上一座矮山的街道，那是通往汉诺威镇中心和它那历史悠久的、美丽的绿化带的。毫无疑问，这个工程意味着砍掉街道两边的所有树木，并且用混凝土挡墙将大部分人家的前院大大截短。即便是一位公路官员也不得不承认，其结果并不是一幅图画，并不是你希望印在一本名为“美丽的新英格兰”的月历上面的写真，然而这个工程会使得从诺威奇出发的令人气馁的行程进一步减少 4 秒钟，这才是主要的。

所有这些对我具有某些重大意义，部分是因为我在汉诺威居住，但是我认为，主要是因为我生活在 20 世纪末。幸运的是，我有良好的想象力，所以，当我从诺威奇步行前往汉诺威的时候，我想象的不是一条繁忙的微型高速公路，而是树荫蓊郁，两边植着树篱，长着野花，其间矗立着一排气魄宏大，但规模适中的灯柱，在每根灯柱上倒吊着一个公路官员，那样我的感觉就会好得多。

第 17 章
桀骜不驯的野兽

人在户外，可能遭遇的最悲惨的命运，也许莫过于那种怪异、无法预测的低体温症了。因体温过低而去世的病例中，大多有些神秘，看上去似乎不可能发生的样子。让我们来看一下戴维·夸曼在他的著作《自然的行为》中讲述的一则小故事吧。

1982 年夏末，四名青年男子和两名中年男子在班夫国家公园划独木舟度假，那天晚上，他们没有回到他们的野营基地。第二天早晨，一个搜索队出发去寻找他们。搜索队发现划独木舟的人已经死亡，穿着救生衣漂浮在一个湖面上，所有的人都脸朝上，表情安详。他们身上没有任何精神或肉体痛苦的迹象，其中一位成年男子仍然戴着帽子和眼镜。他们的独木舟漂在一旁，完整无缺，前一天晚上的天气也平静温和。出于某些不可知的原因，六个人曾小心地离开他们的独木舟，衣衫完整地进入寒冷的湖水中，在湖中平静地死亡了。用搜索队的一位成员的话来说，“好像他们刚刚睡着似的”。在某种意义上说，他们确实如此。

与一般人的印象相反，很少有低体温症患者死在极端的天气状况中，如在暴风雨中挣扎，在凛冽的北极寒风中奋斗之类。首先，在这种天气出门的人相对很少，即使出去，也都做好了准备。大部分因体温过低而死的人死的时候要糊涂得多，是在温和的季节，气温离冰点还很远的情况下死去的。通常他们是遇到了突发状况，或者各种意外，如气温突然下降，遭遇一阵倾盆大雨，意识到他们迷路了等，总之，他们在感情和身体上都没有做好准备。几乎总是发生的是，他们做了一些莽撞的事情，使得问题更加复杂，诸如离开一条标记完善的道路去寻找一条捷径，在待在原地不动为好的时候误入更深的林区，涉水而过，结果使得他们更湿更冷等。

理查德·萨利纳斯的不幸命运就是这样，他在 1990 年同一位朋友在北卡罗来纳州皮斯加国家森林保护中心中徒步旅行。当时天色暗下来，他俩往回走向他们的汽车，但是不知道怎么回事，后来两人分开了。萨利纳斯是一位经验丰富的徒步旅行者，他只需要循着一条标记完善的小道下山，到一个停车场去就行了。可是他没有去成，三天后，人们发现他的上衣和背包被丢在森林深处距离边缘几英里处。两个月后，他的遗体被发现挂在小林维尔河中的树枝上。据推测，他离开了小道去寻找一条捷径，迷了路，误入森林深处，感到惊慌，进入更深的林区，直到最后因体温过低失去知觉而丧生。

低体温症是一种渐进、隐伏的创伤，它趁着你的体温下降，自然反应变得迟钝、混乱，一步步侵袭你。萨利纳斯扔掉了他的物品，之后不久做出了一个绝望而非理性的决定——试图涉过雨后涨水的小河，而在正常情况下，他会意识到，那样做只能使他离目标更远。他丧生的那一天，天气干燥，气温是40多华氏度（约5℃）。假如他还是把上衣穿在身上，离开水，他会度过一个冷得很不舒服的夜晚，会有个故事好讲述。可他不是那样，他死了。

患上低体温症的人会逐渐体验几个阶段，如你可以预见的那样，一开始是比较和缓，后来会产生越来越厉害的颤抖，因为身体试图用收缩肌肉的方式温暖自己，接着是极端疲倦，行动迟钝，时间感和距离感反常，以及由于倾向于做出鲁莽、不合逻辑的决定和未能察觉到显著现象而感到越来越无助和慌乱。渐渐地，患者变得完全不知所措，产生越来越危险的幻觉，包括出现不是在受冻而是热得要命的这种显然极为残酷的错觉。许多患者脱掉衣服，甩掉手套，或者爬出睡袋。关于小道上死亡事件的记载充满了发现徒步旅行者半裸地躺在帐篷外的雪堆上的故事。等达到这个阶段时，颤抖停止了，因为身体已经放弃自救，变得麻木了。心率下降了，脑电波开始看上去像驱车奔驰过大草原。到了这个时候，复活的震荡可能是他的身体所忍受不了的。

1997年1月份的《外界》杂志所报道的一起事件很好地说明了这一点。这篇文章说，1980年，十六名丹麦海员发出呼救信号，穿上救生衣，跳进北海，他们的船在身边沉入海中。他们在海里颠来漂去了90分钟之后，有一条营救船设法把他们从海水里拉了上来。即便是在夏季，北海的海水也是冰凉刺骨的，浸泡30分钟就足以致命，所以，十六个人全部幸存是值得欢庆的事。这些人被裹在毛毯里，在引导下走出船舱，在那里，他们一人喝了一杯热饮料，忽然之间，他们全部倒地死亡——十六个人全死了。

不过，吸引人的故事就讲到这里了，让我们来对这种奇异的病症琢磨一番吧。

我现在是在新罕布什尔州，我喜欢它，因为我们刚刚搬来这个州，所以我自然有兴趣对它进行一番探索。佛蒙特州与新罕布什尔州是如此亲密地紧紧相连，两州的大小、气候、口音和生活方式（主要是滑雪和旅行）又是如此相似，因此它们常常被人合称为一对双胞胎，但是实际上它们具有相当不同的性格。佛蒙特州有沃尔沃牌汽车、古董店和有取得十分逗人喜爱的名字的乡村小客栈，诸如鹌鹑谷居、卷牙农庄旅店之类。新罕布什尔州就像是戴着猎帽的男子和挂着“不自由，毋宁死”这样生猛口号的车牌的轻型货车。两州的景观也截然不同，佛蒙特州的山峦高低起伏，线条比较柔和，星罗棋布的乳牛场使它有一种热情好客和充满人间烟火的感觉。新罕布什尔州整个是一座大森林，这个州 9304 平方英里的土地，大约 85%（面积略大于威尔士）是森林，其余地方要么是湖泊，要么是在树木线以上。所以，除了少数的城镇或滑雪胜地之外，新罕布什尔州基本上是一片未开垦的大莽原，有时甚至会把人吓得裹足不前，这里的山峦要比佛蒙特州的更加高峻崎岖、难于攀登和令人生畏。

在《全程徒步旅行者手册》（我在这儿可以说，这是走阿巴拉契亚小道不可或缺的指南）中，伟大的丹·“飞毛腿”·布鲁斯指出，当朝北走的徒步旅行者离开佛蒙特州的时候，他已经完成80%的路程，但是只完成了50%的辛苦跋涉。仅在新罕布什尔州这一部分，小道穿越了162英里的白山山脉，高度超过3000英尺的山峰就有35座，新罕布什尔州的路实在是难行啊。

我听说过这么多有关白山山脉的艰难险阻的故事，以至于我对于一个人闯荡这座大山感到些许不安——倒也不是被吓坏了，可如果我再听到一个被熊追赶的故事就肯定会被吓坏——所以，当一位名叫比尔·阿卜杜的朋友兼邻居自告奋勇陪我一起做几天日间徒步旅行时，你可以想见我有多么高兴。比尔是个很好的人，和蔼可亲，知识广博，很有走山道的经验，另外还有一个价值无可估量的优点是，他是一位天赋甚高的整形外科医生，在危险的莽原里正好需要这样的人。我不认为他会在山里做多少有用的外科手术，但如果我摔了一跤，跌断了脊梁骨，至少我能知道我的创伤的拉丁文名称。

我们决定从拉法耶特山出发，因此，在7月里的一个晴朗早晨，我们开汽车上路，两小时开到弗兰科尼亚槽口州立公园［按照新罕布什尔州的用语，“槽口”（notch）是山隘的意思］，这是一个著名的美丽景点，静静躺在面积达70万英亩的白山国家公园中心巍然俯视的山巅下，拉法耶特山是一座5249英尺高的险峻的花岗岩山。《走入群山》一书所引用的一则19世纪70年代的材料是这样描述的：“拉法耶特山……是一座真正的高山，闪电在它的山峰和巉岩上嬉戏，山坡上带着褐色伤疤，山下是深深的峡谷。”这全是真话，它像一头桀骜不驯的野兽。作为白山山脉的一个徒步旅行的目的地，只有附近的华盛顿山才能在磅礴的气势和名望方面超过它。

我们从山谷底部开始，要攀登 3700 英尺的高度，在最初 2 英里中就要攀登 2000 英尺，一路上有三座较小的山峰——自由峰、小干草堆峰和林肯山。这是个灿烂的早晨，阳光温和而充足，还有只在北方的群山上才有的那种洁净、清新的空气。完美的一天的要素它应有尽有。我俩走了约莫三个小时，由于山路险陡，交谈很少，但是我们因来到野外而感到高兴，并且保持着良好的步速。

每一本指南、每一位富有经验的徒步旅行者、小道每个起点停车场旁的每一块布告牌都提醒你白山山脉的天气是说变就变的。每次燃起营火时，都有人说起野营者们穿着短衣裤、旅游鞋沿着阳光明媚的高地散步，突然在三四个小时之后，跌跌撞撞地惨死在寒雾中的故事，然而这些故事也是真实的。我俩在离小干草堆峰峰顶还有几百英尺路的时候，也遇到这样的情况。阳光忽然消失了，不知从哪儿来的一股雾霭涌入了森林。与此同时，气温骤然下降，我们感到像是走进了一个冷藏库。不到几分钟，森林就被笼罩在一大片寂静的浓雾中，寒冷而潮湿。白山山脉的林木线出现在低达 4800 英尺的地方，只相当于其他山岭大致一半的高度，这是由于天气要寒冷得多，我开始看出其原因了。当我们走出高山矮曲林，也就是在森林尽头最后残存的一些长不高的树丛，踏上小干草堆峰荒芜的峰顶的时候，一股猛烈的风突然向我们迎面吹来，这是那种你还来不及举起手就会把你的帽子掀起来、吹到几百英尺以外的大风。在有树荫遮蔽的西坡，大山使这种风在我们的上方偏离了方向，但是在这里，它毫无阻挡地在开放的峰顶劲吹。我们停下脚步，躲在大石的背风处，想披上防水布，尽量增添一点儿暖意。因为活动出汗和空气潮湿的关系，我身上已经相当湿了，在气温骤降、大风迅速带走体温的时候，这显然是一种愚蠢的状况。我打开背包，拼命搜寻放在里面的东西，接着抬起头来，脸上带着发现事与愿违时的那种不知所措的表情。我没有找到防水布。我再次翻寻，可是背包里确实没有，只有一张地图、一件薄薄的套衫、一个水瓶和一个午餐便当而已。我凝神想了一会儿，心里轻轻叹了一口气，记起来几天前我曾把那几块防水布拉出来，在地下室里摊开来晾着。我忘记把它们放回背包了。

比尔拉紧他的防风夹克衫帽兜上的一根束带，朝我这边看："有什么问题吗？"

我把情况告诉他。他做了个严肃的表情："你想往回走吗？"

"噢，不。"我真的不想往回走。再说，事情也不至于那么严重。天没有下雨，我只感到一点点冷。我穿上套衫，感觉立即好一些了。我俩在一起看地图，我们几乎已经走完了上坡路，只需要沿着岭顶线再走1.5英里到拉法耶特山，在那儿，我们将急转直下1200英尺到设有一个自助餐厅的山间旅店绿叶小屋。如果我确实需要暖和一点儿，我们走到那个小屋要比走5英里路下山到汽车旁边要快得多。

"你确定不想往回走吗？"

“不想，”我坚持说，“咱们半小时就能赶到那儿。”

于是，我们再次上路，顶着疾风，走进一片深不可测的灰色混沌。我们翻越了 5100 英尺的林肯山，然后稍微往下走上一条很狭窄的岭顶线。能见度不到 15 英尺，劲风像刀子一般锋利。每升高 1000 英尺，气温就下降华氏 2.5 度左右，所以在这个高度，气温无论怎么说都会更低一些，可是这使人感到很不舒服。我惊慌地注意到我的套衫上积聚了几百颗微小的水珠，这些水珠渐渐渗入织物，与里边衬衫上的潮气汇合在一起。我们还没有走完四分之一英里的路，套衫已经湿透，重重地挂在我的胳膊和肩膀上。

使情况更糟的是，我还穿着一条蓝色牛仔裤。每个人都会告诉你，牛仔裤最不适合徒步旅行了。相反，我倒成了这种裤子的一名忠实拥护者，因为它坚固，可以很好地保护我不受棘刺、蜱虫、昆虫和毒漆的伤害——在森林里尤其相宜。然而，我坦白承认，在寒冷和潮湿中，牛仔裤是毫无用处的。那件棉织套衫我是作为一种形式放进背包的，就像放进一瓶治蛇咬的药或是夹板那样。老天哪，当时正是 7 月份，我怎么也没有预料到除了我的那几块可靠的防水布之外，会需要任何外套！当然，防水布我也没有带上。一句话，我穿衣不当，情况危险，几乎是自找罪受，自己找死，我确实受大罪了。

我得以幸免于难，靠的是运气。劲风以每小时 25 英里的速度不断地大声呼啸而来，但是突发的一阵阵狂风的速度至少会翻两倍，而且风向不断改变。有时候，当大风迎面吹来时，我们走两步，退一步。

风从一侧吹来时，会把我们朝山岭边缘猛推。大雾弥漫中，不知道任何一边跌下山崖会有多深，看上去相当危险，毕竟我们已经在云层上1英里了。情况只要再糟一丁点儿——假如大雾完全遮蔽了我们的立足点，或者假如狂风的风力大到足以将一个成年人吹翻——我们就会被困在这座高岭上，而我已经全身湿透。40分钟之前，我们还在阳光下吹着口哨。我现在理解了，为什么甚至在夏季，白山山脉上都有人死亡。

当时的情况是，我处于一种轻度的危难之中。我愚蠢地哆嗦着，有一种奇怪的晕眩感。山岭看上去无穷无尽地朝前伸展，在一团灰白色的混沌中，我们无法猜测还需要走多少路才能看到拉法耶特山现出身影欢迎我们。我看了一下我的手表——差2分11点，假如我们能够到达那座被上帝抛弃的小屋的话，正是午餐的时间——我对自己的这个想法感到有些宽慰，因为至少我的智力还在，或者至少我感到我的智力还在。大概一个头脑变得糊涂的人意识不到自己是糊涂的，除非……我突然想到——这是个吸引人的想法——除非你让自己相信，你认为自己不糊涂仅仅是糊涂的一种残酷的早期症状，甚至是一种后期症状。谁知道呢？说不定我可能陷入某种无助的糊涂前的状况，其特点是患者害怕陷入某种无助的糊涂前的状况。这就是失去你的理智的问题——等到理智一失去，再想恢复就太迟了。

我再次看了一下手表，惊恐地发现表上仍然显示着差2分11点，我的时间感正在消失！我可能无法可靠地评估我那正在衰退的头脑，但是我的手腕上就有证据。再过多久我会半裸着身体到处乱舞，试图扑灭火焰，或者被一个绝顶聪明的念头所控制，认为脱离这个险境的最好方法是乘着一副无形的神奇降落伞滑翔到山谷底部呢？我咕哝了几声，继续往前冲，等了足足一分钟，再次偷瞥了一下我的手表，还是差 2 分 11 点！我肯定有麻烦了。

比尔看上去神情安详，对于寒冷并不在乎，他当然不知道我们根本不是在踏着不合时宜的轻快步伐沿着高岭前进，他不时回过头来问我情况怎么样。

“非常好！”我会说，因为我羞于承认其实我正在失去理智，打算私下里展颜一笑，喊一声“到那边再见啦，老朋友！”就跳下山崖。我想他从来没有在一座山顶失去过一位病人，我也不希望吓着他。再说，我并不完全确信我正在失去自制力，只是感到非常不舒服而已。

我不知道我们花了多少时间才到达狂风劲吹的拉法耶特山顶，只知道似乎花了两倍的类似于永恒的时光。100 年前，在这个荒凉、险恶的地点曾经有过一家旅馆，它那被大风销蚀的地基至今仍然是个路标——我曾经看到过它的照片，但是我现在一点儿也记不起来了，我的思想完全集中于沿着支道往下走向绿叶小屋。这条支道通过一片很大的岩石风化地，然后钻进森林。几乎就是在我们离开山顶的时刻，风停了，在 500 英尺范围内，世界显得异样地平静，浓雾已经零落、飘散。我们一下子可以看见下面的世界以及我们站立处的高度了，确实是相当高的——不过，周围的山巅仍然笼罩在白云之中。使我感到惊奇和满意的是，我的感觉好多了。我挺直腰站着，有一种新鲜感，并且意识到我刚才行走的时候背驼得厉害。不错，我确实感到好多了：一点儿也不寒冷，而且头脑清楚得令我开心。

“唷，这段路程可不赖呀。”我像个山里人那样嘿嘿一笑，继续向小屋行进。

绿叶小屋是年高德劭的阿巴拉契亚小道俱乐部在白山山脉所建造和管理的十座景色如画，而且就此刻来说非常适宜的石筑小旅店之一。120 多年前所成立的阿巴拉契亚小道俱乐部并不是美国最古老的徒步旅行俱乐部，然而是所有保护团体中成立最早的。它一个晚上的收费，包括一张床铺、一顿晚餐和一顿早餐，是 50 美元，这个费用无疑是很高的，因此，它在全程徒步旅行者中间以“阿巴拉契亚金钱俱乐部”而闻名。不过应该大力称赞的是，阿巴拉契亚小道俱乐部维修白山山脉上 1400 英里的小道，经营一个极好的游客中心，出版有价值的书刊，并且允许你走进它的小屋使用厕所，打水，或只是暖和暖和，这就是我们这会儿满怀感恩之心做的事情。

我们买了两杯暖和身子的咖啡，拿到一排长台子上，就在那儿与稀稀拉拉的其他几个身上冒着水汽的徒步旅行者一起坐着，吃我们的午餐便当。这座小屋在基础设施方面就像农舍那样舒适，天花板很高，有充足的空间可以供人到处走动。我们吃完的时候，我开始感到关节僵硬，于是我站起身来到处走动，参观两栋宿舍中的一栋。这是一个大房间，放满了四层高的嵌入式床铺。房间干净、通风，但是简朴得令人惊讶，想来当晚上里边住满了徒步旅行者，放满了他们的装备的时候就会像一个兵营。对我来说，它一点儿吸引力都没有。本顿·麦凯跟这些小屋毫无关系，但是这些小屋完全符合他的设想——节俭、乡村风味、有益身心的集体性——我心里暗暗一震，意识到假如他的关于在小道边建造一连串的旅舍的梦想得以实现，那一定就是现在这个样子的。我所幻想的门廊上摆满了摇椅的那种轻松、温馨的庇护所实际上更像是新兵训练营里的片刻休息（而且，如果用阿巴拉契亚小道俱乐部的收费标准作为参照的话，一定是相当昂贵的）。

我很快地算了一下，假定 50 美元是标准价格，那么一位普通的全程徒步旅行者如果每晚都在小道沿线的一个旅舍过夜，就得花费 6000 美元到 7500 美元。显然，这绝对是不可行的，也许让一切照旧反而好一些。

当我们走出小屋，开始沿着一条通往弗兰科尼亚峡口的支道往下转回山里去时，阳光微弱地照着。我们下山的时候，阳光的威力加强了，把我们送回 7 月里的一个晴朗天，空气暖洋洋的，点点阳光和鸟啼迷人地点缀着树木。当我们在薄暮时分来到汽车旁时，我身上已经几乎完全干了，我在拉法耶特山（现在它正衬着蓝莹莹的天幕沐浴在强烈的阳光下）上短暂的恐惧似乎已经是一段遥远的记忆了。

我们钻进汽车时，我瞥了一眼我的手表，它显示着差 2 分 11 点。我摇晃了一下手表，饶有兴趣地注视着秒针开始恢复走动。

第 18 章

历史悠久的象征

1934 年 4 月 12 日，华盛顿山山巅气象站的一位气象学家萨尔瓦多·帕格留卡经历了一场空前绝后的体验。

说得客气一点儿，华盛顿山有时候风有点大，而这一天是个风特别大的日子。在过去的 24 小时内，风速从未低于每小时 107 英里，阵风的速度则常常还要高。当轮到帕格留卡记录下午的读数的时候，风力很强，所以他在自己的腰上拴了一根绳子，请两位同事拉住另一端。当时，那两个人要打开气象站的大门都很困难，并且需要使出全身力气，使得帕格留卡不至于像个人形风筝那般飞走。他是怎样设法走到气象仪器边记下读数的已无法查考，他最后跌跌撞撞地回来的时候说了句什么话也已经湮没无闻，不过“天哪！……”看起来倒是可能的。

可以肯定的一件事是，帕格留卡刚刚体验了时速 231 英里的地表风速。在其他地方，从来没有记载有与这个速度相近的数字。

在《地球上最坏的天气——华盛顿山气象站的历史》中，威廉·洛威尔·普特南严肃地写道：“地球上的某些天气严酷的地方可能不时会有更糟的天气，但是这种天气还有待于被可靠地记录下来。”华盛顿山气象站的许多其他记录中包括：损毁的气象仪器最多，24 小时之内风最多（将近 3100 英里），风冷度最低［时速 100 英里的风速与零下 47 华氏度（约 -44℃）的结合，其烈度即使在南极也无可比拟］。

华盛顿山之所以有这种奇异的极端天气，主要倒不是由于它的高度和纬度（尽管两者都是影响因素），而是由于它正好坐落在加拿大和五大湖的高纬度天气系统与大西洋或美国南部吹来的湿润、相对温暖的空气的联合影响处。因此，它每年的降雪量达 246 英寸，积雪达 24 英尺。在 1969 年的一场令人难忘的暴风雪中，山顶上三天落了 98 英寸高的雪（相当于 8 英尺）。大风是这里的一个特色，在冬季三天里有两天，在一年中有 40% 的日子的风速达到飓风的水平（时速超过 75 英里）。由于这里的冬季漫长而严酷，山巅的年平均气温仅有 27 华氏度（3℃）。夏季平均气温是 52 华氏度（11℃）——比山脚的温度低整整 25 华氏度（8℃）。这是一座严酷的山，然而人们还是向上攀登，或至少试图攀登，甚至是在冬季。

在《走入大山》中，麦琪·斯泰尔和罗恩·麦卡多记录了新罕布什尔大学的两位学生德里克·廷厄姆和杰瑞米·哈斯如何决定在 1994 年 1 月份徒步行走整条总统山脉——包括华盛顿山在内，一共有七座山峰，都是以历届美国总统的名字命名的。尽管他们都是经验丰富的冬季徒步旅行者，而且准备充分，但是他们事先肯定没有想象到他们会遭遇的情况。在他们旅行的第二夜，风速升到每小时 90 英里，气温则猛降到零下 32 华氏度（约 -36℃）。我曾在平静的状况下经历过零下 25 华氏度（约 -32℃）的低温，我可以告诉你，即便是浑身包裹严实，还靠着室内的一些余温，在一两分钟之内也会感到明显不舒服。这两个人不知怎么熬过了一夜，但是第二天，廷厄姆宣布他不能再朝前走了。哈斯帮助他钻进一个睡袋，然后自己跌跌撞撞地挨到离那儿 2 英里多一点儿的气象站。尽管他冻伤十分严重，可总算捡了一条命。他的朋友第二天被人发现，“半个身子在睡袋外面，冻得结结实实”。

还有几十个别的人在远非那么严酷的条件下死在华盛顿山上，其中一件最早、最出名的案件是一位名叫莉齐·布尔讷的年轻妇女之死。她在 1855 年华盛顿山开始吸引旅游者不久，决定与两个男性旅伴一起，在一个温暖得有如夏日的 9 月的下午漫游这座山。正如你已经猜到的那样，天气突然变化，这几个人发现自己在大雾里迷了路。不知为何，他们分散了。两名男子设法在夜幕降临后来到山顶上的一所旅馆，第二天，莉齐被人发现，位置离旅馆只有150英尺，但是已经死了。

一共有一百二十二个人在华盛顿山丧生，直到最近这个纪录被阿拉斯加州的迪纳利山超过为止，这座山是美国死人最多的山。所以，几天后，当无畏的阿卜杜医生和我从山脚开始我们的第二次伟大攀登的时候，我带上了足以横越北极的备用衣服——防水布、羊毛衫、外衣、手套、备用的裤子以及长内衣裤。我再也不能在高处挨冻了。

华盛顿山是雾山以北、6288 英尺高的落基山以东的最高山峰，很少有天气晴朗的日子，而这一天是个大晴天，所以人们都大举出动了。我们在早上 8 点钟到达平克汉姆游客中心，在那儿的停车场上，我看到了七十多辆汽车，而且每分钟还有许多车从不同的方向拥来。华盛顿山是白山山脉最著名的山峰，而我们所选择的塔克曼深谷路线是走的人最多的上山之路，每年大约有六万名徒步旅行者循着塔克曼深谷路线登山，不过其中有许多人是乘坐交通工具上山顶，再徒步下山的，所以这个数字大概有点误导性。无论如何，在晴朗温暖、天空蔚蓝、天气趋势十分良好的 7 月下旬的日子，登山客无非也就是中等数量而已。

登山的容易大大超出了我所奢望的，即便是现在，我也不习惯不背着大背包登上大山的新鲜感，这样的轻装上路真是大不相同。我不想说我们是跳跃上山的，但是考虑到我们在 3 英里多一点儿的路程中需要攀登将近 4500 英尺的高度，我们是用一种相当稳定的步伐攀登的。我们花了 2 小时 40 分钟的时间走完了全程（比尔的白山山脉徒步旅行指南者建议的步行时间是 4 小时 15 分钟），所以我们感到相当自豪。

阿巴拉契亚小道沿线也许有比华盛顿山更加艰难和令人兴奋的山峰可以攀登，但是没有一座山峰比它更加令人惊奇。你辛苦地登上最后一段陡峭、崎岖的山坡，来到一块险峻的高地，伸出头从边上望去，迎接你的是一个宽广、层梯状的停车场，停满了汽车，在炎热的太阳下熠熠发光。再过去一点儿，散布着房屋，一群群身穿短裤、头戴棒球帽的人在其间走来走去，那景象就像把外面世界的集市古怪地移到了山顶。由于我们在阿巴拉契亚小道沿线习惯于在山顶上只看到寥寥几个人，都是同我们一样辛苦攀登才到达顶峰的，所以这个景象实在令我们眼花缭乱。华盛顿山的游客可以在一条曲折的收费公路上驾车前来，也可以从那一边乘坐爬山火车过来，因此几百个人——看上去有成百上千个人——都利用了这些设施。山上到处都是这些人——晒着太阳，靠在观景平台的栏杆上，在各种商店和小吃店之间闲逛。有几分钟，我感到自己像是一个外星来客。我喜欢它，当然，这个景象像是一个噩梦，但我高兴的是它只存在于一个地点，它使得小道的其余部分看上去十分完美。

人群中央是一栋丑陋的混凝土建筑“山顶信息中心”，它装着大窗子，设有宽阔的观景平台，还有一个极其热闹的自助餐厅。进门处是一张巨大的名单，上面写着在这座山上死亡的人以及原因，打头儿的是来自约克夏布里德林的弗雷德里克·斯特里克兰，他在 1849 年 10 月在一场风暴中徒步旅行时迷了路，接下来的是一大堆不幸的惊险事件，最后是仅在三个月之前，两名徒步旅行者在一次雪崩中遇难。1996 年刚过了一半，已经有六个人在华盛顿山丧生了，这确实是个发人深省的统计数字，而布告板上还有充裕的地方可供写上更多的人。

地下层里有个小小的博物馆，陈列着有关华盛顿山的气候、地质学和特色植物标本之类的展品，但是特别吸引我的，是一部名为《冠军的早餐》的滑稽电视短剧，我估计这是那些气象学家制作的用来自娱自乐的。它是在山顶平台上用一架固定的摄像机摄制的，拍摄的是在山上的一次著名的大风里，坐在好像是个露天餐馆里的一张桌子边的一个男人。这个人正在用臂膀把桌子抱住，在此同时，一位服务员显然非常艰难地顶着大风走过来，犹如一个插上翅膀的人行走在 3 万英尺的高空。他试图给这位顾客斟一碗麦片，但是麦片全部从纸盒子里飞出去了。然后他添加牛奶，但牛奶也朝着同一方向飞洒出去（大部分洒在那个顾客的身上——这是个特别逗乐的时刻）。接着，碗飞走了，我记得紧跟着的是金属餐具，再下去桌子开始动了。影片至此戛然而止。片子拍得真好，我看了两遍，接着出去找比尔，让他也看看。我没法在乱糟糟的人群中找到他，于是我走到室外的观景平台上去，观看爬山火车咔嗒咔嗒地上山来，一边开，一边喷出大团的黑烟。它在山顶站停下来，从里面推推挤挤地又下来几百个快乐的旅游者。

华盛顿山的旅游事业可以追溯到很久以前，早在 1852 年，山顶就有一家餐馆，每天要供应大约一百顿饭菜。1853 年，山顶建造了一栋石头砌的名为“顶顶”的旅馆，立即取得了成功。后来到 1869 年，一位名叫西尔维斯特·马奇的企业家建造了有嵌齿的爬山火车铁轨，这是全世界第一条嵌齿铁轨。每个人都怀疑他大概是疯了，认为即便他成功地建造了铁轨——连这一点也是可怀疑的——也不会有什么需求。事实上，现在从火车里出来的一大帮子人表明，人们还没有厌倦这条铁路呢。

铁路开通 5 年后，老的顶顶旅馆被一家豪华得多的峰顶宫酒店所取代，接踵而来的是一栋 40 英尺高的大楼，还装着五彩探照灯，灯光在整个新英格兰，甚至远在海上都能看得见。在 20 世纪后期，一家日报作为一件夏季的新奇事物在山顶出版，美国运通设立了一个办事处。

与此同时，在平地上的生意也做得热火朝天。就现代旅游业的理念来说，也就是大批人到一个宜人的地方去旅行，抵达时发现有许多消遣方式等待着他们，这基本上是白山山脉的发明。多达 250 个房间的大型酒店在每一个峡谷拔地而起，这些建筑都以活泼自如的家庭风格建造，犹如把小别墅放大到医院或疗养所的规模，都是些装饰得极其华美繁复的结构，可以跻身人类最大、最复杂的木质建筑之列；屋顶曲折蜿蜒，点缀着塔楼和角塔，以及维多利亚时代的人能够设想出来的苦心经营的其他建筑标志。这些酒店有冬季花园和沙龙，可以容纳 200 位顾客的大餐厅，还有像远洋班轮的散步甲板那样的门廊，客人们可以在其中呼吸有益健康的空气，一览重峦叠嶂的自然美景。

比较优质的酒店确实是非常之优质，位于弗兰科尼亚峡口的侧影馆大酒店拥有一条它自己的通往 8 英里外的伯利恒岔道口的私人铁路；它的产业内有 21 个小别墅，每个别墅都有多达 12 个卧房。枫林大酒店有它自己的赌场。克劳福德宫大酒店的住客可以在特别运来的 9 种纽约和波士顿的日报中任选一种。只要是新奇的、令人兴奋的东西，像电梯啦，煤气灯啦，游泳池啦，高尔夫球场等，白山山脉的各家酒店总是率先提供。到 19 世纪 90 年代，白山山脉已经星罗棋布着二百家酒店。世界上其他地方没有如此豪华的酒店群，建造在大山里的更是绝对不可能有，然而现在，这些酒店差不多都消失殆尽了。

1902 年，在布雷顿森林开设了这些酒店中最豪华的一家——华盛顿山大酒店，它坐落在一片宽敞的草地上，背靠着总统岭。这座酒店是以建筑师们乐观地描述为“西班牙文艺复兴”的庄严风格建造的，达到了优美和奢华的极致，拥有 2600 英亩的栽培土地、235 个客房，以及大堆的金钱可以买到的每一个精美的细节。仅仅是为了做墙面，开发商就请来了 250 名意大利工匠，然而这座酒店在当时就已经不合时代潮流了。

时尚在不断变化，美国的度假人发现了海滨。对于现代口味来说，白山山脉有点沉闷，远了点，贵了点，更糟的是，它们开始吸引一批不对路的人——波士顿和纽约的暴发户。最后，也是最重要的，是有了汽车。酒店的设计者是希望客人们至少住上两个星期，但是汽车给了他们自由流动的能力。在 1924 年版的《从汽车里看新英格兰的公路和小路》中，作者充满激情地大谈白山山脉无与伦比的壮丽景色——弗兰科尼亚飞流直下的瀑布、华盛顿山雪花石膏山崖的雄伟风貌、像林肯和伯利恒这类小镇的神秘魅力，并且竭力鼓励游客花上整整一天一夜游览这条山脉。美国不仅正在进入汽车时代，而且正在进入一个注意的广度受到引导的时代。

酒店一家接一家地关门大吉，被废弃，或者经常是烧成一片白地（常常如同发生奇迹一样，几乎唯一留存下来的东西是一张保险单），而它们的地基慢慢地又变回森林。一度从山顶上可以看到约莫二十家大酒店，而今天只剩了一家华盛顿山大酒店，它漂亮的红色屋顶使得整座建筑依旧宏伟，似乎带有节日气氛，但这种孤独的壮丽中有一种无法避免的凄凉之态。（甚至这家酒店也不时在破产的边缘勉强挨过。）在我们下方远处的整个宽阔的山谷里的其他地方，一度曾骄傲地矗立着法比安、欢乐山、克劳福德宫，以及许多别的大酒店，而今只有森林、公路和汽车旅馆。

白山山脉的休养胜地酒店的黄金时代，从开始到结束仅仅持续了50年。我要再次向读者诸君提出，阿巴拉契亚小道才是悠久历史的一个象征。我把这一点记在心上，出去寻找我的朋友比尔，完成我们的行走。

第 19 章

明天会好一些

“我有个好主意。”斯蒂芬·卡茨说。我俩是在汉诺威我家的起居室里。时间是两个星期之后，我俩打算在早晨出发去缅因州。

“噢，是吗？”我说，尽量让我的语气听起来不太厌烦，因为想主意并不是斯蒂芬的强项。

“你知道背着一个满满的背包有多么难受，对吗？”

我点点头，我当然知道。

“嗯，那天我在想这个问题。事实上，这个问题我想了好久了，因为，老实告诉你，布莱森，一想到重新背上那个背包，我就充满那种……”他把声音降低了一个音阶，“该死的恐惧。”他严肃地点点头，重复了两个关键词，“后来，我有了个很好的主意，一种替代的办法，把你的眼睛闭上。”

“为什么？”

“我要给你惊喜。”

我不喜欢为得到一个惊喜而闭上眼睛，一向不喜欢，但是我照他的话做了。

我能听见他在他那个军队剩余物资……行李袋里翻寻。“谁会成天背着很重的东西？”他继续说，“这是个我问自己的问题。谁会天天背着很重的东西？哎，你还不能看。然后，我突然想到……”他沉默了一会儿，好像是在做能够保证完美印象的某个重大的调整，“好啦，现在你可以看了。”

我把遮在眼睛上的手拿掉。卡茨毫不谦虚地笑着，挎着一个《得梅因记事报》的投递袋，是报刊投递员通常挎上肩膀、跳上自行车去按户送报的那种鲜黄色的袋子。

“你不是在开玩笑吧？”我不动声色地说。

“我一辈子从来没有这么严肃，我山里的老朋友，我帮你也带来了一个。”他从他的行李袋里拿出一个给我，还原封未动，装在一个透明包装袋里的。

“斯蒂芬，你不能背着一个送报袋穿越缅因州的莽原呀。”

“为什么不能？这个袋子舒适，容量很大，又防水——差不多足够了——而且全部自重只有100克左右，这是个完美的徒步旅行装备。让我问你一句话，你几时看到过一个送报员生疝气的？”他自鸣得意地轻轻点了点头，好像他的这个问题把我问倒了。

我想说点什么，踌躇着动了动嘴巴，可是卡茨还没有等我把思路整理停当就抢在我前面说话了。

“我的计划是这样的，”他继续说，“咱们把背上的重量降到最低——不要炉子，不要煤气瓶，不要面条，不要咖啡，不要帐篷，不要收纳袋，不要睡袋。咱们徒步走路，像山里人那样宿营。当年丹尼尔·布恩有没有一个纤维填充物睡袋？我想他没有。咱们带的东西只是冷的食物、水瓶，也许还有一套替换衣服。我估摸着咱们能把负重降到 5 磅，还有……”他把手伸进空的送报袋，开心地摇动着，“咱们把所有东西都放在这里边。”他的表情恳求我对他大加称赞。

“你有没有想过你会是一副什么怪模样？”

“想过，管他呢！”

“你有没有想过你会让从这里到卡塔丁这一路上碰到的每一个人笑破肚子？”

“我才不在乎呢。”

“好，你有没有想到过，如果森林管理员发现你挎着一个送报袋出发去百英里莽原，他会怎么说？你知不知道他们有权扣留他们认为头脑或身体不健全的人？”这实际上是哄骗他，可是卡茨皱了一下眉头，这倒是个有希望的迹象。“还有，你有没有想到过，也许送报员不生疝气的原因是他们每天只背一个来小时送报袋，要是一连 10 小时挎着它爬山过岭，说不定也不是那么舒服的，说不定它会没完没了地拍打着你的腿，把你的肩膀磨破？你瞧，它已经把你的脖子磨红了。”

他的眼睛偷偷地朝下看了看送报袋的带子，卡茨和他的想法的一个优点是，劝他放弃他的想法从来就不是一件很难的事情。他把带子绕过头，放下送报袋。“好吧，”他同意地说，“去他的袋子吧，可是咱们得轻装。”

他的话使我非常满意，事实上，这看来是一项完全切合实际的建议。我们往背包里塞进的东西超过了卡茨想要的——我坚持要睡袋、保暖衣物和我们的帐篷，理由是路途可能比卡茨所意识到的要艰苦得多，不过我同意不带炉子、煤气瓶和一些锅罐。我们将吃冷食，主要是士力架巧克力、葡萄干，以及一种叫“苗条吉姆”的萨拉米香肠制品，吃两个星期这类东西是死不了的，再来一碗面条我可受不了啦。总的算起来，我们每人大概少带了5磅重量，实在也算不了什么，可是卡茨却格外高兴。照着他的话办，即使只是一部分，他也很高兴，这可不是经常发生的事呀。

于是，第二天，我太太开车送我们进入缅因州北部无边无际的森林的深处，以便我们徒步穿越百英里莽原。缅因州是个容易使人误解的州，它的面积在美国各州中排倒数第十二名，但是它所拥有的无人居住的森林的面积多达1000万英亩，是各州中除了阿拉斯加州以外最多的。从照片上看起来，它十分宁静，令人向往，甚至有如公园，有几百个清凉、湛蓝的湖泊，绵延许多英里的静谧、烟笼雾罩的起伏山岭，只有上部山坡岩石嶙峋、雄伟壮丽的卡塔丁山看上去才有些令人望而生畏。事实却是，整个行程都十分艰难。

缅因州的小道维修人员像是豪迈地致力于寻找最崎岖的攀登地点和最险峻的山坡，而这一类地点缅因州多得令人倒吸一口冷气。阿巴拉契亚小道在缅因州的283英里的路程中，要求朝北走的徒步旅行者攀登将近10万英尺，相当于三座珠穆朗玛峰。它的中心地区就是著名的百英里莽原，从蒙松村延伸到设在卡塔丁山下几英里处的阿博尔桥头的一个公共营地的一条全长 99.7 英里的北部山区森林小道，没有一家商店、一座房屋、一个电话，也没有一条铺设的道路。这是整条阿巴拉契亚小道最为偏僻的部分。万一在百英里莽原出什么事情，只好全靠你自己，你可能仅仅因为一个感染的血泡而死在那里。

大多数人需要一星期到 10 天通过这片恶名昭著的莽原，由于我们有两个星期，我太太把我们送到了卡拉屯克，这是肯尼贝克河畔的一个偏僻地点，离莽原的正式起点蒙松村有 38 英里路。我们有三天时间可以活动身体，并且可以在蒙松村补充给养，然后义无反顾地进入森林的最深处。在卡茨到来前的一个星期里，我已经在伦奇利和旗杆湖一带朝西徒步行走过一小段路，作为一种侦察，所以我感到我对这里的地形已经有所了解，即便如此，这仍然是一次震惊。

这是我将近四个月以来第一次背上一个装得满满的背包，我无法相信它的重量，压力立即就产生了，而且令人气馁，但至少我是在徒步旅行。很快，显而易见的是，卡茨是在从头做起——事实上，真正从头做起还得吃上几十顿薄饼早餐才算开始。从卡拉屯克起有一条 5 英里长的和缓上山路，通往一个名叫欢乐潭的大湖，一点儿也不累人，但是我立刻注意到，他正在小心翼翼地前进，喘着粗气，脸上带着一种“我在哪里？”的震惊表情。

当我问他还好吗的时候，他只用一种惊异的语调叫了一声“够呛”。而 45 分钟后，当他在第一个休息点从背上卸下他的背包时，他边喘气，边从内心发出了一声拖得很长的“哎哟”，听起来就像有人一屁股坐到一个鼓鼓的坐垫上时发出来的那种声音。那是个闷热的下午，卡茨身上的汗流成了河。他拿出一个水瓶，一下子喝掉了差不多半瓶水。然后他用一种静静的、绝望的眼光看看我，再度背上背包，一言不发，继续他的任务了。

欢乐潭是一个度假区，我们可以听见大约100码之外泼水和游泳的孩子们欢乐的尖叫声，但是我们无法透过树木看到一点点湖的影子。事实上，要不是他们的欢呼声，我们是不会知道湖在那边的，这个事实清楚地提醒我们森林有多么令人气闷。再往前走，矗立着中山，它只有2500英尺高，但是峰峦尖峭，而且在一个大热天，背负着深深勒进柔嫩的肩膀里的累赘背包爬上这座山，完全是别有一番滋味。我毫无乐趣地朝着山顶攀登，卡茨很快落得很远，拖着脚，缓慢地前进。

我到达另一边的山脚时已经过了6点钟，发现在一个叫贝克溪的地方的一条很少使用、青草萋萋的运木道路边有个像样的野营地。我等了卡茨几分钟，然后搭起我的帐篷。过了20分钟，他仍然没来，于是我就去找他。当我终于找到他，他已经落在我的后面将近一个小时了，他目光呆滞。

我把他的背包从他的身上解下来，发现背包很轻，这个并不意外的发现使我叹了一口气。

“你的背包怎么啦？”

“噢，我把有些东西扔了。”他不开心地说。

“什么东西？”

“哦，衣服、杂物什么的。”他似乎拿不准是该难为情还是采取好斗的态度，他决定采取好斗的态度，“那件讨厌的羊毛套衫就是其中之一。”我们曾经就是否需要羊毛衣服有过几句争论。

“可是天气可能会变冷的，山里的天气变化是很大的哟。”

“没错，是这样的。但现在是 8 月份，布莱森，我不知道你有没有注意到。”

看来想跟他讲道理是没有多大意思了。当我们到达营地，他搭起他的帐篷时，我看了一眼他的背包。他已经扔掉几乎全部备用衣服，看上去还扔了大量食品。

“花生在哪里？”我说，“你所有的‘苗条吉姆’呢？”

“咱们可不需要所有那些破烂货，再过三天就到蒙松了。”

“那些食品大部分是准备在百英里莽原上吃的，斯蒂芬，我们还不知道蒙松会有些什么样的补给品呢！”

“哦，”他看上去受到震动，醒悟过来了，“我是以为只吃三天太多了。”

我绝望地朝他的背包里看，然后四处看看：“你另外一个水瓶哪儿去了？”

他局促不安地瞟了我一眼：“我扔了。”

“你连水瓶也扔了？”这实在太雷人了，如果说你在 8 月里走在阿巴拉契亚小道上最需要一件什么东西的话，那就是大量的水。

“太重了。”

“水瓶当然重，水总是重的，但是它还是至关紧要的呀，你说呢？”

他无助地看了我一眼：“我只是想摆脱一点儿重量，我走投无路了。”

“不，你这是愚蠢。”

“是的，我也蠢。”他同意。

“斯蒂芬，我希望你别再干这种傻事了。”

“我知道。”他说。看上去他真诚地悔悟了。

他搭好他的帐篷后，我出去过滤明天早晨用的水。贝克溪真的是一条溪流，宽阔而清浅，在夏日的夕照里，映衬着上方的树木，最后的阳光在溪面上熠熠发光，景色非常秀丽。当我跪在溪边，我好奇地意识到，我的左侧远方的森林里有东西——某种东西令我站直身子，透过溪边的树叶丛望去。天知道是什么促使我看过去，因为在淙淙的溪水声中我是不会听见任何声音的，然而在15英尺开外的昏暗的林下灌木丛中，用一种悲戚的表情盯着我看的，是一头麋鹿—— 一头完全长成的雌性麋鹿，或者说我是这么推测的，因为它没有角。显然它正在走向溪边饮水，因看到我在而突然停步，此刻显然还没有决定下一步该怎么办。

在森林里与一头比你的身躯大得多的野兽突然相逢，是一种不寻常的经历。毫无疑问，你知道它们在那儿生活，但是你从来没有预料到会与它们迎面撞见，更不用说是这么近的距离了——这一头近到我能看到一团像跳蚤似的昆虫绕着它的头部飞舞。我同它相互注视了好一会儿，谁也不能确定该怎么办。这种相遇具有某种明显、令人快意的冒险意味，但还存在着一些低调、温和得多的东西——眼光的持续接触所产生的一种尊重对方的相互确认。使人感到意外惊喜的乃是这样一种感觉——我们谨慎的相互打量之中有那么一点儿相互致敬的意思，我被这种感觉陶醉了。

使我感到沮丧的是，最近我读到的一些书刊上说，在新英格兰，人们已经再次开始猎杀麋鹿。天知道为什么有人想要开枪打死像麋鹿这样无害、与世无争的动物，但是有成千上万的人这样做——事实上，人数已经多到各州需要用抽奖的办法来决定谁能拿到许可证。1996 年，缅因州收到 82000 份申请，竞争仅仅 1500 张许可证。有 12000 名外州人很高兴地付出不会退还的 20 美元，只是为获准参加抽奖。

猎人们会告诉你，麋鹿是一种狡猾、凶猛的森林动物，这是胡说。麋鹿就像一头 3 岁孩童都能牵的母牛，如此而已。毫无疑问，麋鹿像是一种最不可能生活在野外的动物，简直令人爱怜。它身上的每一部分——它那瘦弱的腿、它那惯常的困惑表情、它那滑稽的烤炉手套似的鹿角——看上去像进化过程中的一个离奇的玩笑。它的样子拙笨得出奇：奔跑起来好像它的四肢从来没有相互介绍相识似的。最要命的是，麋鹿的特点是极端缺乏智慧。如果你开车行驶在一条公路上，一头麋鹿从森林里走出来，蹿到你的车前，它会盯着你看好久（麋鹿的近视是出了名的），然后突然从你身边逃走，四条腿同时向多个方向摆动。尽管公路两旁有着几千平方英里的森林，但麋鹿是从来不去考虑这一点的。它对究竟发生了什么事一无所知，朝新不伦瑞克奔到一半，它那奇特的步伐使得它又往回朝着森林里跑，进了森林，它蓦然停下，显出一种吃惊的表情，好像在说："喂，森林，我怎么会跑到这儿的呢？"事实上，麋鹿的糊涂程度无以复加，以至于它听到一辆汽车驶近，常常会猛然冲出森林，奔上公路，好奇地希望车子会给它带来安全。

令人惊奇的是，尽管麋鹿不够机敏，生存的本能又特别钝笨，但它却是在北美生存时间最长的动物之一。乳齿象、剑齿虎、狼、北美驯鹿、野马，甚至骆驼一度曾与麋鹿一起在北美东部繁衍生长，然而这些动物全都渐渐灭绝，而麋鹿仍然艰苦地生存了下来。不过情况并不是一向如此的，在本世纪初，据估计，新罕布什尔州的麋鹿不超过12头，佛蒙特州很可能连一头也没有。如今，新罕布什尔州的麋鹿估计有5000头，佛蒙特州有1000头，而缅因州则超过30000头。正是由于这个庞大而不断增长的数字，政府才再次允许打猎，以防这些动物多得失控。但在这方面，我想到了两个问题。一是这些数字实际上只是一种猜想。麋鹿显然不可能排队接受"麋口"的调查。有些博物学家认为，麋鹿的数量可能被高估达20%之多，这意味着错杀麋鹿并不是剔除多余的，而是大肆屠杀。同样不妥当的是，杀戮像麋鹿这样一种谦逊到可爱和愚笨程度的动物，从深层来讲毫无疑问是一种错误举动。我可以用一把弹弓、一块石头和一根棍子——我几乎可以打赌甚至用一卷报纸——把它杀死，可是它除了饮一口水之外别无所求，这跟猎取一头母牛还不是一样吗？

我蹑手蹑脚地走开，以便不惊扰它，去寻找卡茨了。当我们回来时，麋鹿已经走到水边，在上游距我大约 25 英尺处饮水。“哇！”卡茨透了一口气，我高兴地注意到他也很激动。麋鹿抬起头看看我们，确定我们对它没有恶意，继续喝它的水。我们对它凝视了约莫 5 分钟，但是蚊子在咬我们，所以我们退回来，回我们的帐篷去，感到非常得意。这场相遇好像是一个确认——我们现在确实在野外啦，也是对于一天辛苦跋涉的一番令人快慰、完全相称的回报。

我们吃了“苗条吉姆”、葡萄干和士力架巧克力当作晚餐，钻进我们的帐篷，以逃避蚊子没完没了的进攻。我们躺在那儿，卡茨相当欢快地说：“今天太辛苦啦，我累死了。”钻进了帐篷还在聊天可不像他的风格呀。

我咕哝了一句，表示同意。

“我已经忘记什么时候这么累过了。”

“不错，我也是。”

“不过头几天总是很累的，对吗？”

“对。”

他嘘了一口气，表示安置好了，开始唱歌似的打哈欠。“明天会好一些。”他说，仍然打着哈欠。我想，这表示他再也不会把任何讨厌的东西扔掉了。“好吧，晚安。”他加了一句。

我在帐篷里惊讶地注视着他的声音传过来的那个方向。在我俩一起野营的这么多个星期里，这是他第一次祝我晚安。

“晚安。”我说。

我侧过身来睡，当然，他说得对，开头几天总是很累的，明天会好一些。几分钟后，我俩都睡着了。

嗐，我们都错了。第二天一开始情况不错，黎明时阳光照耀，预示着又是个大热天。这是在阿巴拉契亚小道上行走以来，我们第一次醒来时这样暖和，对这种新奇现象我们都感到高兴。我们捆扎好帐篷，吃了葡萄干和士力架巧克力当早餐，出发进入森林深处。到了 9 点钟，太阳已经升得老高，阳光强烈。即便是在燠热的日子里，森林通常仍然十分凉爽，但是这里的空气闷热，充满水蒸气，几乎像是在热带。出发后两小时左右，我们来到一个面积 2 英亩左右的潟湖，湖里满是芦苇、倒下的树木，以及仍然竖立着的枯树的残株，蜻蜓在湖面上飞舞。在远处等待我们的，是一座名为莫克西秃山的巨大山峰。但是我们立即注意到，小道在湖边突然令人不知所措地断了。卡茨和我面面相觑—— 一定是有什么地方出错了。自从离开佐治亚州以来，我们第一次怀疑自己是否偏离了小道。（天知道如果小鸡约翰碰上这种事会怎么办。）我们循着来路往回走了相当长的一段路，困惑地研究我们的地图和小道指南，试图找出另一条绕着湖滨，穿过茂密、扎人的林下灌木丛的小道，但最后得出的结论是，修路的人本意就是要我们涉水而过。卡茨侦察出在大约 80 码以外的远处的湖边，小道又出现了，还有一个白色的阿巴拉契亚小道树标。很明显，我们必须蹚水过湖了。

卡茨走在前面，赤着脚，穿着拳击短裤，手里拿着一根竹篙似的长棒，在一堆浸在水里的原木中摸索过湖。我用类似的方式跟在后面，但是保持足够的距离，以免把我的重量压在他踩的树干上。这些树干上面覆盖着一层滑溜溜的苔藓，一踏上去很容易吓人地上下颠动或者滑动，他有两次差点儿翻身跌倒。最后，在走了大约 25 码的时候，他彻底失去了重心，双臂乱摇，不幸地惨叫一声，栽进浑浊的湖水里。他跌到湖底，冒出来，再跌到湖底，再冒出来，疯狂地乱挥手臂，挣扎不已。我目瞪口呆，以为他要淹死了。他身上背包的重量明显地把他往下拉，阻碍他采取站立姿势，甚至使他不能将头保持在水面上。我正要扔掉自己的背包，跳下水帮助他的时候，他设法抓住了一根树干，挺身站起来，水没到了他的胸部。他抱住原木，重重地吐了一口长气，努力喘过气来，镇静下来。显而易见，他受了一次惊吓。

“你还好吗？”我说。

“噢，好极了，”他回答，“好得没法说啦。我不知道为什么他们不能在湖里放进几条鳄鱼，让这一幕成为一场真正的冒险。”

我继续前行，突然，我也扑通掉进水里。我有过几次从水面以不寻常的角度观察世界的超现实、慢动作的片刻经历，也有过双手无助地企图抓住一根够不着的原木、沉在水中观察世界的片刻经历——所有这些都发生在除了汩汩的水泡声之外的一片奇怪的静默中——这时，卡茨湿淋淋地来救助我了，他一把抓住我的衬衫，把我拉回一个光明、喧闹的世界，让我站稳脚跟。他的力气大得惊人。

“谢谢你。”我喘着气说。

“你别客气。”

我俩脚步沉重地涉水走向远处的湖岸，轮流跌进水里和帮助对方站起来，全身湿淋淋地走上覆盖着半腐烂的植被的烂泥湖滩，从我们的背包里倒出大量的水。我们除掉身上的负重，坐在地上，浑身湿透，精疲力竭，呆呆地望着潟湖，好像它刚刚跟我们搞了个可怕的恶作剧。我想不起我曾在阿巴拉契亚小道沿线的哪个地方，在一天这么早的时间就感到如此疲累。我们坐在那儿的时候，听到有人说话，两位嬉皮士模样、身体很棒的年轻徒步旅行者从森林里出来，走到我们背后，打量着湖水。

“恐怕你们得蹚水过湖了。”卡茨说。

其中一个徒步旅行者用一种还算友善的眼光看看他：“你们俩第一次来这儿徒步旅行吗？”

我们点点头。

“嗐，不是我想让你泄气，可是，先生，你们还是刚刚开始弄湿身子呢。”

说了这句话之后，他同他的伙伴把他们的背包举过头顶，祝我们走运，然后走入水里。他们用了大约 30 秒的时间利索地蹚水过湖——卡茨和我用了 30 分钟——走到对岸，好像是从一个洗脚池里走上来似的，之后，他们把干燥的背包放回肩上，稍微挥了挥手，走了。

卡茨若有所思地深深呼吸了一下—— 一半是叹气，一半只是试试自己是否还有再次呼吸的能力。“布莱森，我不是要悲观消极——我向上帝发誓我不是的——但是我不确定自己是不是适合这么做，你能不能像他们那样把你的背包举过头顶？”

“不能。”

讲了这个带有预兆性的词之后，我俩扎好背包，嘎吱嘎吱地朝着莫克西秃山进发。

阿巴拉契亚小道是我走过的最艰难的小道，而缅因州路段是阿巴拉契亚小道最艰难的部分，一部分是因为它的酷热。缅因州是各州中气候最为温和的，但是正在经历着一场热死人的热浪。在毒辣的阳光照耀下，莫克西秃山没有遮挡的花岗岩铺砌的山道像火炉一般酷热，甚至在森林里，空气也十分压抑、闷热，好像树木和树叶向我们嘘出一种炎热的植物式呼吸。我们无助地大量出汗，喝下超常量的水，但总是没法解渴。在有的时候，水是充足的，但更加经常的是很长一段路没有水喝，所以永远无法确定我们可以谨慎地喝下多少水，而不至于使我们过一段时间身体缺水。即便我们备足了水，也还是因为卡茨扔掉了一瓶而不够。最后，还要忍受那些无情的小虫、无法克服的孤立感，以及永远使人疲累的地形。

卡茨以一种我以前从来没有在他身上看到过的方式回应这一切，他表现出一种固执的决心，似乎解决这个问题的唯一方式是像一头公牛似的勇往直前，排除万难。

第二天早晨，我们很早就来到我们必须涉水而过的几条河流中的第一条。这条河名叫秃山溪，但实际上是一条河，宽阔，活跃，河里散布着一些巨石。在清早阳光的照耀下，流动的河水熠熠发光，清澈可喜，景色极为迷人，但是流水看上去十分湍急，从岸上无法测定河心究竟有多深。我的《阿巴拉契亚小道缅因州指南》漫不经心地指出，这个地区的几条大河“在涨水期间涉水而过可能是困难或者危险的”，我决定不让卡茨看这句话。

我们脱下鞋袜，卷起裤管，河底的石头形状大小各异，扁的、圆的、穹顶状的都有，脚踏上去很硬，而且上面覆盖着一层膜状的绿色黏质物，滑得要命。我刚走了三步，脚就滑出去了，屁股着地，跌得很疼。我挣扎着半站起来，但是滑了一下又摔倒了。我再次挣扎着站起来，朝旁边跌跌撞撞地走了一两码，无助地往前一直冲，用手撑地，免得又一次跌跤，然而已经成了一只落汤鸡。我登岸的时候，我的背包朝前滑动，我那双用鞋带缚在背包上的高帮鞋被投入一种受控轨道，绕过背包的一边，沿着一条长长的、相当漂亮的轨迹，击中了我的脑袋，接着扑通跌入水中，在波浪里悬荡着。当我蹲在那里，平和地呼吸着，告诉自己今天的事日后可成追忆的时候，有两个年轻人——几乎是我们在前一天看到的那两个年轻人的克隆版——头上顶着他们的背包，踏着自信的脚步，哗哗地大步过了河。

“摔倒了吗？”其中的一个笑嘻嘻地问。

“没有，我只是想靠近点看看河水。”省省你这愚蠢的挖苦吧。

我回到河岸边，穿上我那双被水浸透的高帮鞋，发现其实穿着它们过河要容易不知多少。高帮鞋穿在我的光脚上，有相当不错的吸力，脚也不会被石头磨破。我谨慎地过河，对河心水流的力量感到惊讶——每次当我提起一条腿的时候，水流都会有一种把它冲向下游之势，好像它是折叠桌子的一条桌腿似的。不过河水的深度从来不超过 2 英尺，我没有摔倒就到达了对岸。

与此同时，卡茨发现了利用河中石头当踏脚石的过河方式，不过他在看上去像是很深的一股哗哗的水流旁边停住了脚，一筹莫展，他皱眉蹙额地站在那里。我怎么也想不出他怎么会登上那块大石头的——那块石头孤独地立在一大片危险的湍急水流中，显然他现在不知道怎样才好。他跳进银色的洪流，想蹚过最后的 10 码到达岸上，但立刻像一片羽毛似的被水流卷走了。在两天里，我第二次真的以为他要淹死了——他确实孤立无援。还好水流把他冲到 20 英尺外一个铺满亮晶晶的卵石的浅滩上，他在那儿一边嘴里气急败坏地咒骂，一边用手和膝盖撑起身来，挣扎着走到岸边，也不回头看一眼，继续赶路，走进森林，好像这是世界上最正常的事情。

我们就这样，踏着坚硬的小道，渡过更多的河流，向蒙松挺进，身上的青肿、划伤和虫咬的痕迹越来越多，把我们的背部变成了浮雕地图。第三天，在森林里走得稀里糊涂、浑身邋遢的我们，自从离开卡拉屯克以来，第一次走上一条阳光照耀的道路，顺着这条路紧走慢走，进入了蒙松这个被遗忘的山村。村中心，有一栋外墙装着楔形保护墙板的老房子，草地上竖着一个木刻的大胡子徒步旅行者的彩色塑像，身上有一行字：“欢迎来到萧氏旅舍。”

萧氏旅舍是阿巴拉契亚小道上最有名的旅舍，部分是因为这是进入百英里莽原的人最后一个舒服的休息点，也是从莽原出来的人第一个舒服的休息点，也是因为这里非常友好，收费合理。每人付28美元可以住一个房间，吃一顿晚餐和一顿早餐，还可以免费使用淋浴设备、洗衣房和休息厅。这个地方是由凯斯和帕特·萧经营的，他俩在20年前创办这个旅舍多少出于偶然，当时凯斯把一名饥饿的徒步旅行者从小道上带到家里，那位徒步旅行者把话传出去，说他受到了怎么怎么好的招待。我们办理入住手续的时候，凯斯自豪地告诉我，就在几个星期前，他们已登记了两万人次的徒步旅行者的入住。

距吃晚餐还有一个小时，卡茨向我借了5美元——我猜是去买饮料——躲进了他自己的房间。我冲了个淋浴，把一堆衣服放进洗衣机，踱到屋前的草地上，那儿有几张阿迪朗达克的椅子，我打算坐在上面歇一会儿，抽抽烟斗，体味一下傍晚愉快悠闲的时光，快乐地等待着一顿晚餐。从附近的一扇纱窗中传来烧煮食物的吱吱声和锅碗瓢盆的乒乓声。味道真香，不知在煮什么。

一分钟后，凯斯出来，坐在我的旁边。他是一位老先生，有六十好几岁了，他的牙齿已经几乎全部落光，他的身体看上去似乎曾受过各种苦难，他的态度非常友好。

“你不养狗当宠物吧？”他说。

“不。”我已经看到它了——一条拴在后院的样子难看、凶恶的杂种狗，只要方圆100码内有任何动静，就会使它愚蠢、疯狂地兴奋起来。

“你可别去抚弄那条狗，听我说一句，你千万别去抚弄那条狗。上星期，有个徒步旅行者不听我的话去抚弄它，被它一口咬在蛋上。”

“真的吗？”

他点点头：“而且咬住不肯放，你没有听到那人那个哭声啊！”

“真的？”

“我只好朝那条该死的狗扔了一把耙子，硬叫它放开来，我一辈子从来没见过这么凶的狗。你千万别走近它，真的。”

“那个徒步旅行者怎么啦？”

“嗐，他那天当然过得不安稳啦，那是肯定的。”他沉思着搔搔他的脖子，好像是在考虑过几天该刮刮胡子了，“是个全程徒步旅行者，一直从佐治亚州走过来的。走了这么长的路，被狗咬了蛋。”接着，他走开去检查晚餐了。

晚餐是在一张很大的餐桌上吃的，桌子上慷慨地放着一盘盘肉、一碗碗土豆泥和玉米棒、一盘堆得满满的面包，还有一盆黄油。卡茨比我晚一会儿进来，看来刚冲过淋浴，非常高兴。他看上去不同寻常，几乎可以说是精神过于饱满，走过我身边时冲动地呵了我一下痒，实在不符合他的性格。

“你还好吗？”我说。

“从来没有比现在更好，我山里的老伙伴，从来没有比现在更好。”

另外两个人也坐到我们的餐桌旁来，是一对举止犹豫、样子拘谨得可爱的年轻夫妻，两人都晒得很黑，身体健康，非常干净。卡茨和我用微笑欢迎他们，然后开始动叉子，但我们立刻停下，把碗放在原处，因为我们发觉这对夫妻正在喃喃地做祷告。他们似乎祷告得没完没了，然后我们再次把叉子插进食物。

食物非常好吃，凯斯充当服务员，一再要我们多吃一些。“要是你们不吃就给狗吃了。”他说。我很高兴让那条狗去挨饿。

这对年轻夫妻是全程徒步旅行者，是从印第安纳州来的。他们在3月28日从斯普林格山出发——在现在这么个盛夏8月的傍晚，那看上去是个雪花飘飘、遥远得不可思议的日子了——连续行走了141天。他们已经走完2045.5英里，还有114.9英里的路要走。

“这么说，你们差不多要走完了，嗯？”我说，有点像说废话，但只不过是想攀谈而已。

“是的。”那女的说。她说得很慢，一字一顿，好像她以前没有想到过似的，她的举止中有一种安详的、大大咧咧的味道。

“你们有没有想过要放弃？”

那女的想了一会儿。“没有。”她简洁地说。

“真的吗？”我感到非常惊奇，“难道你们从来没有想过‘嗐，这太过分了。我不知道我是否真的有必要走完全程’吗？”

她再度想了一想，渐渐显出惊慌的神色，这些显然是她从来没有想过的问题。

她的伴侣来救她的驾了。“在早期阶段，我们有过一些情绪低落的时刻，”他说，“但是我们相信主，主的意志会决定一切。”

“赞美耶稣。”女的轻轻地，几乎听不见地说。

“啊。”我说。我要让自己记住上床时该把我的房门锁起来。

“为土豆泥，愿上帝保佑！”卡茨高兴地说，第三次伸出手去拿那个碗。

晚餐后，卡茨和我踱到大路过去一点儿的一家食品店，去买一些在百英里莽原上吃的食品，第二天早晨我们就出发去那儿了。他在食品店里的样子看上去颇为奇怪——相当开心，但有些心烦意乱，躁动不安。我们应该储存足够在莽原里吃 10 天的食品，这是件相当严肃的事，可是他看上去不想集中注意力，老是走开，或者拿一些如辣椒酱和开罐头刀之类的不适当的东西。

“喂，咱们买它个六罐装的。”他突然用一种社交聚会的口吻说。

“别这样，斯蒂芬，严肃点。”我说。我正在寻找奶酪。

“我是很严肃嘛。”

“你要切达干酪还是科尔比干酪？”

“随便。”他走到啤酒冷藏箱边，回来的时候手里拿着一包六罐装的百威啤酒。

“嘿，你觉得来一包六罐装的……老兄，六罐装的百威怎么样？”他轻轻推了一下我的肋部，来强调他的逗笑意味。

我心神烦乱地避开他的手。“好了，斯蒂芬，别无聊啦。”我已经走向糖果糕饼货架，正在考虑买哪些可以让我们维持 10 天而又不会熔化成一堆令人作呕的黏浆或者被压成一袋碎屑的东西。“你要买士力架巧克力还是试试别的什么东西？”我问道。

“我要百威啤酒。”他咧开嘴巴笑笑，接着，看我没有搭理他，突然用一种严肃、不开玩笑的口吻说，“求你啦，布莱森，我可以借……”他看看价格，“4 美元 79 美分吗？我身上没有钱啦。”

“斯蒂芬，我不知道你是怎么回事，把啤酒放回去。你说说，我给你的 5 美元哪儿去啦？”

“我花了。”

“买什么啦？”我忽然想起来了，“你又在喝酒了，对不对？”

“没有。”他坚定地说，像是在驳回一个荒谬而且可能是诽谤性的指控。

然而他是喝醉了，或者说至少已经半醉了。“你喝了。”我惊奇地说。

他叹了一口气，眼珠微微转了一下。“两夸脱的米雪洛布啤酒，有什么大不了的？”

“你一直在喝酒，”我感到惊骇，“你是几时重新开始喝酒的？”

“在得梅因，就喝一小点儿。你知道，下班后来两杯啤酒，用不着大惊小怪的。”

“斯蒂芬，你知道你不能喝酒。”

他不想听这句话，他的样子像是一个被责令打扫房间的 14 岁的男孩：“我不需要人家教训我，布莱森。”

“反正我不会买啤酒给你喝。”我心平气和地说。

他咧嘴笑笑，好像我是不可理解的假正经：“只买一包六罐装的，求你啦。”

“不行！”

我发火了，脸色铁青——好几年来也没有发过这么大的脾气。我无法相信他又恢复喝酒了，这个行为看上去是对于一切的一种深刻、愚蠢的背叛——对他自己，对我，以及我俩在这里做的事情。

卡茨的脸上还半挂着笑容，但情绪已经不对了。“这么说，我为你做了这么多的事情，你不肯为我买两罐该死的啤酒？”

他这话有点刁。

“不行。”我说。

“那就去你的吧！”他说完，转身走出去了。

第 20 章
美丽到令人痛苦

不错，你可以想象，这场风波在相当程度上影响了我们的关系。我俩谁也没有提起这件事，就让它悬在那儿。用早餐的时候，我俩互道了早安，多少有点像正常的样子，可是除此之外什么话也没说。后来，当我们等待凯斯的面包车开过来的时候（他答应把我们送到小道口），我们十分别扭地站着，一声不响，如同等着被传唤到法庭上去的一起房产纠纷案里的对立方。

我们下车时，看到森林边缘有一块指示牌，写着这里是百英里莽原的开始处，还写着一段很长、用词十分严肃的警告，大意是，前面的路程与小道的其他部分不同，如果你没有带上至少够 10 天吃的食物，或者没有那种像巴塔哥尼亚广告上的人物的感觉，就不应该走这段路。

这些文字使得这片森林带上了一种更加不祥的、灾祸临头的感觉。毫无疑问，这里的森林与南边的森林不同，它更黑暗，更幽深，更偏向于黑色而不是绿色。这里的树种也不同，低层针叶树较多，还有更多的白桦树；下层灌木丛中，星罗棋布着圆形的黑色巨石，犹如藏龙卧虎，使寂静的幽隐之地平添某种怪异的气氛。当年沃尔特·迪士尼摄制影片《小鹿斑比》的时候，他的艺术家们是以缅因州的大北方森林为基础创作出各种形象的，但可以明显感知到的是，这片森林并不是迪士尼影片里那种有宽敞林间空地和可爱小动物的森林，它使人想起《绿野仙踪》里的森林，在那里，树木长着丑陋的脸，用心恶毒，每走一步路都像是一场赌博。在这片森林里，藏着不时会赫然出现的熊、枝丫上倒吊下来的大蛇、长着激光般红色眼睛的狼、奇异的声音、突如其来的恐怖事件，一句话，就像梭罗简洁而神经紧张地形容的那样，是一处“站着的黑夜”之地。

小道上照例有许多树标，但树标所在的地方，常常是蕨类植物和其他下层树叶疯长，几乎在路中心交会融合成一片，使可见的小道缩成森林地面上一条剃刀锋似的细线。由于只有 10% 的全程徒步旅行者能走到这里，对于日间徒步旅行者来说，这里的距离又太远，缅因州部分的小道被人使用的机会要少得多，所以空间被树叶侵占了。最重要的是，使得这段小道与众不同的乃是它的地形。在外观上，阿巴拉契亚小道从蒙松到荒山这一段 18 英里的路程的地势看上去走起来并不费力，以 1200 英尺的稳定高度起伏延伸，只是有很少的几个陡起陡落的地方，但实际上走起来艰难至极。

不到半小时，我们来到一座石壁，这是许多座石壁中的第一座，高约 400 英尺。小道沿着石壁表面朝上攀升，就像一个电梯井那样。它陡得近乎垂直，是一座山坡所能达到的最大坡度了，但还不至于像攀岩那样。我们俩手脚并用，缓慢而辛苦地在大石之间翻越，寻路前进。除了劳苦之外，还有烦人的暑热，简直难以忍耐。我发现自己不得不每走 10—12 码路就停下来喘口气，从眼睛里擦去灼人的汗水。我像是在炎热中游泳，泡在炎热里，被裹在炎热里。我一路攀登，喝掉了四分之三瓶的水，将其余的大部分水用于浸湿我的包头帕，想让我搏动着的头部凉快一些。我感到已经过热和晕眩到了危险的地步。我休息得更加频繁，时间更长，希望能凉快一点儿，但是每当我再度出发，热浪又滚滚而来。我从来没有试过这么辛苦、这么疲累地去克服阿巴拉契亚小道上的一道难关，而这只是一系列难关中的第一道。

爬到石壁顶部，是几百码长的、稍有些斜度的裸露花岗岩，我们好像是走在一头鲸的背上。站在每个峰巅上环顾全景，可谓动人心魄。目光所及之处，唯有茂密的绿色森林、深蓝色的湖泊，以及连绵起伏的群山。许多湖泊水面宽广，很可能都还没有人类涉足过。能够深入世界上的一个隐秘角落具有强烈的吸引力，然而在热死人的毒日头下人们是不可能流连的。

接下来，是沿着另一边悬崖下去的艰难而令人气馁的任务，还得走一小段路，穿过一个阴暗的无水山谷，来到另一座石壁下。这一天就这样过去了，支撑我们继续前进的主要是伟大的攀登和但愿在下一座山上找到水的希望。卡茨很快就把水用光了，我让他喝了几口我的水，他感激地接受了，眼睛里透出请求休战的目光。然而我俩之间仍然有些不自然——有一种意识到情况已经变化、不会再同过去一样的不愉快的感觉。

那是我的过错，我给他的压力比平时更甚，时间更长，而且在没有同他商量的情况下，因为打破了一直在我俩之间存在的平衡状态而毫不婉转地惩罚他，卡茨则把这种惩罚看作自己罪有应得而默默地承受了。我俩走了14英里的路，在这种情况下要算是极为难得了，本来还可以再往前走，但是我们在下午6点半到达了一个名叫威尔勃溪的宽阔浅滩，因而停下了脚步。我们已经太累——就是说我太累——而不能涉水而过了，再说，在太阳快下山的时候把身上弄湿也未免太愚蠢。我们搭起帐篷，以一种不自然的客气态度，毫无欢乐地分享我们的口粮。即便我俩没有闹过意见，我们也不大会谈什么话——我们实在太累了。这是漫长的一天——上路以来最艰难的一天——还因为我们想到，我们还得走85英里的路才能到达阿博尔桥的野营地，还得走100英里的路才能到达考验我们的卡塔丁大山。

即使到那个时候，我们也不指望真正享受到舒适。卡塔丁山位于巴克斯特州立公园，那里以地形崎岖、供应匮乏著称。那里没有餐馆，没有旅舍，没有纪念品商店，也没有汉堡包摊，连一条铺砌的道路或一个公用电话亭都没有。公园本身坐落在一个无名地点的中心，从离得最近的小镇米林诺克特到那里得走上两天时间。我们可能还得过十来天才能吃上一顿正式的餐饭，有一张床可睡，看上去还有许多路呢！

早晨，我们默默地蹚过溪流——现在我们这方面的技术已经相当不错了——开始了对贫瘠的椅背岭最高峰的漫长、缓慢的攀登，我们必须翻越50英里的崎岖山顶，才能下山来到欢乐河河谷里的一个比较静谧的休息地点。地图上只是标出了这些山中间的三个冰斗湖，它们是冰川湖的残余，离小道都很远，除此之外，就根本没有什么水体的标示了。考虑到我们两人只能分享不到 4 升的水，天气已经很热，水源之间的漫长旅途，已经预示着这一天至少会是不舒服的。

登上荒凉山是一场艰苦的跋涉，大部分是陡直上升的路，而且全程十分炎热，不过我们的精力好像变好了，甚至卡茨也在比较轻快地前进。即便如此，我们走这 4.5 英里的上山路也花了将近一个上午。我比卡茨早一些时间抵达山顶，山顶是一片被阳光晒热的花岗岩，摸上去发烫，然而有一丝微风——这是多日来第一次——并且我在一座已经不用的消防塔下面找到了一个遮阴地点，这似乎是几星期来我第一次相对舒适地坐在一个地方。我往后靠靠，感到我能一连睡他一个月。10 分钟后，卡茨过来了，他用力喘着气，但是因为登上山顶而感到高兴，他在我身边的一块大石头上坐下来。我的瓶里还剩下大约 2 英寸高水，我把瓶子递给他，他非常客气地呷了一口，做出把瓶子还给我的样子。

“继续喝吧，”我说，“你一定渴了。”

“谢谢。”他也不客气，又呷了一口，把瓶子放下。他坐了一会儿，拿出一块士力架巧克力，一掰为二，把半块递给我。这个做法有点奇怪，因为我自己也有士力架巧克力，这他知道，但是他没有别的什么东西可以请客了。

“谢谢。”我说。

他咬了一口士力架巧克力，嚼了一分钟，突然没头没脑地说起来：“女朋友和男朋友在说话，女朋友对男朋友说：‘吉米，恋童癖这个词怎么拼写？’男朋友吃惊地看看她。‘天哪，亲爱的，’他说，‘对 8 岁的孩子来说，这是个大得不得了的词啊！’”

我笑了。

“那天晚上的事我很抱歉。”卡茨说。

“我也是。”

“我那时有点……我说不清。”

“我知道。”

“有时候我觉得有点难，”他接着说，“我努力了，布莱森，我真的努力了，但是……”他说到一半停住了，若有所思地耸了耸肩膀，有些无助的样子，“以前，喝酒的事就是在我做人的这种为难处境里发生的。”他呆望着风景——照例是一望无边的青翠森林和湖泊，在炽热的雾霭中微微闪着光。他那凝视的目光里有一种东西—— 一种投向 1 英里之外的专注——使我一时以为他说的话就到此为止了，可是他说了下去。“我从弗吉尼亚州回到得梅因之后，干上了那个造房子的活，一天下来，工友们全都去街对面的那家酒菜馆了。他们老是邀我去，可是我说……”他举起两只手，换了一种深沉、正义的声音，“‘不，伙计们，我戒酒了。’然后我就回家，到我那套小房子里去，加热我的盒装便餐，感到自己是个正人君子，好像我就是应该如此。可是真的，你知道，当你日复一日地这样做，你实在很难说服自己，说你是在过一种充实的、有刺激感的生活。我是说，假如你有一台快乐测定器，它的指针不会因为你备有盒装便餐而正好指在极度快乐区的，你知道我的意思吗？”

他的眼光瞥过来，想要看我点头。

“反正，有一天下班之后，他们大概是第一百次来邀请我，我心里想：哦，有什么大不了的？又没有哪一条法律规定我不能跟其他所有人一样进酒菜馆。于是我去了，喝了一罐健怡可乐，感觉不错。我是说，出来走走就很开心，可是你知道，漫长的一天下来，喝一罐啤酒有多么惬意。身旁还有个叫德韦恩的小子老对我说：‘接着喝，来一罐啤酒，我知道你想喝的，一小罐啤酒不会对你有坏处。你已经三年没有喝过酒啦，你能喝的。’”他再次看看我，“你知道吗？”

我点点头。

“他在我脆弱的时候抓住了我，你知道，在我还有一口气的时候。”卡茨说，嘲讽般地淡然一笑，继续说下去，“我从来没有喝过三罐以上，我向上帝发誓。我知道你要说什么——真的，这话每个人都说过了，我知道我不能再喝酒了。我知道我不能像正常人那样只喝上两罐啤酒，很快，酒的数量会增加，增加，直到无法控制。这我知道。可是——”他再次停止说话，摇摇头，“可是我爱喝酒，我没办法，我是说，我爱这一口，布莱森——爱它的味道，爱喝上两罐之后脑子里的嗡嗡声，爱酒菜馆的气味和感觉。我想念那些粗俗的笑话和后面打落袋台球的咔嗒声，还有酒吧里晚上那种蓝莹莹的暗光。”他又沉默了一会儿，出神地想着自己这辈子喝酒的事，“我不能再喝酒了，这我知道。”他鼻子里呼出一股粗气，“只不过……不过有时候，我看到我面前尽是些盒装便餐——它们排成一条看不到头的队，像动画似的朝我飞来——你吃过盒装便餐吗？”

“好多好多年没吃过了。”

“嗐，难吃死了，真的。我说不清，反正是有点难吃啊……”他的声音慢慢减弱，“老实说，真的很难吃。”他看着我，感情差不多要爆发了，脸上的表情却坦诚而谦卑，“有时候，就把我当个窝囊废看待吧。”他轻轻地说。

我朝他微微笑了笑。“你比窝囊废好一点儿。”我说。

他大笑起来：“对，我想是的。”

我伸过手去，亲热得有些愚蠢地在他的肩膀上戳了一下。他脸上闪过一丝感激的表情，承受了这一下。

“你知道究竟是怎么回事吗？”他突然用一种振作起来的声音说，“现在让我吃一份盒装便餐我就会死的，我真的会。”我俩大笑起来。

“饿鬼的火鸡大餐、塑料的内脏、40% 的卤汤……嗯——我让你这瘦家伙闻一下你就会倒地的。”然后他擦了一下眼角，说了句“嗨，真恶心”，就到悬崖旁撒尿去了。

我注视着他走开，他的样子又衰老又疲惫，一时间我禁不住想，我们前些天究竟是怎么啦？我俩都不再是男孩子了。

我看看地图，我们差不多已经没水可喝了，不过离云潭（Cloud

Pond）还有不到 1 英里路，我们可以在那里把水瓶重新装满。我们对半分了最后半英寸高的水。我对卡茨说，我先往前走到潭边，把水过滤一下，等他赶到的时候喝。

这是一段沿着长满青草的山脊向前的 20 分钟的轻松的路，云潭位于一条陡直的支道下面，离阿巴拉契亚小道约有四分之一英里。我把我的背包靠在小道边的一块大石旁，拿着我们的水瓶和过滤器走到潭边，把水瓶灌满。

我花了大约 20 分钟的时间走下去，灌满三个水瓶，再走回来，所以，我回到阿巴拉契亚小道时，离我与卡茨分手的时间已经有约莫 40 分钟了。即便他在山顶上耽搁了一会儿，就算按照他那种不快的速度行走，到这个时候他也应该到达这里了。再说，这段路相当好走，我又知道他很口渴，所以他不加紧一点儿是件奇怪的事。我等了他 15 分钟，又等了他 20 分钟、25 分钟，最后，我把背包留在原地，循原路回去找他。当我抵达山顶，离与他分手的时间已经远远超出一个小时了。我站在我俩最后在一起的地方，心乱如麻。他的东西不见了，显然他已经继续前进了，但如果他既不在荒凉山上，又不在云潭，而且两地之间也找不到他，那么他会到哪儿去呢？唯一可能的解释是他已经往回走了，而这是决计不会发生的事——卡茨绝对不会不做解释就离我而去的，绝不可能——要不就是他不知怎么跌到山脊下面去了。这是一个荒谬的想法，因为山脊上没有一丁点儿艰难、危险的地方——不过意外的事很难说。几个星期前，约翰·康诺利曾经对我们说起过，他有个朋友因为炎热而晕倒，在一条安全、平坦的小道上滚下去几英尺。没人发现他，他在毒日头下躺了几个小时，被慢慢烤死了。我在走回云潭支道的路上，始终仔细地检查着小道边缘的灌木丛，看看有没有被压过的痕迹，并从灌木丛的间隙望出去，观察岭边的崖口，担心在某一块大石上看到卡茨四仰八叉地躺着。我叫了几次他的名字，但是什么回音也没有，除了我自己越来越弱的声音。

等我抵达支道，离与他分手的时间已经将近两个小时了。情况已经变得十分费解，令人担忧。剩下的唯一可能性是，当我在潭边过滤水的时候，他已经走过支道口了，但是这种情况显然不大会发生。小道边有一个醒目的带箭头的标志，写着“云潭”，而我的背包放在小道边，一眼就可以看到。即使他由于某种原因没有注意到这些东西，可他知道云潭离荒凉山只有1英里路。如果你像我们这样在阿巴拉契亚小道上走了这么远的路，你会相当准确地判断1英里的距离。他不可能走得太远而没有意识到自己的错误并且折回来，这个揣测是讲不通的。

我只知道，卡茨是孤身一人走在莽原上，没有水，没有地图，不清楚前面的地形怎么样，估计也不知道我的情况怎么样，而且缺乏理智，我很担心。如果说有一个人在阿巴拉契亚小道上迷路的时候，会决定离开小道，寻找一条捷径的话，那此人一定就是卡茨。我开始心神不宁。我在我的背包上留下一张字条，顺着小道往下走。朝前走了半英里后，小道几乎直上直下了，高度也陡然下降了600多英尺，下面是一个很深的无名山谷。他到了这里，肯定会意识到自己走错路了，我曾经告诉他云潭是一处可以散步的平坦之地。

我沿着岩壁上凿出的小道慢慢地择路下山，间或叫着他的名字，担心在谷底出现最坏的景象——因为这是一座悬崖，人很容易摔下去，尤其是背了个大而笨重的背包，脑子里又在想着别的事的人——然而那里没有他的踪迹。我沿小道走了 2 英里，穿过山谷，登上一个名叫第四山的高峰之巅。在山顶上四处眺望，视野非常广阔，莽原从来没有看起来如此广大。我久久地大声叫着他的名字，但是什么回音也没有。

这时，天已近薄暮，他断水至少已经 4 小时了。我不知道一个人在这种炎热天气里没有水能生存多久，但是我凭经验知道，你不可能待上半个多小时而不体验到一种相当大的不舒服感。我突然心头一沉，想到他说不定看到了另一个水潭——在 2000 英尺下面的山谷里散布着五六个水潭呢，也许他稀里糊涂地以为就是某一个，试图穿越荒原到潭边。即便他的脑子没有糊涂，他也可能仅仅因为口渴去水潭，那些水潭看上去都无比清凉怡人。最近的一个只有大约 2 英里的距离，但是没有小路通到那里，而且需要穿过森林，爬下陡峭的山坡。如果你在森林里迷失了方向，你会很容易走偏 1 英里的路。反过来，你也可能离它只有 50 码而不自知，就像几天前我们在欢乐谷看到的情况那样。而你一旦在这些广阔的森林里迷路，就会丧命。事情就是这样简单，谁也不能救你，直升机无法穿过树层发现你，救援队找不到你，我怀疑连想试试的人也没有。那里面还会有熊——那种从来没有看见过人的熊，所有这些可能性使我头疼起来。

我步行回到云潭支道口，从来没有像现在这样热切地希望看到他坐在那个背包上，而且会有某种有趣的、未曾考虑到的解释，比如说我们俩老是相互错过，就像演了一场舞台闹剧：他不知所措地等在我的背包旁，然后走开去找我；我呢，在一分钟后到达，疑惑地等了一会儿走掉了——可是我知道他不会等在那儿的，事实上也没有在那儿。我回到支道口的时候已经将近黄昏时分。我另写了一张纸条，把它压在阿巴拉契亚小道中间的一块石头底下，期望万一他能看到，背上我的背包，朝下走到潭边，那里有一个庇护所。

富于讽刺意味的是，这里是我在阿巴拉契亚小道沿线体验到的最好的营地，而这里是我唯一没有同卡茨一起扎营的地方。云潭是一片面积200多英亩的赏心悦目的宁静水域，四周是深色的针叶林，苍青色的晚空映衬出尖顶树梢的黑影。由我独享的庇护所离潭边三四十码，稍微高出潭面，这个庇护所事实上是崭新的，一尘不染，附近有个厕所，差不多已经十全十美了。我把我的行李倒在睡觉的木制平台上，然后到潭边过滤水，这样我第二天早晨就可以省事了。然后，我脱得只剩一条拳击短裤，蹚过去两三英尺进入深暗的潭水，用一块大手帕洗了个澡。如果卡茨在这里，我怕是已经游过一次泳了。我尽量不去想他——绝对不去想象他迷了路、一副茫然的样子，说到底，我现在是一点儿办法也没有了。

我只好坐在一块石头上，望着太阳下山，云潭美丽到几乎令人痛苦，夕阳长长的光线使得水面发出熠熠金光。离岸不远，两只潜鸟在凫水，好像是刚吃完晚饭出来转转。我久久地凝视着它们，想起了不久之前我在英国广播公司播放的自然节目中看到的一些画面。

根据那个节目的说法，潜鸟不是合群的动物。但是到将近夏末，在飞回北大西洋过冬，在暴风雨中的波涛上浮沉之前，它们会举办一系列的约会。周围所有湖潭的十来只潜鸟会飞来这里，在一块儿游水两三小时，除了相聚之乐之外，看不出有什么其他的原因。做主人的潜鸟会自豪但不事张扬地领着它的客人们游览它的领地，比方说先去它所偏爱的小水湾，接着也许翻过一根有趣的倒下的树干，继而来到一片睡莲叶丛中。“这里是我喜欢的在早晨钓鱼的地方，”它会说，“而这里是我们在考虑明年把筑窝地点移过来的地方。”所有其他的潜鸟勤勉而带着客气的兴趣跟着它走来走去。谁也不知道它们为什么要这样做（不过也没有人知道为什么一个人会想把他改建的浴室指给另一个人看），或者它们是怎样安排这类约会的，但是每个晚上，它们全都在准确的时间来到准确的湖畔，如同它们收到一张邀请卡，上面写着：“我们要举办派对了！”我觉得这真是非常奇妙，要不是我一直在想象卡茨在月光之下踉踉跄跄、气喘吁吁地寻找一个湖泊，我会更加欣赏这个现象的。

当然，那个夜晚我过得很不安宁，早上5点不到就起身，在透出第一线曙光时就回到小道上。我朝着我猜卡茨会走的方向继续往北走，但头脑里总有个挥之不去的念头，觉得我在更深地进入百英里莽原——如果他就在附近的某个地方遭难，这恐怕不是个最好的方向。另外使我不安的是，我想到我是孤身一人在茫茫荒野之中——当我一时匆忙，误打误撞地回到通往那个深深的无名山谷，一下子急剧下降 50 英尺，到了底部又遇到乱七八糟的石头挡路的凹凸不平的路面的时候，这种不安的感觉短暂然而明显地加强了，我但愿我这样做是对的。

即使地面变得平坦，我也需要三天，也许是四天的时间才能抵达阿博尔桥和野营地。等到我向管理部门发出警报的时候，卡茨就失踪四五天了。另一方面，如果我现在转过身，原路返回，我可以在明天下午抵达蒙松。要是遇到朝南走的人就好了，他们能告诉我是不是看到过卡茨，但是小道上并没有人在行走。我看看手表，怪不得没有人，还只是早晨 6 点稍过一点儿呢。前面 6 英里处的椅背山口有一个庇护所，我也许能在 8 点左右到达那儿。如果运气好，可能还有人在那儿。我更加仔细地忐忑不安地继续前进。

我翻越第四山的高峰往回走——背着一个背包要艰难得多——进入山那边的另一个林木蓊郁的山谷。从云潭出发，走了 5 英里之后，我来到一条小溪边，说它是一条小溪实在有些名不符实，实际上只剩下一个烂泥塘而已。小道边一个显眼的地方有一根树枝，上面戳着一个空的老金牌香烟盒。卡茨很少抽烟，可是他经常随身带着一包老金牌香烟。泥塘里的一根倒塌的树干旁有三个烟蒂，他显然曾经在这里等待过。这么说，他还活着，没有离开小道，而且很显然走的是这条道路。我心里的感觉立即好得多了，至少我走的方向是正确的。只要他仍然在小道上行走，我肯定迟早能够追上他。

我在出发 4 小时后找到了他，他坐在通往西椅背潭的岔道口旁的一块大石头上，头部朝着太阳，似乎在有意晒黑。他身上布满划破的伤痕，沾满烂泥，样子极为邋遢，不过其他方面看上去还算好，他看到我当然十分高兴。

“布莱森，我山里的老兄，看到你真高兴，你去哪儿了？”

“我也想问你同一个问题呢。”

“你猜我错过上一个水潭了？”

我点点头。

他也点点头。“当然，我发现我错过了，我刚走到那座大悬崖的脚下，我就想：该死，这条路不对啦。”

“那你干吗不往回走？”

“我不知道，不知怎的，我脑子里以为你一定在继续往前走，我实在渴死了。我想我一定是有点晕晕乎乎了——有点糊涂了，像你说的那样，我实在渴死啦。”

“那么，你是怎么做的？”

“嗯，我继续往前走，脑子里老在想，我必须尽早到达水边，最后我来到了一片烂泥塘——”

“是你留下那个香烟盒的地方？”

“你看到了吗？我真自豪。不错，我在那儿用大手帕吸了一点儿水，因为我记得在《大卫·克洛克特》节目里，费斯·派克就是这样做的。”

“你倒是很有创意啊。”

他点点头，接受我的称赞：“我花了差不多一个小时，接着我又在那儿等了你一个小时，抽了几支烟。后来天色黑下来了，于是我就搭起了帐篷，吃了一块‘苗条吉姆’，就睡觉了。今天早晨，我用我的大手帕又吸了一点儿水，继续走到这里。下面有一口非常美丽的水潭，所以我想我就在有水的地方等着吧，希望你终究会过来。我认为你是不会有意把我扔在这里的，可你是个活脱脱的做白日梦的人，我可以想象你会一门心思走到卡塔丁，那时才会注意到我走丢了。”他发出一种夸大的声调，“‘啊，瞧呀，多美的风景呀——你同意吗，斯蒂芬？斯蒂芬……斯蒂芬……这家伙究竟去哪儿了？’”他露出熟悉的笑容，“所以，我真的很高兴看到你。”

“你哪儿弄的这么多的伤痕？”

他看看自己的手臂，上面布满了弯弯曲曲的干血迹。“噢，是这个？这没关系。”

“你说没关系是什么意思？看起来好像你在自己给自己开刀动手术。”

“呃，我不想让你吃惊，我确实迷了一次路。”

“怎么会？”

“噢，在跟你失散和来到烂泥塘之间，我曾经想走到我在山上看到的一个湖边。”

“斯蒂芬，你没有走到。”

“嗯，我实在渴死啦，你知道，而且那个湖看上去不太远，于是我钻进了森林。这样做并不聪明，对吗？”

“对。”

“是的，我很快就意识到这一点，因为我走了不到半英里就完全迷路了。说起来也真怪，因为你想，你要做的只是下山走到水边，然后循原路返回就行，只要你注意点，不是很难的事。但问题在于，布莱森，那儿没有引人注意的东西，只有一大片森林。所以，当我意识到自己一点儿也不知道我在哪儿的时候，我想，好吧，既然我是下山的时候迷路的，那我最好是回到山上去。然而一下子有了许多条上山路，还有许多条下山路，真把人搞晕了，于是我往上爬呀，爬呀，爬呀，直到我意识到我离来路更远了，然后我想，嗐，斯蒂芬，你这该死的笨蛋——因为这时候我有点生自己的气，老实告诉你——你一定是走得太远了，你这蠢驴。于是我顺着一条路往下走，然而那条路走不通，于是我尝试在岔道上走了一会儿——结果弄成了这个模样。”

“你绝对不应该离开小道，斯蒂芬。”

“噢，你现在倒来给我这么个及时的忠告了，布莱森。我真感谢你呀，这好像是对一个遭遇车祸死掉的人说：‘现在你得安全开车啦。’”

“对不起。”

“算了，我想也许我仍然有点——你知道——心神不定。那时我想，这下我完蛋了，迷了路，没有水——幸好带着巧克力饼干呢！”

“那么你是怎样回到小道上来的呢？”

“那是一个奇迹，我向上帝发誓。正当我要躺下来把自己送给狼和短尾猫当点心的时候，我抬起头，看到树上有个白色的路标，我朝下一看，自己就站在阿巴拉契亚小道上，事实上就是这个烂泥塘里。我坐起来，一连抽了三支烟，为的是让自己静下心来。后来我想，肯定是我在森林里瞎闯的时候布莱森走过这儿了，他绝不会再回来，因为他已经检查过这段小道了。然后，我开始担心我永远也不会见到你了。所以，看到你出现我真的高兴极了。老实告诉你，我一辈子都没有这么高兴见到另外一个人呢。”

他的眼光里透出某种表情。

“你想回家了？”我问。

他想了一会儿：“是的，我想。”

“我也想。”

于是，我俩决定离开这条无穷无尽的小道，不再假装我们是专走山路的人，因为我们其实并不是。在 4 英里外的椅背山山脚有一条运原木的土路。我们只知道这条路一定通往某地，但是不知道它究竟通往哪里。在我的地图边缘，有个箭头朝南指向卡塔丁铁厂，这是 19 世纪在森林里建造的一座看似不可能建成的工厂的遗址，现在是一个州级历史遗址。据我的小道指南所示，那个古老的铁厂里有公共停车场，因此一定会有一条通往外面的道路。我们在山脚加了水，然后开始沿着运木道路前进。我们才走了三四英里路就听见近处有声音，我们回过头，看到一股烟尘朝我们这儿飘来，随后是一辆开得很快的老式轻型卡车。当卡车驶近我们的时候，我本能地伸出大拇指，使我惊异的是，卡车在我们前面差不多50英尺处停了下来。

我们奔到驾驶员的窗口前，驾驶室里有两个人，都戴着防护帽，身上因为工作弄得很脏——显然是伐木工人。

“你们去哪儿？”驾驶员问。

“随便哪儿都行，”我说，“除了这里以外。”

第 21 章
无非又是一座山

所以，我们没有看到卡塔丁山。我们连卡塔丁铁厂也没有看到，除了模糊的一瞥，因为我们是以大约 70 英里的时速从它旁边嗖地擦过的。这是坐在车后的我能想出的一辆轻型卡车在泥路上开过的最为颠簸、匆忙的可怕的旅程。

我们在敞开的车子后部拼命保住宝贵的生命，抬起脚，让链锯和别的看上去会伤人的工具滑过去—— 一会儿朝这个方向，一会儿朝那个方向——在此同时，驾驶员不顾一切、劲头十足地载着我们穿过飞速后退的森林。车子在驶过坑坑洼洼的路面时的力量很大，把我们的身体弹起好几英寸高，接着又像蓦然一惊，临时想到似的通过弯道。因此，当我们在南面 20 英里处的小镇米洛下车的时候，我们的双腿站立不稳，面对环境的突然改变直眨眼睛。刚才我们还在莽原的中心，至少还得行走两天才能回到文明世界；现在我们已经站在一个边远小镇上的加油站旁了。我们目送着轻型卡车离开，然后确定我们的方向。

“你想来一瓶可乐吗？”我问卡茨。加油站的门旁有个自动售货机。

他考虑了一会儿。“不要，”他说，“待会儿再说吧。”

当有软饮料或者垃圾食品的时候而不兴致勃勃地急于享受一番，这可不像卡茨的为人呀，但是我相信我能理解。你离开小道，发现自己被“空降”到一个舒适和有各种选择的世界里的时候，总是会有一定的受冲击感。然而这次可不同，这次是长期性的，我俩即将挂起我们徒步旅行的靴子。从现在开始，我们将一直有可乐、松软的床铺、淋浴，以及我们想要的无论什么东西。现在无须行色匆匆了，这是一个能奇怪地使你缓和下来的想法。

米洛没有汽车旅馆，但是人们指引我们到一个名叫“毕晓普氏供膳寄宿处”的地方。这是坐落在一条漂亮街道旁的一栋很大的古老的白色房屋——街边有挺拔的树木、宽阔的草地和坚固的老房子——是那种车库本是原先的马厩、楼上有仆人的住处的大宅子。

寄宿处主人琼·毕晓普热情、忙碌而亲切地接待了我们，这是一位活泼的白发老太太，说话带着一口中气十足的东南部口音，她一边把沾满面粉的双手往围裙上擦，一边走到门口，招手把我们和我们那邋遢的背包请进一尘不染的房间里，脸上没有一丝不快之色。

整栋房屋散发出一种夹杂着新出炉的糕饼、园中的西红柿和未经风扇或空调扰乱的空气的有益健康的气味——那种老式的夏季的气味。她把我们叫作“你们这些孩子”，好像她已经盼望我们好几天，甚至好几年了。

“我的老天，看看你们这些孩子啊！”她惊愕而愉快地说，“看上去像是才跟熊搏斗过似的！”

我估计我们看上去一定很不雅观，卡茨因为在森林里跌爬滚打而身上沾满了血迹，而我们俩浑身疲累，连眼光都是疲累的。

“现在你们这些孩子上楼去好好洗个澡，再下来到门廊去，我会为你们准备好可口的冰茶，还是你们喜欢喝柠檬汽水？没关系，我两种都会准备好，现在去吧！”她走到别处去忙了。

“谢谢你，妈妈。”我俩又惊异又感激地同声咕哝了一句。

卡茨立刻变了一个人——变化之大，使他也许感到无拘无束得太过分了一点儿。我正在疲累地从我的背包里拿出一点儿东西，忽然，他不敲门就闯进我的房间里，匆忙地把门在他的身后关上，看上去有些慌乱。只有扎在他腰间的一条遮得不十分严密的毛巾，总算维护了这位彪形大汉的体面。

“小老太太。”他惊奇地说。

“你说什么？”

“小老太太站在过道里。”他又说道。

“这里是旅馆，斯蒂芬。”

“不错，我没有想到这一点。”他说。他透过门缝向外张望，又匆忙走掉了。

我们淋浴完，换好衣服，在挂着帘子的门廊上与毕晓普太太会合，我们感激地在门廊里的旧的大躺椅上重重躺下来，伸直双腿，就像你在天气炎热、身体疲累的时候所做的那样。我原来希望毕晓普太太会告诉我们，她经常接待那些从百英里莽原败下阵来的徒步旅行者，但据她回忆，事实上，我们是这类人中的第一批。

“那天我在报上读到，有个从波特兰来的男人徒步旅行到卡塔丁，庆祝他 78 岁的生日。”她闲聊似的说。

你可以想象，这句话使我的感觉好了许多。

“我希望我到那岁数能做好再试试的准备。”卡茨说着，用一根手指抚摸着他前臂上的伤痕。

“嗯，你们做好准备的时候，这条小道还会存在的，孩子们。”她说。毫无疑问，她的话是对的。

我们在镇上的一家名叫“安琪”的著名餐馆里用晚餐。餐后，因为傍晚的天气温和宜人，我们散了一会儿步。米洛是一个破败然而可爱的市镇——商业萧条，远离别处，仅够温饱，但是奇怪地逗人喜爱——它有几条不错的住宅区街道和一个壮观的消防站。也许这只是因为这是我们离家在外的最后一夜而已，反正，这个市镇看上去很适合我们。

“这么说，你对离开小道感到难过吗？”过了一段时间，卡茨问。

我想了一会儿，感到无法肯定。我已经意识到，我对于阿巴拉契亚小道的感觉，无一不是模糊不清和矛盾的。我对小道已经厌烦，但仍然奇怪地处于它的魔力控制之下；我感到这些无穷无尽的跋涉十分单调，但又无法抗拒；我对无边无际的森林已经厌倦，但又欣赏这无边无际；我喜欢逃离文明，但又渴望它的各种舒适；我想离开小道，又想永远在小道上行走；想在床上睡觉，又想睡在帐篷里；想看看下一座山的那一边有些什么，又不想再看到一座山。所有这些想法在小道上和在离开小道的时候，常常一起向我涌来。“我不知道，”我说，“是，又不是，我想。你呢？”

他点点头：“是，又不是。”

我俩一起漫步了一会儿，沉浸在琐细的想法中。

“无论如何，咱们行走过了，”卡茨最后说，抬起头来看看我，他注意到我疑惑的表情，“徒步走过缅因州，我是说。”

我看着他：“斯蒂芬，咱们连卡塔丁山也没有看到呢！”

他觉得这不值得争辩。“无非又是一座山，”他说，“你究竟需要看多少座山，布莱森？”

我轻轻地笑了一声：“嗯，这是看待这个问题的一个方法。”

“这是看待这个问题的唯一的方法，”卡茨继续说，样子相当认真，“就我来说，我徒步走过了阿巴拉契亚小道。我在下雪时徒步行走，我在酷热中徒步行走，我在南方行走，我在北方行走，我行走到我的脚流出血。我徒步走过了阿巴拉契亚小道，布莱森。”

“咱们有许多段路没有走呢，你知道。”

“你详细说说。”卡茨嗤了一声。

我并非不快地耸了耸肩膀：“也许你是对的。”

“当然我是对的。”他说，好像他很少不是这样。

我们已经走到了市镇的边缘，走到伐木工人们把我们送到的那个加油站的食品商店旁边，它还开着。

“咱们来点奶油苏打水怎么样？”卡茨轻松地说，“我来买。”

我看着他，兴趣逐渐浓厚起来：“你一分钱也没有。”

“我知道，我用你的钱买。”

我咧开嘴笑笑，从我的皮夹里拿出一张5美元的钞票给他。

“今天晚上有《X档案》。”卡茨兴高采烈地说，走进店堂不见了。我注视着他进去，摇摇头，想不出他怎么总是知道。

于是，我和卡茨最后的结局就是这样——在缅因州米洛镇买了一包六罐装的奶油苏打水。

卡茨回到了得梅因的一套小公寓里，找了个建筑业的活，过着忠实的戒酒生活。他常常打电话给我，谈起再次登上百英里莽原，不过我认为他绝不会再去了。

我在夏季余下的日子直到秋季，仍然断断续续地坚持徒步旅行。在10月中旬，正当树叶长势最旺的时候，我做了后来证明是最后一次的行走：重返佛蒙特州的基林顿公园。那一天正逢那种壮丽的秋日，天高气爽，秋意正浓，空气明净得仿佛你能伸出手指把它捻得噼啪作响，甚至其他色彩也十分爽利鲜明：碧蓝的天空、深绿的田野，树叶的色调多姿多彩，极尽造化之所能。当森林中每一棵树都展现出自己独有的风采时，这真是一种令人惊异的景象；原先连绵一片，密不透风地披着绿色大氅的地方，这时呈现了千万种明丽的色彩。

我热情高涨、精力充沛地行走着，新鲜空气和美景使我更加振作。在基林顿山顶，可以对几乎整个新英格兰地区做360度的鸟瞰，视野还可以达到魁北克，直到远处皇家山的淡蓝色山影。新英格兰的差不多每一座重要的山峰——华盛顿山、拉法耶特山、格雷洛克山、莫纳特洛克山、阿斯库特尼山、慕西劳克山——都如同天幕上的精美浮雕巍然挺立，显得比实际距离要近十倍，景色美不胜收，难以用语言描述。想到这片无边无际的景观只是阿巴拉契亚小道全程的一小段，想到在我的脚下就是一条穿越同样壮丽的山岭和森林、绵延 2200 英里、受到细致维护的免费小道，我感到一种强烈的震撼，几乎无法忍受。我不记得在我的一生中有什么别的时刻，能够更加深切地感受到上天对于我出生的这片土地何其厚爱，这里看来是个最佳的停止点了。

无论怎么说，我也不得不就此停止，新英格兰地区的秋天转瞬即逝。我到基林顿山行走后没几天，冬季突然降临，徒步旅行的季节显然已到结束的时候了。在不久之后的星期天，我在厨房的桌子边坐下来，手里拿着我的小道行走日志和一个计算器，终于计算出我所行走过的英里数。我把数字复查了两次，然后抬起头来，脸上的表情颇像几个月之前卡茨和我在加特林堡意识到我们永远不能行走阿巴拉契亚小道全程时那种共有的表情。

我行走了 870 英里，离阿巴拉契亚小道一半的路程还差一大截。所有的辛苦努力，令人厌恶的满身邋遢，所有无穷无尽跋涉的白天，睡在硬地上的夜晚，我们走过的路加起来仅仅只有小道的 39.5%。天知道怎么会有人走完全程，我对那些走完全程的人充满了敬佩和怀疑。不过，嘿，且慢，870 英里仍然是一段很长的路，相当于从纽约走到芝加哥，事实上还不止这么长。用几乎所有其他标准来衡量，如果我徒步旅行了那样一段路的话，我们现在都会为我感到骄傲的。

我仍然经常在我家附近的小道上行走一番，尤其当我正在做的某种工作半途卡住的时候。我大部分时间沉浸在思索中，但总有一些时刻，在某个地点时，我会抬起头来，怀着一种初次发现的惊愕，注意到森林奇异地呈现一种复合的精美，注意到自然万物是何等不经意地聚合在一起——不管在什么季节，就我沉醉的目光所及——组成一件作品，堪称尽善尽美。这件作品不仅非常精美或者出色，而且完美到无以复加。要欣赏到这些美景，你无须步行多少英里登上山岭，无须冒着暴风雪辛苦前进，泥浆四溅地掉进烂泥塘，在齐胸深的水里蹚过河流，日复一日地行走到接近你的极限——然而，相信我吧，这样做是有好处的。

当然，我也有遗憾，我遗憾的是我没有登上卡塔丁山（不过我会的，我向你保证，我一定会登上的）。我遗憾的是我从来没有见到一头熊，一匹狼，或者跟踪一条拍打着水退走的固执的巨型蝾螈，从来没有吓退过一头短尾猫或者避开过一条响尾蛇，从来没有使一只受惊的野猪吓得跳起来。我但愿自己有过真正面对死神的机会（只是短暂的，而且必须有一份能够逃生的书面保证），然而，我从这段经历中学到了许多东西。我学会了搭帐篷和在星光下安眠；在一段骄傲的短暂时光里，我曾经苗条而健美；我对于莽原和大自然，以及森林那宽厚的黑暗力量产生了深切的尊敬。现在，我以我过去从来没有过的方式理解了世界的浩瀚，我发现了我过去不知道的自己拥有的耐心和毅力。我发现了千百万人不知道的但真实存在着的一个美国，我交了一个朋友，我回家了。

最好的是，如今我看到一座山，我会眯着眼，信心十足地用看待一件花岗岩艺术品的眼光，慢慢地、鉴赏般地察看它。

诚然，我们没有行走2200英里，但重要的是：我们尝试过了。所以卡茨毕竟是说对了，不管别人怎么评说，我们徒步走过了阿巴拉契亚小道。